# Last Call

*Du même auteur*
*aux Éditions J'ai lu*

DARKHOUSE
*N° 8265*

Alex

# BARCLAY

# Last Call

ROMAN

J'AI LU

*Titre original*
THE CALLER

*Les yeux qui hurlent*
*Et le souffle qui faiblit,*
*Ce n'était pas la vie*
*Qu'il réclamait,*
*Mais la mort.*

ANONYME

# Prologue

La pièce, de deux mètres cinquante sur trois, était dépourvue de fenêtres. De faibles rais de lumière s'allongeaient entre les barreaux qui coupaient le mur, du sol au plafond. La petite télévision montée sur une étagère noire à l'extérieur grésillait à plein volume. Sur un plateau, près de la porte, gisaient les reliefs racornis d'un repas carbonisé.

Le lit contre le mur de droite était fait à la perfection. Chaque coin était impeccablement tiré sous le mince matelas, l'étoffe rêche de la couverture verte complètement lissée – sauf à l'endroit où il était assis, replié sur lui-même et absorbé dans ses pensées. La sueur assombrissait les plis aux aisselles de sa chemise bleue, se mêlant à la puanteur de la nourriture abandonnée.

Il ouvrit les yeux et actionna l'interrupteur de la lampe de bureau près de lui. Sous le halo de lumière blanche, il plaça un moulage en résine de trente-deux dents humaines, dont le souvenir lui revenait dès qu'il passait le pouce sur les aspérités : l'imperfection d'une incisive proéminente, la pointe acérée de la canine, la surface irrégulière d'une prémolaire ébréchée. Cette denture ne lui avait décoché qu'un seul sourire, en un éclair, tout au début, avant que la terreur ne frappe. Ensuite, pendant des heures, elle était restée serrée sur l'atrocité de la douleur, visible uniquement quand les lèvres se retroussaient en un hurlement muet.

Il se pencha pour prendre un coffret sous le lit. Le posant sur ses genoux, il se contorsionna pour extraire une clé de sa poche, puis l'ouvrit. Il jeta un dernier regard au moulage, puis le rangea dedans près des autres. Un, deux, trois. Quatre.

*Le jour où mourra ta première victime, tu verras que le lendemain n'est pas très différent de la veille. Tu te réveilleras comme avant. Peut-être sauteras-tu le petit déjeuner, et même le déjeuner, mais tu finiras toujours par manger. Et tu dormiras. Et tu reprendras le rythme, mais plus le même. Il se peut que ton cœur s'affole un instant. Mais au moins il battra, celui-là.*

Il repoussa le coffret sous le lit, parmi d'autres trophées – vestiges de vies prises et de vies épargnées. Fermant les yeux, il respira l'air chaud et rance.

*Ma prison est un outil, un terrain d'entraînement, une halte. Les barreaux derrière moi, l'espace qui m'entoure, l'isolement... Je pense à l'endroit où tu vis, combien il est tragique pour toi que je sois ici et toi là-bas. Mais très vite je serai près de toi.*

*Entrée. Sortie.*

Il éteignit la lampe de bureau, remit la clé dans sa poche, se leva et s'approcha de la porte. Il repoussa le verrou et sortit. Il se redressa pour éteindre la télévision, fixant l'écran jusqu'à ce que la lueur se réduise à un point minuscule et se fonde dans le noir. Puis il gravit l'escalier, et observa une pause au moment de franchir le seuil de son rutilant appartement avec air conditionné.

*

* *

Elle était petite et menue, vêtue d'un débardeur blanc, d'un gilet rose pâle et d'un jean. Une grosse pince retenait ses cheveux noirs en torsade sur sa nuque. Elle avait vingt-neuf ans, le teint terne et les yeux bleu glacier. Auprès d'elle gisait une poupée de chiffon, à laquelle elle avait cessé de s'intéresser avant même de lui avoir cousu la bouche et rassemblé la tignasse en deux couettes de laine marron. À côté de la poupée, un cendrier en céramique à moitié peint arborait l'empreinte de deux pouces.

Elle ne savait plus pourquoi elle s'était assise. Elle ouvrit le tiroir du bureau pour en sortir une carte de prière plastifiée, et un chapelet du padre Pio aux perles rouges et parfumées. Elle les enroula autour de ses doigts joints, inclina la tête et se mit à prier. Elle dit à saint Joseph qu'elle n'oserait pas s'approcher de lui tant qu'il porterait Jésus près de son cœur.

Une pression familière lui étreignit les entrailles. Cela la troublait, mais elle savait que là, mêlée à la peur, elle allait éprouver l'euphorie comme nulle part ailleurs. Voilà que l'angoisse la gagnait à présent, et sa main gauche jaillit pour s'emparer d'un bloc-notes à travers le bureau. Il lui semblait que sa tête se détachait de son corps. Une pellicule obscure se déroulait derrière ses paupières, montée au rasoir ; des formes noires et grises, une accélération frénétique de scènes mal éclairées. Sa main droite tâtonna, ses doigts cherchèrent la touche arrêt qui stopperait la course infernale, puis celle de retour rapide pour rembobiner. Elle ne contrôlait plus ce qui lui arrivait, tenaillée par le désir de prolonger ce moment, de ne pas revenir en arrière, de ne pas projeter de lumière sur des souvenirs tronqués, obscurs. Et avant de pouvoir écrire le moindre mot, elle sombra dans l'inconscience, glissant sur le sol et entraînant dans sa chute papier, stylos et crayons. La dernière chose qu'elle put apercevoir fut son amie debout dans l'entrée, réduite à la dimension d'une enfant.

*
* *

L'inspecteur Joe Lucchesi était assis, prostré, la tête entre les genoux. Les larmes ruisselant sur son visage tombaient jusque sur le tapis. Son teint était gris, son front ponctué de sueur. Il avait les tempes maculées d'encre, à force de les presser entre ses doigts jusqu'à ce que son mal atteigne des sommets. Une demi-heure plus tôt, il avait débarqué dans le cabinet du stomatologue pour des soins d'urgence, broyé par une douleur qu'il évaluait à un niveau huit. À présent, la souffrance hors norme avait pulvérisé le seuil maximal d'intensité et continuait de s'amplifier. Une nausée lui déchira le ventre, il resta plié en deux et laissa échapper un grognement étranglé.

— Joe ? Joe ? s'écria une réceptionniste en se levant précipitamment de son bureau. Tenez bon ! Quelqu'un a vu ce qui s'est passé ? demanda-t-elle à la ronde.

— Il lisait le journal, puis il a répondu à un appel sur son portable. Il s'est rassis, et c'est là qu'il a commencé à faire une drôle de tête.

Joe reconnut la voix du vieux monsieur affable installé en face de lui à son arrivée.

La réceptionniste lui posa la main sur l'épaule.

— Le docteur Pashwar arrive de suite. Voulez-vous quelque chose en attendant ?

— Un verre d'eau, peut-être ?

C'était encore le vieil homme. Il se leva – Joe voyait devant lui ses mocassins de daim marron sur le tapis. Il parvint à refuser d'une main tremblante.

— Je crois qu'il n'a même pas été capable de répondre au téléphone, précisa le vieil homme.

Mais ce n'était pas la douleur qui avait empêché Joe de parler. Il se sentait tout bonnement incapable de répondre à cette voix qui resurgissait ainsi dans sa vie, d'un passé interrompu et par des chemins détournés, avec cet accent traînant, cette voix sourde et lourde de menaces.

— Allô, inspecteur Lucchesi ? Chaque fois que vous voyez ces cicatrices sur le joli petit corps de votre femme, jusqu'à… jusqu'à son petit ventre ferme et mignon, et celles qu'elle a aussi sur le dos – elle est légère, hein, vous pouvez la retourner facilement, non ? Bref, quand vous les regardez, ces cicatrices, vous avez encore envie d'elle ? (Il s'interrompit.) Ou c'est surtout de moi que vous avez envie ? (Il éclata de rire, un rire assourdissant, interminable.) Dites-moi, qui de nous deux va bientôt l'avoir dans le cul ? La petite Anna Lucchesi ou l'affreux Duke Rawlins ? (Le souffle coupé, il sombrait dans un silence de mort.) Allô ? Non, vous ne m'aurez pas, inspecteur. Moi, j'aurai votre peau.

## Chapitre premier

Les inspecteurs Joe Lucchesi et Danny Markey montèrent dans l'ascenseur pour le cinquième étage du Manhattan North Homicide. Cela faisait trois heures qu'ils avaient pris leur service et la relève était prévue pour 16 heures. Un petit bonhomme efflanqué et très agité entra dans la cabine.

— Vous savez que je peux lire l'avenir sur votre main ? déclara-t-il.

Il avait la peau mate et lisse, et la paupière gauche tombante. Il se campa à deux centimètres de la poitrine de Joe et leva les yeux vers lui, l'œil finaud. Joe consulta Danny du regard et ouvrit sa paume.

L'homme recula d'un pas et se cogna la tête contre les portes de l'ascenseur.

— Pas votre paume ! piailla-t-il. Pas votre paume ! Le dos de votre main !

Joe retourna sa main.

— L'autre aussi. Et vous aussi ! ordonna-t-il à Danny. Les deux mains. Les deux. Jeux de mains, jeux de vilains !

Joe et Danny esquissèrent un sourire et s'exécutèrent.

— Rira bien qui rira le dernier, tonna l'inconnu. Ce que je vois là, c'est peut-être des mauvaises nouvelles. Peut-être que trop de canards boiteux gâtent la sauce.

— On ne veut pas de mauvaises nouvelles, précisa Danny. D'accord ?

— Je suis d'accord, confirma Joe.

— OK, renchérit l'inconnu. Mais je ne suis pas seulement le messager. Je suis celui par qui tout arrive. Je suis celui qui met les choses en route. Avec moi, ça fait paf ! Et je vois démarrer l'avenir ici, dans ces neuf points de suture.

Joe hocha lentement la tête.

L'homme leva la main et vissa sur son crâne son bonnet péruvien, rabattant l'une des deux oreillettes sur son visage. Puis il remit son bonnet en place et reprit son examen.

— Oui, dit-il. Je vois des choses. Je les vois très nettement. Soit dit en passant, je m'appelle Une-Phrase. Une-Phrase, roi de la Ve Avenue. Votre produit en une phrase. Votre marque en une phrase...

— Vous avez été rédacteur de pub ? s'enquit Joe.

— Votre avenir tient en une phrase, dit l'homme, le regard fixé sur les mains devant lui.

— Super, dit Danny. Et alors, c'est quoi ?

La sonnerie tintinnabula et les portes de l'ascenseur s'ouvrirent au cinquième. Joe et Danny sortirent de la cabine. Comme les portes se refermaient, Une-Phrase passa sa face dans l'entrebâillement.

— En une phrase, vous êtes baisés tous les deux. Est-ce que ça peut faire deux phrases, hein ?

Les portes se refermèrent.

Ils éclatèrent de rire.

— Encore un PP pour le HPD, déclara Danny.

PP signifiait « psychiquement perturbé », et HPD Housing Preservation and Development, Service pour le développement et la sauvegarde du logement... (Ce service avait pour fonction, entre autres, d'attribuer des subsides aux bénéficiaires de logements sociaux.)

— Envoyons-le aux Affaires internes, il pourra aller leur dire qu'ils sont baisés, plaisanta Danny.

— Sur fond de jingle, ce serait du meilleur effet, conclut Joe.

Seize inspecteurs répartis en trois équipes se relayaient au Manhattan North Homicide, bureau paysager moderne, pourvu d'un petit espace vitré dans un coin, que se partageaient le sergent et le lieutenant. Le NYPD[1] était l'un des rares organismes de maintien de l'ordre, dans le pays, où les fonctionnaires n'étaient pas soumis à des contrôles réguliers de leur forme physique. Ce qui avait laissé au sergent John Rufo tout loisir pour atteindre les cent quatre kilos. Il se trouvait désormais dans la situation délicate de devoir remonter le cours de sa balance.

— Votre agilité mentale se dégrade, dit-il en pointant en direction de Joe et Danny une chose beigeasse harponnée sur une fourchette.

— Du tofu ? supputa Danny.

— Non, du tout. C'est du poulet mariné cuit à l'étouffée. Du tofu ! Lâchez-moi donc la grappe.

Joe et Danny échangèrent un regard.

— Mais il est seulement 11 heures du matin, protesta Danny.

— Manger peu et souvent, expliqua le sergent Rufo. C'est la règle. Des légumes, des protéines...

— C'est ça, chef, coupa Danny. Sauce tomate, boulettes de viande, j'ai déjà donné.

— Comment vous faites pour rester aussi svelte ? s'enquit Rufo.

— Vous voulez dire : est-ce que je vais à l'entraînement pour brûler des calories ? répliqua Danny.

Le sergent roula des yeux avant de jouer avec sa salade du bout de sa fourchette.

— Qui est de service, aujourd'hui ?

1. New York Police Department.

— Moi, intervint Joe. Et à ce propos, je mange très bien.

— Vous devriez faire gaffe avec la cuisine française, lâcha Rufo en lui jetant un coup d'œil. C'est savoureux... parce que c'est riche. Votre femme est génétiquement programmée pour ça, mais peut-être pas vous. Vous êtes en forme pour le moment, mais qui sait ce qui vous attend...

Joe s'esclaffa.

— C'est ça, sergent ! Merci de veiller sur ma santé.

— Un régime varié, insista Rufo. C'est ce qu'on...

Il fut interrompu par le téléphone.

— Ruthie, oui... passez-le-moi. Ça boume ? Super. C'est ça. D'accord. (Il écouta en secouant la tête, puis griffonna quelques mots sur un bloc.) Tout de suite. Les inspecteurs Joe Lucchesi et Danny Markey. Oui... À bientôt. (Il raccrocha.) Messieurs, nous avons un homicide sur la 84e Rue ouest. Voilà l'adresse. Un type retrouvé dans son appart. (Il arracha la feuille et la tendit à Joe.) Le 20e District se trouve déjà sur place.

Joe et Danny traversèrent Broadway en direction du parking sous le pont du chemin de fer.

— Qui ose dire « svelte » ? demanda Danny.

— Ceux qui ne le sont pas, rétorqua Joe.

— C'est incroyable, poursuivit Danny. On parle systématiquement bouffe dès qu'on remet les pieds au bureau. Et je finis par crever de faim.

Petit, sec comme une trique et sans un pouce de graisse, Danny n'avait pas changé de taille depuis ses dix-huit ans. Il avait la peau claire et des taches de rousseur à peine visibles, les cheveux châtains, les yeux bleus. Quant à Joe, il mesurait un mètre quatre-vingt-dix, avait le cheveu noir, la prunelle sombre et les épaules carrées. Il s'arrêta net.

— Et merde...

— Quoi ? s'enquit Danny.

— Regarde-moi ça ! (Joe s'approcha d'une Lexus métallisée.) Quelle galère !

Il sortit les clés de sa poche, ouvrit la portière de sa voiture et enfonça le bouton de la boîte à gants. Il attrapa un chiffon et se mit à frotter une tache de goudron sur le pare-brise.

— J'en ai plein les couilles de cette saloperie, gronda-t-il.

Il leva les yeux vers la passerelle d'où le goudron était tombé.

— Au moins il est encore frais, remarqua Danny. Pourquoi tu ne prends pas la grosse caisse ?

La grosse caisse était la voiture banalisée des inspecteurs de deuxième catégorie, celle qu'on gare à deux rues d'un quartier chaud sans avoir à s'inquiéter.

— On est convoqués au bahut de Shaun tout à l'heure, j'y file tout droit. Ou du moins je comptais le faire, Anna va devoir y aller seule.

Shaun était leur fils de dix-huit ans.

— Elle va râler, opina Danny. À propos, qu'est-ce qu'il devient ?

— Il nous fait la totale.

— Il faut dire qu'il en a bavé.

— C'est sûr, mais ça me vide. Et Anna n'a pas besoin de ce genre de conneries, comme d'aller au lycée tous les mois pour se faire remonter les bretelles par un prof débile qui a quinze ans de moins que nous.

— Shaun est un chouette gosse. Il sera en fac l'an prochain, t'inquiète. Mets-toi un peu à ma place, j'en ai quatre qui ont moins de dix ans. Je les adore, mais dis donc... Allez, on décolle ! Fais un bisou à ton carrosse et monte dans le vieux tacot.

Le parc automobile du Manhattan North abritait cinq véhicules. En cas de dégâts en cours de patrouille, le chauffeur se faisait généreusement incendier par Rufo. A priori, c'était Joe qui allait prendre le volant.

Ce jour-là, ils avaient écopé d'une véritable antiquité, une Gran Fury grise.

— Si tu l'érafles, qui s'en apercevra ? philosopha Danny.

Ils déboîtèrent et se fondirent dans la circulation sur Broadway en direction du sud.

— Je peux te demander ce qui s'est passé chez le docteur Pashwar ? lança Danny.

Joe grogna, peu amène :

— Je suis entré en titubant, il m'a represcrit de la Vicodine et je suis reparti.

— C'est tout ?

— C'est tout.

— Tu veux dire que c'est tout ce que tu veux bien me dire, exact ?

— T'es qui, toi ? Le psy de service ?

Danny feignit de n'avoir rien entendu.

— Je suppose que tu es rentré, tu lui as dit que tu étais débordé, qu'il te fallait juste une ordonnance, et que tu devais te tirer.

— Qu'est-ce que je peux faire de plus ?

— Te faire soigner.

Joe souffrait d'un ATM, un dysfonctionnement temporomandibulaire. Ses mâchoires craquaient quand il ouvrait la bouche, et c'était là le symptôme le plus banal ; le pire était la douleur fulgurante qui, à certains moments, lui vrillait le crâne de part en part. Depuis des années, Danny le voyait se bourrer d'antalgiques et d'anti-inflammatoires. Il était récemment passé à la Vicodine.

— Ça empire, remarqua Danny.

— Toi aussi.

L'appel téléphonique de la veille avait brusquement ramené Joe en arrière, à des événements qu'il avait mis des mois à oublier. Tout avait commencé par le sauvetage raté d'une fillette de huit ans, qui avait été kidnappée. Le ravisseur venait de rendre l'enfant à sa mère, et toutes deux s'accrochaient désespérément l'une à l'autre. Quelques secondes plus tard, la scène avait viré au cauchemar : une série d'images sanglantes, hyperréalistes, dont Joe n'arrivait toujours pas à se débarrasser. Le ravisseur les avait fait sauter parce que le père avait prévenu les flics. Joe l'avait ensuite abattu de six balles en pleine poitrine. L'homme s'appelait Donald Riggs.

Sur ces entrefaites, Anna avait exigé que Joe se mette en congé. Elle avait eu une proposition de travail en Irlande et ils étaient partis avec Shaun. Au bout de huit mois de quiétude, tout avait basculé. Donald Riggs avait un complice, Duke Rawlins, qui entendait venger la mort de Riggs. À peine sorti de prison et du quartier de haute sécurité, il avait retrouvé la trace de Joe et tenté d'éliminer sa famille. Au cours de leur séjour en Irlande, la petite amie de Shaun, Katie, avait été assassinée. Peu après, Rawlins avait enlevé Anna et l'avait laissée marquée de tant de cicatrices, aussi bien physiques que morales, qu'elle se battait chaque jour pour en surmonter le souvenir.

Ils se garèrent près de la voiture de patrouille devant l'adresse de la 84e Rue ouest. Un couple élégant, arrêté sous un auvent vert et or, semblait s'inquiéter davantage du restaurant où prendre un brunch que de l'agitation qui régnait dans le quartier.

Le portier de l'immeuble était un vieillard moustachu tiré à quatre épingles. Son badge indiquait son nom : Milton.

— Terrible, fut tout ce qu'il put dire en indiquant les ascenseurs de sa main gantée de blanc.

— Quelqu'un vous a déjà interrogé ? cria Danny.

Milton acquiesça.

— Très bien. On reviendra vous trouver dans un petit moment.

— Pourquoi tu lui as hurlé dessus ? demanda Joe quand ils entrèrent dans l'ascenseur.

— Il ne t'a pas paru un peu dur de la feuille ?

Joe leva les yeux au ciel. Ils descendirent au deuxième et suivirent un couloir carrelé de gris jusqu'à l'appartement 3E. Un inspecteur en costume bleu marine sortit, les yeux rivés sur un bloc-notes qu'il tenait à la main. De l'autre, il se comprimait l'estomac. Il se tourna lentement vers eux. Danny et Joe se présentèrent.

— Tom Blazkow, du 20e District, dit-il.

Le 20e District couvrait tout le secteur compris entre la 59e et la 86e Rue, à l'ouest de Central Park. Blazkow était un type d'environ quarante-cinq ans, massif, le crâne rasé, la mâchoire carrée. Ses yeux bleus étaient injectés de sang. Il se tourna vers son collègue qui sortait de l'appartement.

— Voici mon coéquipier, Denis Cullen.

Ils se saluèrent. La cinquantaine, Cullen portait un costume marron et une cravate d'un championnat de bowling retenue par une épingle aux couleurs du drapeau américain. Ses cheveux blond-roux étaient clairsemés sur le haut de son crâne, et de la couperose marquait son nez et ses joues. Il paraissait pressé, bien que visiblement harassé.

— Alors on a quoi, au juste, les gars ? interrogea Joe.

Blazkow prit la parole.

— Ethan Lowry, graphiste, né le 12 avril 1971, marié, père d'une petite fille. Le 911 a reçu un appel du traiteur diététique qui lui livrait habituellement ses repas. Ce matin, il n'a pas ouvert la porte. C'était la première fois en onze mois. Le coursier a vu une goutte de sang dans le couloir, a senti une mauvaise odeur. (Il pointa le doigt sur un adolescent pâlot à la respiration asthmatique.) Deux policiers en uniforme sont venus sonner, ont cogné à la porte, pas de réponse ; ils sont allés à l'arrière, ont escaladé l'escalier de secours, n'ont rien pu voir par la fenêtre, ils ont donc appelé les services d'urgence. Le corps était juste de l'autre côté de la porte dans l'entrée. Aucun signe d'effraction. L'accès du balcon était fermé à clé. Le téléphone portable de sa femme ne répond pas. On a placé un agent en bas, près des ascenseurs. Il sait ce qu'il doit guetter. Vous allez devoir frapper. Attention en entrant, vous risquez de glisser sur un morceau de son visage.

Joe plongea la main dans la poche de sa veste pour prendre un mouchoir de coton et un petit flacon d'après-rasage. Il imprégna de quelques gouttes le linge blanc et le tint sous son nez, inspirant profondément. Il frappa à la porte et entra prudemment dans l'appartement, suivi de Danny. Ethan Lowry était couché nu sur le dos, le corps pressé contre la plinthe derrière la porte. Il avait les bras allongés sur lui. La tête était tournée sur la droite, mais son visage ne ressemblait plus à rien. Ethan Lowry avait reçu plus de coups qu'il n'était nécessaire pour tuer quelqu'un qu'on avait manifestement achevé d'une balle. Les dégâts se concentraient entièrement sur la face. Là où la peau n'était pas gonflée ou collée, elle était tuméfiée. Les narines étaient obstruées par du sang séché.

— Il a quoi, dans la bouche ? demanda Danny.

— Sa bouche, répliqua Joe.

— Putain ! gémit Danny, et il se pencha pour regarder.

La bouche de Lowry semblait avoir été retournée comme un gant. Elle recouvrait tout le menton et le côté gauche du visage comme de la viande crue. Seule une dent était visible. Le reste se cachait sous un fouillis de chairs enflées et d'os brisés, ou jonchait le sol à côté des cartons portant les numéros d'identification. Joe aspira entre ses dents. La peau était éclatée près de l'orbite gauche, où le malheureux avait reçu une balle à bout portant.

— Salut ! lança Danny à l'adresse de Kendra, une technicienne joviale et corpulente, qui était accroupie à côté de lui.

— Salut, Joe et Danny. C'est génial ici, on se croirait à l'émission de MTV, tu sais, sur les baraques des people. Vous voyez tout ça ? (Elle fit un geste englobant le corps et traça un arc de cercle par-dessus.) La projection de gouttelettes de sang par terre, sur le mur, correspond au moment de l'expiration. On a du sang qui a rejailli sur le plafond. On a tout ça grosso modo. Parce que par là, en revanche, on a une éclaboussure due à un jet violent provenant de la blessure par balle. Petit calibre. Et…

— Dieu vous bénisse, mais pourvu qu'Il vous ralentisse aussi. Accordez-nous juste une minute.

— Je m'excuse, dit-elle. J'ai trop…

— d'entrain, enchaîna Danny.

Elle se tourna vers lui.

— J'adore mon boulot, lui assura-t-elle. Et si c'est un sentiment qui, pour une raison ou une autre, vous dérange…

— Comment pourriez-vous ne pas aimer votre taf ? repartit Danny en désignant le corps.

À côté de la tête de Lowry se trouvait un téléphone sans fil, noir, maculé de sang. Joe enfila un gant, le prit et consulta le journal des appels.

— Quelqu'un était en vie ici hier soir à 22 h 58, annonça-t-il tout en relevant tous les numéros entrants et sortants. Bon, je vais appeler Martinez, lança-t-il à l'adresse de Danny avec un sourire en coin. À moins que tu ne préfères le faire.

L'année précédente, Aldos Martinez avait remplacé Joe auprès de Danny. À présent, Martinez travaillait avec Fred Rencher, et ils formaient ensemble l'équipe D du Manhattan North, la seule constituée de deux tandems.

— Eh, Martinez, c'est Joe. Tu peux me rendre un service ? Fais-moi une victimologie sur un certain Ethan Lowry, 1640, 84e Rue ouest, né le 12 avril 1971. Merci. Super. À tout de suite. (Joe s'interrompit et regarda Danny.) Ouais, il est là. Tu veux lui parler ?

Danny secoua vigoureusement la tête.

— Ah bon, entendu, ajouta Joe. À plus.

— Qu'est-ce qu'il voulait ?

— Te dire que tu lui manques.

— Regarde-moi ça, grommela Danny. (Il s'accroupit à côté des poignets de Lowry en pointant son stylo sur une série de trous dans le plancher.) On a dû lui entraver les bras au moyen de quelque chose qui était cloué ici. Il y a deux trous de part et d'autre de chaque poignet.

— Vous avez trouvé quelque chose qui aurait pu servir à faire ça ? demanda Joe à Kendra.

— Nan. Le tueur n'allait pas les abandonner… À mon avis, ce sont ses petits joujoux perso.

## Chapitre 2

Six portes donnaient sur le couloir, dans l'appartement de Lowry : deux chambres et une salle de bains sur la gauche ; la cuisine, la salle de séjour et un bureau sur la droite. La cuisine peinte en jaune citron s'ornait de placards vert pomme et de comptoirs crème, le tout ordonné et d'une propreté impeccable. Un canapé lie-de-vin et une télévision grand écran trônaient dans le salon, et des jouets s'amoncelaient dans un coin. Dans l'autre il y avait un tapis de yoga et deux haltères roses.

— Je suis sûr que tout graphiste qui se respecte s'intéresse à son aménagement intérieur, affirma Joe.

— Peut-être que c'était un mauvais graphiste, suggéra Danny. Toi, t'embellis toujours les victimes et tu leur accordes plus de crédit que les preuves matérielles ne leur en donnent.

— Non, c'est faux.

— Quand elles habitent une jolie maison, si.

— Enfin, comme elles habitent rarement dans une jolie maison, tu racontes des conneries, répliqua Joe. Généralement, nos clients sont en train de se décomposer sur les ressorts d'un sommier dans un trou où ils fumaient du crack ou dans un endroit qui n'a pas vu de Javel depuis…

Ils entrèrent dans le bureau d'Ethan Lowry.

— Ça le fait plus, commenta sobrement Joe. Tu vois ce que je veux dire, la pureté des lignes ?

— Les gens adorent les séries policières et les émissions de déco. Si tu maries les deux, Joe, t'auras le taf de ta vie. Pense un peu à l'audimat : *Les Experts font votre Relooking extrême*.

Joe s'esclaffa malgré lui, aussi Danny poursuivit-il :

— L'inspecteur Joe Lucchesi : il enquête sur votre mort *et* sur vos goûts. Quels ont été vos derniers déplacements ? Et pourquoi avez-vous choisi d'assortir ces rideaux-là avec ce tapis ? Le mystère sera résolu après la pub. Cette saison, c'est le vert qui fait fureur dans les cuisines. À propos de fureur, les coups de battoir sont...

— Ça va, ralentis un peu, l'interrompit Joe. Laisse-moi réfléchir.

Le bureau d'Ethan Lowry était impeccable et minimaliste. Un long plateau gris monté sur des pieds métalliques s'adossait à un mur blanc. Au milieu de la table se dressait un moniteur plat vingt pouces, qui affichait comme fond d'écran un diaporama des photos personnelles de Lowry. Joe n'avait pas encore installé les siennes sur son portable, parce qu'il n'arrivait pas à sélectionner celles qu'il lui plairait de revoir. Il fit une pause devant cet heureux montage de la vie d'un mort. À en juger par les photos et par les dires du traiteur diététique, il était clair qu'Ethan Lowry s'était donné beaucoup de mal pour perdre du poids. Ce nouveau corps plus léger était couché, triste et sans but, dans une mare de sang derrière la porte d'entrée. L'appareil photo, un SLR numérique professionnel, était oublié sur une table basse sur la droite, à côté de deux hautes piles de dossiers en plastique transparent. Joe en ouvrit quelques-uns : des reçus, des coupures de journaux, des élastiques, des timbres. Il interpella Danny.

— Regarde, il était doué. (Le tiroir du bas était rempli de trophées qui prenaient la poussière.) Et, ajouta-t-il, il était manifestement assez modeste pour ne pas les exposer. Ce qui me conduirait à penser que ce devait être un type bien.

Danny roula des yeux.

Sous le bureau, les câbles qui partaient de l'ordinateur, de l'imprimante, du disque dur et de la lampe étaient regroupés par des attaches. Sur le sol, à côté d'un lit à une place bien fait, se trouvaient un pantalon de survêtement bleu marine, un tee-shirt blanc et un short de sport en jersey de coton blanc jeté par-dessus. Tout près, une liasse de lettres adressées à Ethan Lowry d'une écriture enfantine, et retenues par des élastiques. Un Powerbook dix-sept pouces attendait sur le lit, avec sa minuscule lumière blanche qui pulsait. Ils avisèrent ensuite un vibromasseur à télécommande et un petit fouet en cuir rigide. Joe ouvrit le portable, qui lui envoya une succession d'images de pochettes de DVD érotiques ; des hommes torse nu et huilé, en jean, pesant sur des petites blondes à l'air égaré. Des lesbiennes aux seins volumineux s'embrassant à pleine bouche, des pom-pom girls, des dépanneurs, soldates, soldats, policiers.

— On dirait les Village People, remarqua Danny en s'approchant.

— Ça va pas loin.

— Ça ne vaut pas Marvin.

Marvin était l'un des premiers cadavres qu'ils avaient eus à leurs débuts, un homme obèse, victime de ses propres désordres alimentaires. On l'avait retrouvé chez lui entouré d'une tour de boîtes de gâteaux Krispy Kreme, d'une montagne de Kleenex raides de sperme et de la collection de porno amateur la plus chtarbée que Joe et Danny aient jamais vue de leur vie.

Ils entrèrent dans la chambre à coucher principale. Toujours ce souci du rangement. Un jeté de lit en satin vert d'eau recouvrait la moitié d'un grand lit.

— Si seulement Gina me permettait d'avoir un lit aussi accessible, dit Danny. Avant de se pieuter, chez nous, faut bazarder une centaine de coussins. Tu trouves ça logique, toi ?

— Non.

Sur chaque table de nuit, des livres et des bouteilles d'eau. Des cachets contre la migraine et un bracelet du côté de madame, un portefeuille et une montre du côté du mari. Il y avait un fauteuil dans un angle, sur lequel on avait jeté un jean et un sweat-shirt gris. À gauche, une penderie surélevée – sans doute le domaine de Mme Lowry – avait été mise sens dessus dessous, probablement lors du meurtre. Des produits de maquillage, des chaussures, des ceintures et des sacs s'éparpillaient partout. Deux paniers à linge débordaient de vêtements, une valise s'étalait, à moitié défaite, la table de toilette était recouverte de produits capillaires et autres crèmes de beauté. Un petit tabouret était renversé sur le sol. Joe étudia les lieux quelques minutes avant d'estimer que le tueur n'avait pas pénétré dans la pièce. Ce spectacle évoquait plutôt une scène de ménage.

Joe prit des notes sur ce qu'il voulait faire photographier et en informa Kendra quand il revint dans l'entrée. Il esquissa un plan de l'appartement en relevant les moindres détails.

Au bout de trois heures, tout le monde se sentit en perte de vitesse et repartit en direction du 20e District.

— Qu'en penses-tu ? interrogea Danny quand ils montèrent en voiture.

— Disons que ce n'est pas un cambriolage, répliqua Joe.

— C'est sûr, avec le portefeuille qui traînait au vu et au su de tous…

— Deux portefeuilles, corrigea Joe.

— Hein ?

— Ouais. Dans l'entrée, la petite table était retournée. Il y a une sorte de portefeuille abîmé. Et un neuf.

— Ils appartenaient tous les deux à la victime ?

— Il y a ses cartes à l'intérieur. Et du pognon.

— Ouais, et la montre de luxe sur la table de chevet, et le reste… conclut Danny.

— Avec l'ordinateur, les godemichés et le corps nu, ça pourrait être une histoire de sexe.

Danny opina du chef.

— Tu crois qu'il avait une liaison ? Blazkow a dit que sa femme avait passé la nuit dans le New Jersey chez sa mère.

— Je dirais que oui, affirma Joe.

Il sortit son mobile. Il avait reçu huit appels. Six émanaient d'Anna, un message vocal, quatre appels en absence et un dernier message vocal : « Connard ! »

En temps normal, Joe éprouvait un certain plaisir à entendre Anna l'affubler de noms d'oiseaux avec son charmant accent français. Mais cette fois, le ton n'avait rien de facétieux. Il regarda sa montre : il avait raté le rendez-vous pour Shaun. Et il avait oublié de la prévenir.

— Génial, grogna-t-il. Quelle saloperie ! Je n'ai pas averti Anna.

— Tu es un homme mort, commenta Danny en sortant en marche arrière. À propos d'homme mort, tu sais pourquoi Rufo s'est mis au régime ?

— Non.

— Son frère a passé l'arme à gauche, à quarante-neuf piges. Une crise cardiaque. Vlan ! Sans prévenir.

— Oui, je m'en souviens.

— Attends, c'est pas tout. Apparemment, aux funérailles, Rufo avait un peu forcé sur la bibine et un des types l'a entendu raconter à une vieille tante qu'il ne voulait pas finir comme son frangin, parce que lui – attends – il n'avait jamais été amoureux. Plus exactement, il n'avait pas encore rencontré le grand amour.

— Rufo ?

— Oui !

— J'ai une tout autre image de lui maintenant.

— C'est ça, approuva Danny. Dans un flou artistique, en train de baguenauder nu dans un champ de maïs.

— C'était il y a combien de temps ?

— Il y a trois ans.

— Et on ne l'a toujours pas vu avec une gonzesse.

— C'est triste. Pour nous tous. Ça nous aurait épargné les discussions sur la salade, le quinoa et le couscous.

— Vas-y, je te rattrape, lui indiqua Joe quand ils arrivèrent au central. (Il poussa la porte d'entrée et appela aussitôt Anna.) Allô, ma chérie, excuse-moi, je ne vais pas arriver à...

— Je sais, l'interrompit Anna. Parce que je suis déjà allée au lycée, et que maintenant je suis déjà de retour à la maison.

— J'ai un meurtre sur les bras. J'ai été retenu. Comment ça s'est passé ?

— Enfin, bon, la directrice a commencé par...

Joe vit Cullen et Blazkow descendre de voiture et entrer dans le bâtiment.

— Écoute, chérie, je suis navré. Je ne peux pas te parler longtemps. Mais est-ce que ça s'est bien passé ?

— Ça dépend, prononça-t-elle, la voix tendue.

— Faut que je file, écoute, excuse-moi. Je te rappellerai depuis le bureau. Il sera sûrement tard. Je t'aime.

— Moi aussi, je t'aime, répondit-elle d'une voix lasse.

Joe Lucchesi grimpa au premier étage, dans la salle de réunion. Tout le monde était assis et buvait du café.

— Alors, où on en est ? s'enquit-il.

— Un homicide, sans effraction et sans témoin ? Un sac à merde ! déclara Blazkow.

— Pas de vidéo ? poursuivit Joe.

— Aucune pour le moment, reconnut Martinez.

— Pas même depuis l'autre côté de la rue ? insista Joe.

— Niet.

— On n'a pas encore pu questionner tous les habitants de l'immeuble, reprit Blazkow. Alors on verra ce qui se présente, mais les voisins d'un côté comme de l'autre n'ont rien vu, rien entendu et le portier a vu que dalle.

— Et sa femme ?

— Elle est chez sa mère avec leur gosse, expliqua Martinez. Elle était dans tous ses états, elle essayait de se retenir à cause de sa fille, mais... putain ! J'en ai tiré ce que j'ai pu, autant dire pas grand-chose. Elle ne s'explique pas ce qui a pu arriver. Ils ne sortent pas beaucoup, passent leur temps ensemble le plus souvent...

— Bon... Rencher, tu peux te procurer le relevé des appels téléphoniques de Lowry ? demanda Joe. Cullen, vérifie-moi les plaques minéralogiques de toutes les voitures garées dans la rue. Demain, après l'autopsie, quand on aura une idée de l'heure de la mort, on pourra envisager de faire un maillage du bâtiment. (Il se tourna vers Blazkow.) Vous avez quelque chose du BCI ou d'un Triple I ?

Quiconque se fait arrêter à New York reçoit un numéro de NYSID – New York State Identification – que le Bureau des enquêtes criminelles conserve pieusement dans ses dossiers. Si Lowry avait un casier, un coup de fil au BCI leur permettrait d'avoir le renseignement et la photo. Une vérification Triple I leur indiquerait si Lowry avait un casier dans un autre État.

— Nada, répondit Blazkow.

— Écoutez, prenez-vous un bureau, Danny et toi, proposa Blazkow. Vous voulez un caoua ?

— Avec plaisir, merci.

Joe retira sa veste et s'assit. Quand il leva les yeux, Denis Cullen se penchait vers lui.

— Hum... Joe ? Puis-je me porter volontaire pour passer en revue les relevés comptables et peut-être les relevés téléphoniques ?

Joe éclata de rire.

— C'est bien la première fois de ma vie qu'on me propose un truc pareil.

— Ouais, bon... je crois que j'ai comme qui dirait l'œil pour ça.

À 1 heure du matin, Joe s'affala sur sa chaise, les doigts gourds à force de taper. Il avait dépassé sa dose de caféine. Maintenant, il avait un coup de barre. Il était toujours trop tard quand il se rendait compte qu'il était à bout.

— Je me tire, dit-il en se levant brusquement.

— Ça va ? s'enquit Danny.

— Je suis nase. Je rentre au bureau. Tu viens ?

— Sûr. Tu ne rentres pas chez toi ?

— Pas ce soir. L'autopsie est aux aurores.

Le « dortoir » du Manhattan North, situé derrière le vestiaire, se résumait à quatre lits métalliques pourvus de minces matelas et de couvertures sous lesquelles nul ne se risquait à dormir. Effectuer un service de « quatre et deux » signifiait être opérationnel quatre jours d'affilée suivis de deux jours de repos. Les deux premiers tours de service allaient de 16 heures à 1 heure du matin, les deux derniers de 8 heures du matin à 16 heures. La tournée de rotation finissait à 1 heure du matin, pour reprendre à 8 heures. La plupart des inspecteurs passaient ces nuits-là au dortoir – c'était du moins ce qu'ils racontaient à leur femme. Comme Anna supportait mal de dormir seule depuis leur retour d'Irlande, Joe s'efforçait de rentrer chez lui et, comme ils habitaient à Bay Ridge, faire l'aller-retour ne lui posait pas de problème. Mais au tout début d'une affaire importante, elle ne s'étonnerait pas qu'il demeure sur place. Il l'appela tout de même pour la prévenir.

— Chérie, c'est encore moi. Je vais passer la nuit au bureau.

— Je sais.

— Enfin, comme je ne te l'avais pas dit, j'ai pensé...

— Ça ira. Ne t'inquiète pas.

— Pas de problème ? Shaun est à la maison ?

— Non, mais il ne va pas tarder.

— Qu'est-ce qui s'est passé au lycée ?

— Oh, la directrice a été très gentille. Elle aime bien Shaun, je crois, mais elle se rend compte que... qu'il a changé. Elle dit qu'il se montre grossier et peu réceptif.

— C'est à cause de ses gènes français.

— C'est ça, pouffa Anna. Et ses mauvaises notes, on peut les attribuer à ses gènes américains.

— On dit la même chose de son charme et de son allure, renchérit Joe en riant.

— Et de son manque d'assurance...

— Alors, résultat des courses ?

— Oh, ils vont lui accorder une chance. Ils croient qu'il est fatigué en cours parce qu'il sort trop le soir et que...

— Est-ce qu'on s'est fait tirer les oreilles ?

— Ils n'ont pas eu à se donner cette peine.

— Écoute, tu es sûre que ça ira pour ce soir ? Tu veux que je demande à Pam de venir coucher à la maison ?

Pam était la seconde femme de Giulio, le père de Joe.

— Pam ? s'étonna Anna. Super, avoir une femme de mon âge qui est ma belle-mère pour baby-sitter !

— Ta belle-belle-mère. Ta belle-mère au carré, si tu préfères.

— Peu importe.

— Ce ne serait pas du baby-sitting. Tu pourrais lui proposer de prendre un verre et d'aller au cinéma.

— Laisse-moi te rappeler une chose : il est 1 heure du matin. Et je vais bien. Essaie de dormir un peu quand même.

— Merci. À…

— Dans quelques jours. Je sais.

— Je t'aime.

— Moi aussi.

— Chérie ?

— Oui ?

— J'adore rire avec toi.

— Moi aussi, répliqua-t-elle. Et… Joe, au moins je sais que tu dors dans le dortoir.

— Et qu'il n'est pas question que j'aille crécher ailleurs.

Anna avait raison. Il passait effectivement la nuit au dortoir. Mais c'était aussi ce que Gina Markey s'imaginait, concernant Danny.

# Chapitre 3

Stanley Frayte avait une heure à tuer avant d'arriver à son travail. Il roulait sur Holt Avenue dans sa fourgonnette Ford Econoline blanche, dont le flanc était estampillé du logo « Frayte Electrical Services » en grosses lettres bleues. Il se gara sur le parking à la pointe sud d'Astoria Park. À 8 h 30, c'était tranquille. Il avait évité la horde des marcheurs, joggeurs et nageurs de l'aube qui étaient rentrés chez eux une heure plus tôt, pour se doucher avant d'aller au travail.

La brise fraîche venue de l'East River hérissa les poils de ses bras nus lorsqu'il sortit de sa fourgonnette. De cet endroit – près du parc, sous le Triborough Bridge –, il embrassait du regard le quartier d'Astoria tel qu'il lui était toujours apparu. Vers Shore Boulevard, les copropriétés de luxe qui dominaient les courts de tennis d'un côté et Manhattan de l'autre avaient modifié le paysage. Comme Brooklyn, Astoria avait su attirer les gens hors de la ville et se refaisait une beauté pour leur démontrer qu'ils avaient fait le bon choix. Stan aimait tout en bloc. D'ailleurs, il lui suffisait pour être heureux de sentir la caresse du soleil, d'apercevoir une étendue d'eau sereine, de marcher entre les arbres, de s'asseoir sur un banc. À 8 h 55, il remonta en voiture.

Il s'engagea dans la 19e Rue vers le centre-ville et se gara sur le petit parking de l'immeuble où il travaillait depuis deux semaines. Ensuite, il déchargea son matériel et s'avança sur le passage dallé. Il s'arrêta à mi-chemin et se pencha en avant, déposa ses outils à côté de lui et tira un canif de sa ceinture porte-outils. Il déplia la lame d'un coup de pouce et trancha une herbe folle qui sortait du ciment. June, la réceptionniste, lui adressa un signe de la main depuis son bureau. Il passa la porte d'entrée qui donnait dans le hall. L'air empestait le détergent au citron. À gauche, le bureau de June, en forme de croissant de lune, s'incurvait vers la porte. Les murs étaient jaune paille avec un lambris crème à la base marquant l'angle jusqu'à l'ascenseur. Derrière le bureau, des barrières mobiles en plastique barraient le couloir à quiconque, hormis aux ouvriers du bâtiment qui rénovaient cette partie de l'immeuble, du rez-de-chaussée au troisième étage.

— Salut, Flat Stanley[1] ! l'apostropha June en souriant derrière son bureau.

Flat Stanley était le héros d'un livre d'enfants qui, ayant été aplati dans un affreux accident, ne faisait plus que deux centimètres d'épaisseur. L'interpellé n'avait pourtant rien d'une crêpe et évoquait plutôt les rondeurs de Bibendum, avec un ventre qui paraissait gonflé à l'hélium. En grognant, Stan déplaça la pochette pendue à sa ceinture, qui revenait invariablement se poser sous sa brioche.

— Du neuf ? demanda-t-il.

— Mary Burig, au premier, va planter cette petite plate-bande de fleurs que vous avez eu la gentillesse de lui préparer.

Son visage rubicond s'éclaira.

— Mary ? Aujourd'hui ?

1. Litt., *flat* : plat. Flat Stanley est le héros d'une série de livres illustrés par Jeff Brown et Tomi Ungerer. Aussi en français, *Clément aplati*, par Jeff Brown et Toni Ross, Gallimard Jeunesse, 2002. *(N.d.T.)*

June hocha la tête.

— Oui. (Elle sourit.) On dirait que vous avez un ticket.

Il la considéra, l'air grave.

— Elle aime beaucoup les fleurs.

Mary Burig vérifia son Smartphone, un appareil qui tenait à la fois du téléphone portable et du mini-ordinateur de poche. Il renfermait tout ce dont elle avait besoin, numéros de téléphone, adresses, coordonnées bancaires, rendez-vous, liste des courses, anniversaires, plans et guides. Elle passa un quart d'heure à ranger sa salle de séjour, en commençant par la porte d'entrée et en procédant coin par coin, dans le sens des aiguilles d'une montre. Puis elle se rendit à la cuisine et frotta les surfaces. Elle s'apprêtait à décharger le lave-vaisselle quand on sonna à la porte. Elle courut pour ouvrir.

— Bonjour, Magda, claironna-t-elle. Entrez ! Je suis sur la brèche. Un thé ?

— Café, répondit Magda en la serrant contre elle. Merci, je vais le faire.

Magda Oleszak avait dépassé la cinquantaine et respirait la santé : à l'en croire, elle devait sa forme à une alimentation saine et à une pratique fanatique de la marche à pied. Arrivée de Pologne dix ans plus tôt avec deux enfants adolescents, elle parlait un anglais impeccable mais n'avait pas tout à fait perdu son accent.

— Ça m'a l'air parfait, remarqua Magda en faisant le tour de l'appartement, tandis qu'elle retirait sa veste légère en Skaï.

Au chevet du lit de Mary se trouvait *Rebecca*, de Daphné du Maurier, posé à l'envers, pages écartées.

— Vous relisez *Rebecca* ? demanda Magda.

— Je sais, répondit Mary. C'est tricher, parce que je le connais par cœur.

— Vous ne trichez pas, corrigea Magda en se tournant vers elle, les mains tendues dans un élan chaleureux. Je ne veux plus entendre ça, Mary. C'est magnifique, ce lien entre vous et Rebecca. Vous êtes amies pour la vie. Elle vous accompagnera toujours, n'est-ce pas ? Enfin, si c'est bien le prénom de cette jeune femme ? A-t-elle un nom ? Je ne le crois pas... Je m'y perds, moi aussi, vous voyez ? Je m'y perds. Pas vous, c'est formidable, Mary. Accrochez-vous à cela pour vous remémorer les émotions que vous avez eues autrefois en découvrant ce roman.

Mary sourit.

— Écoutez, puisqu'on parle bouquins, enchaîna Magda, j'ai des bonnes nouvelles pour vous. Stan Frayte – vous connaissez Stan –, eh bien, il va réaménager la bibliothèque comme vous le souhaitiez.

Mary battit des mains.

— Super ! (Elle fronça les sourcils.) Et vous croyez que la pièce va finir par ressembler davantage à une bibliothèque qu'à une vitrine de magasin ?

— On ne touchera pas à la vitre, si c'est ce que vous voulez dire. On ne veut surtout pas que quelqu'un fasse de bêtises là-dedans.

— Personne ne fait de bêtises dans les bibliothèques.

— Mais si, en allant droit sur les passages salaces dans les romans d'amour. Les membres turgescents et brûlants, et tout ça.

— Oh, Magda !

Celle-ci éclata de rire.

— J'aimerais bien qu'on modifie aussi les autres fenêtres, avança Mary. Elles sont trop hautes. Quand on est assis, on ne voit rien dehors. On est là, à regarder un mur nu.

— Vous savez quoi ? lâcha Magda. Je me plais à penser que le lecteur se sert de ce mur nu comme d'un écran, sur lequel il regarde défiler les événements qu'il est en train de lire.

Mary réfléchit un instant.

— Je vous suis, ça me va bien.

— Vous voulez savoir comment on a trouvé l'argent pour financer les travaux dans la bibliothèque ? Grâce à Stan lui-même. Il a dit qu'il avait obtenu une remise sur les appliques du hall d'entrée. Ou quelque chose dans ce goût-là.

— C'est vraiment gentil… Il y a quelque chose de triste chez Stan.

Magda entra dans la cuisine.

— Vous êtes en panne de café, Mary.

— Oh, je suis navrée.

Elle enfonça la touche *Tâches* sur le menu de son téléphone et ajouta « café » à la liste des provisions.

— Alors, quoi de neuf ? s'enquit Mary.

— David va venir ce matin, non ?

— Oui. Il y a un gâteau là-dedans. Je n'ai pas faim, mais n'hésitez pas à vous servir.

Magda ouvrit la boîte à pain et en sortit un gâteau enveloppé dans une feuille d'aluminium. Il était couvert de moisissures. Elle repoussa le couvercle de la poubelle et le jeta.

— Merci, dit-elle, mais j'ai déjà mangé. (Elle revint dans le séjour et s'assit sur le sofa.) Voulez-vous que je reste jusqu'à l'arrivée de David ?

— Ce serait formidable, approuva Mary. Aujourd'hui, c'est repassage, alors je vais m'y mettre tout de suite, si ça ne vous dérange pas.

— Allez-y !

À trente-quatre ans, David Burig avait l'air si juvénile qu'il passait le plus clair de son temps en costume, pour que son personnel le prenne au sérieux. Il dirigeait une entreprise de traiteur, qu'il avait rachetée après s'être débarrassé d'une société d'informatique surévaluée, neuf ans plus tôt.

— Salut, toi ! lança-t-il en étreignant Mary et en l'embrassant sur la joue.

— David ! s'écria-t-elle. Gé-nial !

— Si seulement tout le monde réagissait comme ça à ma vue.

— Gé-nial ! renchérit Magda.

Il éclata de rire.

— Merci à toutes les deux. Grâce à vous, mon ego est requinqué. Bon, je crois que je vais aller voir la bande, dit-il à Mary.

Celle-ci ne parut pas comprendre. Elle regarda la pendule.

— Mais il est seulement 10 heures du matin !

Il eut un sourire moqueur.

— Je parlais de la plate-bande de fleurs, petite tête !

Elle le fusilla du regard sous ses longues mèches brunes.

— C'était censé être drôle ?

— Oui.

— Ce n'est pas parce que tu le dis que c'est forcément le cas.

Il leva les mains comme pour s'avouer vaincu.

— En fait, ça ne l'était pas du tout, admit-il.

— C'était bête, soupira Magda.

— Peut-être, mais je suis plein de bonne volonté, assura David. Laissez-moi aller me changer. Et si je puis me permettre, c'est quoi, cet accoutrement ?

— J'ai l'air d'une folle ? s'inquiéta Mary.

— Disons que tu as l'air… original.

Mary sourit parce que David souriait.

— J'ai trouvé ça plutôt cool.

Elle avait enfilé un pantalon ample en coton orange resserré aux chevilles, un cardigan vert et des baskets blanches.

David éclata de rire et disparut dans la chambre à coucher en emportant son sac de sport.

— Bien, déclara Magda. Vous avez ce qu'il vous faut pour jardiner ?

Mary désigna les outils alignés sur la table.

— Deux déplantoirs, un tapis de sol, un arrosoir, une sorte de fourche... Ça ira ?

— Très bien, dit Magda. Il y a un robinet à l'arrière du bâtiment.

David apparut en jean défraîchi, chemise bleue à manches longues et baskets Puma vertes rétro.

— Très bien. Je suis prêt à jardiner. Je suis fier – non, je suis pénétré d'orgueil – de vous seconder dans une tâche aussi noble. Venez donc, ma dame au pantalon redoutable, descendons et ramenons cette terre brune à la vie.

— Je vais prendre l'ascenseur avec vous, annonça posément Magda.

Mary installa le tapis de sol devant la plate-bande située en bordure de la propriété, à une quinzaine de mètres de l'arrière du bâtiment. Une rangée de pots de chrysanthèmes aux teintes chatoyantes, jaune, orange et fuchsia, s'alignait au pied du mur.

— Quelle merveille ! s'extasia Mary.

— En effet, approuva David. Stan est toujours fidèle à la même gamme de couleurs, hein ? Il change seulement de fleurs à l'automne.

Elle hocha la tête.

Son frère se tourna vers le parterre nu et éclata de rire.

— Regarde... Il a délimité l'endroit où on pouvait planter : le coin le plus ombragé, le plus tranquille...

— De peur qu'on ne se trompe ? questionna Mary, amusée.

— J'imagine.

— Mais je l'ai déjà aidé, il sait que je m'y connais.

— Certes, mais il sait aussi que c'est moi qui te sers d'assistant cette fois.

— Très bien. Il faut dépoter les fleurs, séparer doucement les racines et les repiquer ici, comme sur ce dessin.

Elle lui tendit un bout de papier avec un croquis très rudimentaire.

— Ça ne devrait pas être compliqué, constata David.

Mary s'agenouilla sur le tapis et entreprit de creuser un trou. David s'occupa des pots. Il enfonça le déplantoir dans le premier, contourna les racines pour dégager la plante et secoua l'excès de terre.

— À l'heure qu'il est, tous mes copains sont enfermés dans un bureau, remarqua-t-il. Tu peux imaginer quel plaisir ça me fait ?

— Merci d'être venu m'aider, répondit Mary, le visage éclairé d'un sourire.

— T'aider ? C'est moi que j'aide ici, c'est de la thérapie. C'est ça, la vraie vie. Dehors, en plein air, loin du bureau.

Il repéra une herbe folle qui poussait près du gazon à la limite de la plate-bande. Il l'arracha et la souleva.

— C'est drôle, non ? À croire que la beauté attire ces choses affreuses, qui se cramponnent.

— Comme le jardin de Manderley, remarqua Mary.

— Oui, exactement.

Ils travaillèrent vaillamment en bavardant et riant de conserve, pendant plus d'une heure. David s'arrêta un instant et contempla sa petite sœur, dont la concentration ne faiblissait pas. Elle était penchée sur les pétales clairs qu'elle tenait doucement dans sa main minuscule, mettant tout son cœur à l'ouvrage.

— Comment tu t'en tires ? demanda-t-il.

Elle leva les yeux.

— Je crois que ça va.

Il lui pressa la main.

— Super, Mary. C'est super.

Elle avait l'air heureuse. Ils continuèrent en silence jusqu'à ce que David s'arrête de nouveau. Il la regarda et commença une phrase extraite de *Rebecca* :

— « Nous avons tous notre démon intérieur, qui nous enfourche et nous tourmente. »

Mary poursuivit avec un sourire triste :

— « Et pour finir, nous devons livrer bataille. Nous avons réussi à conquérir le nôtre... »

David poussa un soupir.

— « ... Du moins le croyons-nous. »

# Chapitre 4

Le corps d'Ethan Lowry était étendu sur une table en inox perforée, au sous-sol de l'Institut médico-légal. Le dos était surélevé, exposant le thorax vidé de ses organes – organes dont on avait inscrit le poids sur une feuille maculée de sang, posée en évidence à côté de la balance.

Joe et Danny arboraient l'attirail réglementaire – blouse et gants de protection – mais laissaient pendre leur masque autour de leur cou. Joe avait veillé à placer l'appareil photographique numérique et son calepin à portée de main, sur le comptoir. Tout au long des trois heures d'autopsie, il avait pris des clichés et des notes, et posé des questions.

Le docteur Malcolm Hyland était jeune pour un légiste. Les inspecteurs l'avaient à la bonne parce qu'il ne les abreuvait pas de jargon médical et parce qu'il ne les prenait pas pour des imbéciles. Tant qu'il n'avait pas eu à se servir du micro, il s'était exprimé d'une voix douce. Ensuite, il avait parlé fort et d'un ton sans âme. Danny le surnommait Robodoc.

— Récapitulons, le pria Joe, tout en rouvrant son bloc d'une chiquenaude.

— Entendu, dit Hyland. Heure présumée de la mort : entre 22 heures et 3 heures du matin. La cause du décès est une blessure par balle tirée à bout portant… Vous avez vu le petit trou près de la cavité orbitale, et la balle calibre 22 cabossée et bosselée qu'on a retirée de la boîte crânienne. Le projectile s'est logé dans le lobe temporal, en partant de la gauche vers la droite. Vous vous rappelez les bords arrachés sur le pourtour de la blessure quand la balle a pénétré en vrille... Comme c'était juste au-dessus de l'os, on observe des fissures en rayon dans la peau, et un schéma caractéristique en étoile. Votre homme a succombé à une hémorragie intracérébrale.

« Mais avant même d'en venir au coup de feu, nous avions noté une asphyxie traumatique causée par une compression thoracique – c'est pourquoi j'ai parlé du diaphragme mis dans l'incapacité de s'élargir. À mon avis, l'assassin s'est assis sur la poitrine du gars ou l'a écrasé avec son genou, pour peser de tout son poids sur la victime. L'ayant à sa merci, il a pu l'attaquer avec, sans doute, un marteau de taille moyenne. Concernant les blessures au visage – comme vous avez pu le voir –, on a des hématomes étendus et un gonflement de la face, plusieurs lacérations irrégulières. Les lacérations externes et internes sur les deux lèvres que nous avons constatées sont courantes dans les crimes homophobes.

— Il était vivant pendant qu'on s'acharnait sur son visage, lâcha Danny.

Hyland acquiesça.

— Il a inspiré du sang et des fragments de dents.

— Et si je vous suis bien, ce pauvre gars était déjà en train de mourir quand on l'a abattu, il ne pouvait même plus respirer correctement, insista Danny.

— Tout à fait, confirma Hyland. Je suppose que je pourrais comprendre que l'assassin lui défonce le crâne, puis l'étouffe. Mais qu'il lui tire une balle par-dessus le marché ? C'est du vice. Vous imaginez le type qui se débat à chaque respiration, qui rassemble ses forces pour y arriver, puis on lui fracasse le visage au marteau, il se focalise sur cette douleur atroce, puis il recommence à chercher son souffle, puis de nouveau la douleur, tout allant crescendo jusqu'au dernier instant. Et là, il reçoit une balle. Point barre. Il est mort.

— Les dingues ont des raisons que la raison ne connaît pas, déclara Danny. Mais ça me rappelle quelque chose, je dois dire. Tu te souviens de William Aneto ?

Joe haussa un sourcil interrogateur.

— Ah, c'est vrai ! Tu n'étais pas là, j'étais avec Martinez. Un homo dans l'Upper West Side. C'est juste que... ça me titille. J'ai l'impression qu'il y a un point commun, mais j'arrive pas à mettre le doigt dessus.

— Messieurs, coupa Hyland, si nous en avons fini... (Il indiqua le calepin de Joe.) Je suis sûr que vous avez tout enregistré.

— Oui, enfin dès que je serai rentré au bureau, il y aura un mot que je ne pourrai pas déchiffrer et je n'y pigerai plus rien.

— En cas de besoin, vous m'appelez.

— Merci, répondit Joe.

— Bonne chance, conclut Hyland. Vous savez, quand je dissèque un cerveau, j'aimerais trouver une petite pellicule, comme un film pris dans l'œil de la victime, pour qu'on puisse regarder ce qui s'est passé. Ça serait irréfutable pour vous devant le tribunal, non ? En plein dans le mille. Ce ne serait pas génial, ça ? Ou si je trouvais, disons, une boîte noire mentale qui renfermerait l'impact psychologique minute par minute de ce que la victime a vécu et subi. Encore que, pour ce type, ça ait dû être tellement atroce qu'un circuit aurait fatalement pété quelque part.

Étendue en pyjama sur le sofa et recouverte d'une fine couverture polaire, Anna Lucchesi regardait le quatrième épisode d'affilée de *Grand Designs*, une émission de décoration intérieure. Un couple d'Anglais avait restauré une propriété à la campagne, et elle contemplait les ravages causés par leur passion pour le style des années quatre-vingt. Anna avait commencé à suivre ce programme en Irlande. Elle était alors l'étoile montante du magazine *Vogue Décoration*, et à ce titre elle s'occupait de la restauration d'un phare situé aux abords d'un petit village dans le comté de Waterford. Elle exerçait ce métier qu'elle aimait dans un cadre magnifique, soutenue dans cette tâche par les encouragements de son mari et de son fils. À présent, seule devant *Grand Designs*, elle se sentait larguée, hors jeu, reléguée dans une sinistre maison en brique rouge et à pans de bois, perdue à Bay Bridge, Brooklyn – non pas à Brooklyn Heights ni à Williamsburg, pas même à DUMBO[1]. C'était plus vieux, plus sûr, les voisins y étaient aimables, mais pour Anna ça manquait d'âme.

Son regard se tourna vers la fenêtre. Elle se surprit à regretter la mer et les vagues, dont le grondement puissant couvrait parfois le son de leurs voix, au point qu'il fallait fermer les fenêtres pour s'entendre. Leur maison adossée au phare était paisible, confortable, et s'ornait d'un mobilier simple aux teintes neutres. Duke Rawlins avait tout dévasté sur son passage. Il avait voulu détruire Joe, mais il avait sous-estimé sa résilience. Et quand Anna y songeait à présent, au lieu d'admirer son mari pour sa force de caractère, elle lui en voulait. Il avait tué Donald Riggs en service, et c'était elle qui en avait fait les frais. Lui s'en était sorti indemne, il avait repris son boulot, tandis qu'elle végétait en pyjama au beau milieu de l'après-midi.

Pendant les deux mois qui avaient suivi le drame en Irlande, elle s'était réfugiée chez ses parents, à Paris. Joe et Shaun étaient restés avec elle durant trois semaines, mais ils s'étaient vite sentis à l'étroit dans le petit appartement. Elle avait eu l'impression que

1. Down Under the Manhattan Bridge Overpass, litt. L'expression désigne le quartier situé au pied du pont de Manhattan. *(N.d.T.)*

Joe essayait d'accélérer sa guérison, de forcer les choses à reprendre un cours normal qui ne serait plus. Elle avait fini par le convaincre de repartir avec Shaun pour New York.

Une fois qu'elle les eut rejoints, il lui avait fallu du temps pour s'adapter à une maison et à un quartier qu'elle n'avait pas choisis, du fait de sa dépression. Elle se réveillait le matin en se demandant ce qu'elle faisait là, sans pouvoir vraiment dire où elle aurait voulu être. Elle était sûre d'une chose : elle voulait éviter le monde extérieur. Ce qui signifiait rester cloîtrée entre ses quatre murs.

Heureusement, sa rédactrice en chef Chloé da Silva lui avait permis de travailler à domicile, tout en soulignant le caractère provisoire de cette situation, Anna étant trop douée pour laisser passer les grosses commandes. Au début, cet arrangement avait paru convenir, mais au fil des mois, Anna s'était sentie de plus en plus tourmentée à l'idée d'être limogée et de perdre la seule chose qui lui permettait de garder la raison. Elle aimait effectuer des prises de vue depuis chez elle en sélectionnant des objets dans des catalogues, des fichiers informatiques, voire des colis qui lui étaient expédiés quotidiennement. Sa démarche professionnelle n'était pas classique, mais elle portait ses fruits. Enfin, elle l'espérait.

Elle se leva péniblement pour gagner son bureau improvisé quand le téléphone sonna. Elle reconnut le déclic du haut-parleur qu'on déconnecte. C'était Chloé.

— C'est encore moi.

Anna retint son souffle.

— Je suis désolée de t'imposer ça, Anna, mais j'ai une grosse tuile. Il y a une séance de photos hyper importante à l'hôtel W, sur Union Square, demain matin, et Leah m'a posé un lapin. Bref, il s'agit de photos de chambres à coucher – des mannequins dans des palaces et des demeures extravagantes, où elles se ressourcent après des heures de torture à arpenter un podium ou à faire la moue devant un objectif. Nos plus gros annonceurs sont sur le coup… Et bon, voilà pourquoi j'espère que tu vas accepter de me dépanner, le photographe est Marc Lunel. Ça te donnera l'occasion de travailler avec quelqu'un qui n'écorche pas les mots Moët et Chandon. Allez, dis oui ! Je t'en supplie, je t'en supplie, je t'en supplie !

Anna observa le couple à la télévision, qui invitait deux hommes dans leur salon où dominait une banquette de cuir écarlate.

— À condition que mon nom apparaisse en tête du reportage, finit-elle par déclarer.

Son cœur battait à se rompre, mais pas sous l'effet de l'exaltation.

— D'accord.

— Bon sang ! s'exclama Chloé avec un rire strident. Si j'avais su que ce serait aussi facile, j'aurais appelé Marc il y a des mois.

Anna garda le silence. Chloé embraya :

— Oh, où ai-je la tête ? Il faut vraiment que je sois folle pour dire une chose pareille ! Il est évident qu'il t'a fallu du temps pour…

— Écoute, coupa Anna, envoie-moi les éléments par e-mail.

— Bien sûr. C'est comme si c'était fait. Merci, ma chérie. Merci du fond du cœur.

Joe s'inclina vers la glace de la salle de bains. Comme après chaque autopsie, il se coupait les poils de nez, qui s'étaient imprégnés de l'odeur de mort pendant trois heures. Ce rituel se justifiait-il au plan hygiénique ou lui apportait-il un simple réconfort psychologique, voire les deux ? Il n'aurait su le dire, toujours est-il qu'il n'aimait pas se regarder de près. Cela l'obligeait à recenser des rides récemment apparues autour de ses yeux, à surprendre des mèches grises sur ses tempes ; autant de marques qu'il ne pouvait maîtriser. Il alla à son casier et y prit un flacon de gel douche aux huiles essentielles de théier qu'Anna lui avait donné. Il se déshabilla et jeta son costume dans un sac en plastique.

— Ça schlingue, cette cochonnerie, lança Danny en entrant. Je crois que je vais retourner à la morgue.

— Va te faire voir, grogna Joe. Je préfère sentir…

— Une odeur de thé bizarroïde…

— Sentir… le propre, plutôt que, comme toi, ton truc moussant qui ne masque rien du tout.

— Tu sais ce qu'on dit : une nana qui ne supporte pas l'odeur de la mort chez un mec…

— … ne risque pas de sortir avec un type qui se tue à la tâche !

— Et merde, remarqua Danny en refermant son casier. Je n'ai plus une goutte de savon. Allez, file-moi ta saloperie.

Joe retourna à son bureau et consulta sa boîte aux lettres électronique. Danny le rejoignit quelques minutes plus tard, en reniflant le dos de sa main avec une grimace.

— Pas un mot sur le gel douche ! grogna Joe.

— Je vais aller chercher ce dossier, annonça Danny avant de s'éloigner. Celui dont je t'ai parlé, l'acteur, Aneto, précisa-t-il par-dessus son épaule.

Joe débarrassa sa table de travail d'une pile de papiers qu'il déposa à ses pieds. Danny revint chargé du dossier de William Aneto : trente et un ans, fluet, séduisant, les cheveux noirs au ras du col. Joe considéra sa photo d'identité. Aneto avait été un comédien de feuilleton sans relief, à qui l'on donnait quatre répliques à dire et qui restait en marge de l'action principale. Il avait tenu le rôle du copain du frère du héros, dans un soap opera en espagnol. Son meurtre datait de presque un an ; une amie avait découvert son corps à son domicile dans l'Upper West Side. L'affaire avait vite abouti à une impasse. En tant que victime, William entrait dans une catégorie à haut risque ; il collectionnait les conquêtes dans les soirées gays et, à en croire les témoignages, ne rechignait pas à passer la nuit avec des inconnus. Danny et Martinez avaient interrogé des centaines de ses amis, relations et amants, sans résultat. On privilégiait l'hypothèse d'un tête-à-tête qui avait mal tourné.

Joe sortit de la chemise les autres photographies et les aligna sur la table devant lui. Danny regardait par-dessus son épaule. Comme pour Ethan Lowry, le corps avait été retrouvé dans l'entrée. Mais derrière William Aneto, des traînées de sang laissées par les cheveux serpentaient sur le carrelage gris, telles des traces de peinture rouge faites au pinceau.

— Voilà, ça me revient, expliqua Danny. La plus grande partie de l'action s'était déroulée dans la cuisine. C'est là qu'il a été massacré, puis on l'a traîné jusqu'à la porte d'entrée, où il a été achevé. Attends de voir la cuisine. Des empreintes de main, de pied, partout sur le sol, en haut sur le mur… On se croirait à l'atelier de peinture en maternelle. Tu sais… si toute la peinture était rouge. Et que les gosses étaient des avatars de Damian Hearst.

Joe observa les clichés de la cuisine. Il indiqua un coin ensanglanté du comptoir en granité.

— Disons que je suis l'agresseur, je me tiens ici derrière la victime, et je lui défonce la tête là-dessus.

Du sang avait éclaboussé le mur, le comptoir, le sol, aspergé toutes les surfaces.

— C'est ça, confirma Danny.

Une photo de l'entrée en grand angle montrait le corps replié sur lui-même, les éclaboussures d'une blessure par balle, la mare écarlate sous la tête.

Plus amoché que celui d'Ethan Lowry, le visage de William Aneto présentait des blessures qui laissaient les chairs à vif et sanguinolentes. Un coup avait complètement enfoncé l'orbite de son œil droit, occultant l'ouverture de la blessure faite par la balle qui, d'après les résultats de l'autopsie, avait suivi une trajectoire identique à celle de Lowry.

— Ouais. Pas de doute, c'est le même.

— Le calibre était trop petit, nota Joe.

— Drôle de mec. Merde, le téléphone... regarde, enchaîna Danny en indiquant un minuscule appareil argenté gisant à côté du corps d'Aneto. J'avais oublié.

Comme pour Ethan Lowry, il semblait que William Aneto avait passé un appel juste avant de mourir. Joe feuilleta le dossier jusqu'à ce qu'il trouve la déposition de Mme Aneto.

— Oui, se remémora Danny. Sa mère a dit qu'il l'avait appelée pour lui souhaiter une bonne nuit.

— Peut-être que tu devrais retourner voir Mme Aneto.

— Elle pas aimer moi, marmonna Danny en faisant la grimace. Peut-être que Martinez pourrait y aller pour réchauffer l'atmosphère.

— Ben, compte pas trop là-dessus.

— Et pourquoi ?

— Peut-être que tu devrais demander toi-même à Martinez.

— Et ça veut dire quoi, putain ?

— T'as pas vu comment il me reluque ? Je suis un briseur de ménage. Il a vécu onze mois idylliques avec toi, je débarque, tu me reprends, sa vie est foutue.

Danny secoua la tête.

— Il a l'œil qui frise dès que tu es dans les parages, continua Joe.

— Va te faire mettre. Ce que tu vois, c'est de l'admiration professionnelle.

— Allez, remue-toi ! On va parler à Rufo.

— Messieurs ! lança le sergent Rufo quand ils entrèrent.

— On a fait des recoupements, annonça Joe. Entre Ethan Lowry et William Aneto.

— Le gars au sujet duquel j'ai reçu tous ces appels cette semaine ? s'étonna le sergent.

— C'est ça. Pour entonner le refrain « Un an après, et toujours pas de réponse ».

— Intéressante, cette coïncidence, décréta Rufo. Dites-m'en plus.

— Les deux meurtres se sont produits au domicile de la victime, aucun signe d'effraction, même type de blessures faciales, blessure par balle calibre 22, téléphone trouvé à proximité du cadavre, les corps laissés dans l'entrée derrière la porte.

— Ça me va, conclut le sergent.

Couché sur son lit, Shaun Lucchesi fixait le plafond. La stéréo beuglait les mêmes paroles en boucle : abandonné, abandonné, abandonné. Cela faisait près d'un an que sa petite amie, Katie Lawson, avait été assassinée. Ils s'étaient rencontrés le jour de la rentrée des classes à son arrivée en Irlande et ils avaient été inséparables jusqu'à sa mort. Le pire, c'était qu'on avait commencé par le soupçonner du meurtre, et que tout le village l'avait mis en accusation avant que la vérité ne soit faite.

Pendant les mois qui suivirent la disparition de Katie, Shaun se réveillait chaque matin tenaillé par une impression de vide intolérable, une douleur comme il n'en avait jamais connu. Les bons jours, ses souvenirs lui remontaient le moral. Les mauvais jours, il était prisonnier d'une séquence d'images, qui commençait par le moment où il était passé la prendre ce soir-là, pour finir par la dernière fois où il l'avait vue. Tout semblait sans importance, désormais. Il était rentré à New York, avait retrouvé ses vieux copains et traînait dans les mêmes endroits qu'autrefois, mais son existence était tellement différente de celle qu'il avait connue avec Katie que c'en était surréaliste. Avec elle, l'important se réduisait à ce qu'ils éprouvaient l'un pour l'autre, à leurs rires partagés, à ces heures qu'ils passaient, enlacés sur son lit, à simplement parler ou à regarder des films. L'important, ce n'était ni qui étaient les copains ni quels lieux on fréquentait, ni quel gadget on possédait ni avec qui on couchait, ni qui avait le dernier modèle de portable ou la bagnole la plus rapide. Parfois, l'idée qu'il ne serait plus jamais aussi heureux qu'en ce temps-là avec Katie l'empêchait de respirer.

Il éteignit la stéréo, se leva et se déplaça jusqu'à la penderie. Il prit sur l'étagère du haut une petite boîte métallique. Une fine couche de cire en tapissait le fond et une courte mèche noire se tortillait en son centre. C'était la bougie préférée de Katie, Fleur de Coton. Il prit un briquet dans son tiroir et l'alluma. La mèche était trop courte pour brûler plus de quelques minutes. Shaun ne supportait pas la pensée qu'elle soit complètement consumée.

Tout le monde se souviendrait, dans trois semaines, du premier anniversaire de l'enterrement de Katie. Mais ce soir, il y avait de cela un an, il avait failli faire l'amour avec elle pour la première fois. Ils s'étaient disputés. Elle s'était enfuie en courant. Et puis elle avait été tuée. Il ferma les yeux et les larmes roulèrent sur son visage, pour tomber sur l'oreiller. Il resta ainsi, immobile, pendant une demi-heure. Puis il s'assit, prit son téléphone portable et fit défiler les photos. Katie au lycée. Katie sur la plage. Katie dans sa chambre. L'une après l'autre, il les effaça.

# Chapitre 5

Assis à son bureau, les doigts pressés contre son front, Joe s'efforçait de lire un rapport dont les lettres avaient commencé à danser devant ses yeux quelques minutes plus tôt. Son téléphone sonna. C'était Rueben Maller, du FBI Eastern District – le bureau qui couvrait toute la côte est. Les deux hommes s'entendaient bien. La dernière affaire sur laquelle ils avaient travaillé était celle de Donald Riggs.

— Tu peux parler ? demanda Maller.

— Ouais.

— Comment ça va chez vous ?

— Où ça ? Tu veux dire ici, à Manhattan North ?

— Non, toi, Anna, Shaun… Vous tenez le coup ?

Joe hésita.

— Ça peut aller… Pourquoi, que se passe-t-il ?

Maller souffla bruyamment.

— Que ça reste entre nous, dit-il en baissant la voix. J'ai eu des nouvelles du bureau du Texas. À propos de Duke Rawlins. Avant que tu ne dises quoi que ce soit, Joe, je te préviens, c'est brouillon. Je n'ai pas beaucoup d'éléments. Et je ne t'ai rien dit.

Joe réprima un haut-le-cœur.

— Vas-y, vide ton sac, parvint-il à articuler.

— Duke Rawlins, né à Stinger's Creek. Geoff Riggs – le père de Donald Riggs – dit qu'il a reçu la visite de Duke Rawlins la semaine dernière. Bon, Geoff Riggs est vraiment dans un sale état. Personne ne se souvient de la dernière fois où il a dessoûlé. Il traverse la ville en proférant des insanités, il tient des propos sans queue ni tête. La semaine dernière, il a dit au vendeur du magasin d'alcools que Rawlins était venu le voir dans sa baraque la semaine précédente. Le gamin a paniqué et aussitôt appelé les flics. Ils sont allés parler à Riggs. J'ai sa déclaration mot pour mot sous les yeux. Geoff Riggs a déclaré, très calme : « Exact, j'ai eu la visite de Dukey. Il voulait me dire bonjour, prendre des nouvelles. Ça fait un bail. Il voulait jeter un œil dans la chambre de Donnie. J'ai dit : "Vas-y, mon vieux, il n'y a plus grand-chose là-dedans depuis que vous avez tout foutu en l'air l'an dernier !" Alors Dukey est ressorti, puis il est allé dans la cabane de jardin où je range mes outils et j'ai dit : "Bien sûr que tu peux y aller, Dukey. T'es un bon gars." Il avait l'air *exaspiré*. Quelque chose le turlupinait. Bref, c'est la dernière fois que j'ai vu le petit Dukey. »

— C'est tout ? interrogea Joe.

— Ouais.

— Geoff Riggs n'a pas appelé les flics, rien ?

— Non... Le mec a le cerveau complètement fondu. Il a fallu deux heures pour lui soutirer la déposition que je viens de te lire. Et ça, c'est seulement une partie de l'histoire. La deuxième partie, c'est que, quelques jours plus tard, le gardien du cimetière de Stinger's Creek faisait sa ronde, et quand il est arrivé devant la tombe de Donald Riggs... Eh bien, il y en avait une autre creusée juste à côté.

— On avait déterré quelqu'un ?

— Non, mais quelqu'un venait de creuser une tombe. Celle-là était vide. On a bien fouillé et on n'a trouvé rien ni personne.

— Génial, murmura Joe.

— Cela dit, on ne doit pas perdre de vue que tout le monde, là-bas, sait ce que Rawlins et Riggs ont fait.

Alors d'un côté, on a des gens qui veulent sa tête. De l'autre, certains agents du bureau du shérif qui sont allés enquêter là-dessus sont tombés sur un groupe de camés qui ont dit : « Ben quoi, mec, Duke Rawlins, il est trop, quoi. » Sous-entendu, *trop génial*. Donc ça peut être aussi bien un proche d'une victime qu'un canular d'ados.

— Et si on arrêtait de tourner autour du pot ? Tu sais ce que ça veut dire, témoin bourré ou non. Ce n'est pas une coïncidence... On apprend que Rawlins a refait surface, il se rend dans une cabane à outils et, dans les jours qui suivent, une tombe est apparue juste à côté de celle de son vieil ami.

— Exact. Je sais ce que ce type t'a fait. Je veux dire, c'est pour cette raison que je t'appelle... Je ne crois pas que ce soit une fausse alerte.

— Bordel de merde.

— Écoute, je dois te poser une question... Est-ce qu'il a essayé d'entrer en contact avec toi ?

Joe n'hésita pas une seconde.

— Jamais.

Anna Lucchesi était assise en peignoir devant sa coiffeuse, les cheveux retenus en arrière par un bandeau de jersey noir, le visage pâle, les yeux cernés. Elle ouvrit un paquet de lingettes et commença à se démaquiller le visage, à le débarrasser de la poussière, du fond de teint incrusté et de la couche de poudre. Elle rassembla les affaires dont elle aurait besoin le lendemain matin. Une photo posée sur une table de chevet la représentait telle qu'elle avait été, les cheveux noirs et brillants, les joues saines, les yeux pétillants de vie.

Le tableau de poste du Manhattan North était recouvert d'insignes des services de police nationaux et internationaux. Tout en le contemplant, Joe songeait à Duke Rawlins. Les crimes de cet homme l'avaient marqué à fleur de peau, tout en pénétrant jusqu'au tréfonds de son être. Il ignorait comment cela se terminerait, mais chaque jour un scénario inédit accaparait ses pensées et l'emmenait loin, très loin de l'instant présent.

— Joe ? C'est ton putain de téléphone ! hurla Martinez.

Joe attrapa le récepteur.

— Joe ? Ici Bobby Nicotero, du 1er District.

Bobby était le fils de Victor Nicotero, dit le Vieux Nic, un flic à la retraite dont Joe était très proche.

— Eh bien, Bobby, quoi de neuf ?

— Pas grand-chose.

— Comment va le Vieux Nic ?

— À toi de me le dire, rétorqua Bobby avec un rire qui sonnait faux. J'allais justement te le demander. Comment va mon paternel ?

— Eh bien… la dernière fois que je l'ai vu, c'était à ce barbecue, il y a deux ou trois semaines. Tu devais être quelque part avec les gamins, je pense. Il allait bien, il était détendu, content d'écrire.

— D'écrire quoi ?

— Oh, fit Joe. Il travaille sur un livre.

— Oui, bon, lâcha Bobby. J'ai été très occupé…

— Bien sûr… Ton vieux écrit ses mémoires.

Bobby s'esclaffa.

— Je suis sûr que je pourrais y ajouter quelques chapitres.

— Vraiment ? Bon, que puis-je… ?

— En fait, j'appelle parce que j'ai un truc susceptible de vous intéresser, à propos de cet homicide dans l'Upper West Side. Le macchab… Ethan Lowry. Il y avait un téléphone à côté de lui quand vous l'avez trouvé ?

— Tout à fait. Pourquoi ?

Bobby souffla entre ses dents.

— Parce qu'il y a des points communs avec une affaire dont j'ai été chargé à SoHo au mois de décembre. Le type s'appelait Gary Ortis. Il avait le visage réduit en bouillie, une balle dans la tête, le téléphone à côté de lui dans l'entrée. On n'a jamais pincé le tueur.

— Bon Dieu ! Et on a aussi établi des similitudes avec un autre meurtre remontant à l'année dernière. Est-ce que ton type était gay ?

— Il était célibataire et sortait avec des femmes, mais va savoir… Et le tien ?

— Ethan Lowry était marié, il avait un enfant. William Aneto était gay.

— Je sais ce que tu penses, reprit Bobby. D'ailleurs on y pense tous, ça y ressemble fortement. Il y avait des dégâts sérieux au visage et je ne sais pas pour toi, mais la dernière fois que j'ai vu un massacre pareil, c'étaient deux gars au cours d'une querelle d'amoureux. Personne n'en est mort, mais…

— Oui, je sais. Écoute, passe au 20ᵉ pour m'apporter ce que tu as.

Joe raccrocha et plongea la main dans la poche intérieure de son blouson accroché au dossier de sa chaise. Il en tira deux comprimés qu'il avala avec une lampée de Red Bull.

— Les gars, annonça-t-il à la cantonade, je viens de parler à Bobby Nicotero, du 1ᵉʳ District. On dirait qu'il a une troisième victime à relier à la nôtre, ça remonterait à décembre dernier. Il va nous apporter les éléments, il est déjà en route.

— Putain de merde ! soupira Danny.

— Au fait, intervint Blazkow, sur les relevés téléphoniques de Lowry, le dernier appel à 22 h 58 était adressé à une femme, Clare Oberly, domiciliée sur la 48ᵉ Rue, entre la VIIIᵉ Avenue et Broadway.

— Entendu. J'irai la voir plus tard avec Danny.

Une demi-heure plus tard, Bobby Nicotero arrivait au poste du 20e District avec son coéquipier sur les talons. Bobby avait trente-neuf ans. Son costume bon marché ne flattait guère son cou de taureau, ses épaules de boxeur et ses jambes courtes. Sous ses cheveux noirs coupés court, il avait le front lourd et le visage peu amène.

— Salut, lança Joe. Ça fait plaisir de te revoir.

— Pareil, répondit Bob en lui serrant la main. Je te présente mon coéquipier, Roger Pace.

Celui-ci était d'une maigreur impressionnante et avait les yeux profondément enfoncés dans les orbites.

— Enchanté. Merci d'être venus.

— Pas de souci, assura le coéquipier en retournant derrière Bobby.

— Bon, décréta Joe. Bobby, tu connais Danny Markey. Et voici Aldos Martinez et Fred Rencher, du Manhattan North. Tom Blazkow et Denis Cullen, d'ici, le 20e. Je vous présente à tous Bobby Nicotero et Roger Pace, du 1er District.

Tout le monde hocha la tête.

— Bon, alors, mettez-nous au parfum.

— D'ac, lâcha Bobby. J'ai lu le journal et j'ai vu notre ami, la « source proche de l'enquête », qui disait qu'on avait retrouvé la victime nue et le visage démoli. J'ai pensé qu'on tenait peut-être quelque chose, mais on n'est jamais sûr.

— Dis-nous ce que tu as, proposa Joe.

— OK, attaqua Bobby en ouvrant le dossier. La victime s'appelait Gary Ortis, né le 10 juillet 1969. Cause du décès, blessure à la tête causée par une arme à feu de calibre 22. Il y avait des traces de privation d'oxygène, vous savez, des hémorragies pétéchiales. On l'a retrouvé nu dans son appartement de Prince Street, dans le quartier de SoHo.

— Le corps derrière la porte d'entrée, ajouta Joe.

— Ouais.

— Ça ressemble à notre type. Des pistes ?

Bobby fit signe que non.

— Que dalle. On a pensé que c'était une histoire d'homos, mais le type avait des brouettes de copines... Encore que ça ne prouve rien.

— Ça, c'est vrai, convint Martinez en lorgnant Danny, lequel roula des yeux.

— Ça m'a l'air d'une histoire de sexe quand même, insista Blazkow. On les retrouve nus comme des vers et roués de coups.

— Le légiste envisage un mobile homosexuel, précisa Joe.

— Ça paraît logique quand on voit les dégâts corporels, reconnut Rencher. Quand j'étais dans le 17ᵉ, j'ai eu une affaire – un élève de première, un de ces jolis garçons maqués avec un quadra, ils avaient une aventure depuis un petit bout de temps. Puis on nous a appelés, le copain avait battu à mort le pauvre gosse, l'avait complètement défiguré – il était méconnaissable comme nos victimes. Le copain était fou de chagrin, il pleurait et disait que le gamin n'aurait pas dû passer autant de temps à parler au barman, qui était mignon, qu'il serait encore en vie s'il s'était tenu à carreau. Incroyable.

— Et vous vous souvenez de ce type dans le New Jersey qui a abattu son boss ? intervint Cullen. Il avait été arrêté quelques années plus tôt pour avoir cogné son petit ami avec un marteau.

— Cela dit, on n'a pas porté atteinte aux organes génitaux de nos victimes, objecta Joe. Ça va généralement de pair.

— Toujours pour le côté sexuel, intervint Rencher, d'après la femme de Lowry, les DVD, le fouet et tout le bazar étaient à eux, ils aimaient regarder des films pornos ensemble, rien d'extraordinaire. Elle pense qu'il allait simplement en regarder un ce soir-là pendant son absence.

— Entendu. Mais qu'est-ce qu'il y avait encore sur les autres lieux du crime ? Il y avait quoi dans les chambres ?

— Il y avait un élément sexuel chez Aneto et chez Lowry, spécifia Blazkow.

— Exact, de même pour Ortis, confirma Bobby. Des godemichés, des DVD. Certains étaient un peu poussiéreux, je me rappelle, mais ils étaient là, sur le lit. Et il y avait aussi des documents de travail, des agendas, des photos.

— Tiens, on a des photos pour Aneto aussi, dit Danny.

— Il y avait des lettres d'amour de l'ex de Lowry près de son lit.

— Oh, il y avait aussi des boîtes de cire dépilatoire chez Aneto, ajouta Martinez.

— Et un tube de Préparation H chez Ortiz, signala Bobby.

— C'est à croire qu'on cherchait quelque chose, observa Blazkow. On a trouvé les tiroirs ouverts, les placards dérangés. Vous croyez que le criminel furetait en quête de quelque chose de précis ?

— Ça se peut, convint Bobby. Peut-être qu'ils lui avaient tous piqué quelque chose.

— Voyons ce qu'ils avaient en commun, proposa Danny. On a un financier de Wall Street, un acteur, un graphiste…

— Des boulots de pédés ? suggéra Martinez.

— C'est ça, je vois que t'as tout pigé au stage de sensibilisation, railla Danny.

— C'était cool, je sors avec le type qui a donné la conférence, rétorqua Martinez.

— Quelle tête de nœud ! s'exclama Danny.

— Et côté réussite professionnelle ? intervint Blazkow sans tenir compte de cet aparté. Le criminel pouvait en vouloir à la terre entière. Tous ces gars avaient réussi… au moins en apparence, disons si on les croisait dans la rue.

— Pour les types de Wall Street, le succès, c'est que pour la galerie, coupa Danny. Sinon, pourquoi flipperaient-ils autant quand on les prend le futal autour des chevilles en train de s'envoyer une pute à dix dollars ? Mes voisins, mes clients, ma femme...

— Tu penses, ricana Bobby. Après ça, ces entubés viennent nous seriner qu'ils paient nos salaires, comme si ça allait arranger leur situation. Ça, ils savent se mettre les flics dans la poche.

— OK, voyons les appels téléphoniques, dit Joe. Toutes les victimes ont passé des appels la nuit de leur mort. Et même pendant que le criminel était chez eux. William Aneto a appelé sa mère... Selon elle, il voulait juste lui souhaiter une bonne nuit.

— Gary Ortis a appelé son ex-associé, d'après ce dernier pour prendre de ses nouvelles, ajouta Bobby.

— En fait, reprit Joe, peut-être pas. Interrogeons à nouveau ces gens. À les entendre, ils ont trouvé l'appel étrange, mais ils ont mis ça sur le compte de la fatigue, de l'alcool ou de la grippe... Et comment les victimes ont-elles été choisies ? On les a suivies jusque chez elles ? Si c'est le cas, à partir de quel endroit ? Où l'assassin les a-t-il rencontrées ? Sur Internet, au travail, dans un bar, un club de gym ?

— Mais quand même, pourquoi ? Pourquoi il les tue ? demanda Blazkow.

— La nuit va être longue, conclut Danny.

— Vas-y, rencarde-moi sur Denis Cullen, dit Joe plus tard, quand il fut seul avec Danny.

— Ah, Denis... Il va bénéficier de la collecte organisée durant le gala du mois prochain. Enfin... sa fille. Elle a un cancer, et elle n'a que treize ans.

— Merde ! Je ne me doutais de rien. Je croyais qu'il traversait une mauvaise passe, un divorce ou ce genre de chose.

— Non, tout va bien de ce côté-là. C'est un brave type. Quand il ne bosse pas, il passe tout son temps à l'hôpital avec sa femme et la gamine.

— C'est quand, le gala ?

— Dans deux semaines, au Bay Ridge Manor. Il y a une affiche sur le tableau de service. Tenue de soirée exigée.

— Tenue de soirée ? Mais pourquoi tout ce tralala ?

Danny haussa les épaules.

— C'est affreux... Mais comme ils ne sont pas sûrs que la petite s'en tirera, qu'elle ira au bal de sa promo, qu'elle se mariera, etc., alors ils ont décidé de lui offrir une soirée digne de ce nom.

— Putain ! Et moi qui croyais avoir des problèmes...

— Je sais.

Anna Lucchesi était allongée dans son lit, les yeux grands ouverts. Elle mourait d'envie de dormir, mais une partie d'elle-même guettait le retour de Joe, l'autre celui de Shaun. Ces derniers mois, un curieux bourdonnement quelque part dans le lointain, peut-être provenant de l'autre côté de l'eau, la tenait éveillée. Ce soir-là, elle n'entendait que le bruit des voitures roulant en contrebas sur Belt Parkway. D'ordinaire, ce son apaisant finissait par la bercer. Elle enroula étroitement le drap autour de son corps, le remonta jusqu'au menton. Au moment même où elle commençait à se calmer, elle entendit un crissement de pneus devant la maison. Une portière s'ouvrit, claqua, un moteur qui s'éloigne, puis le silence. Aucun bruit de pas. Rien. Elle se souleva et tendit l'oreille. Elle regarda le réveil. Il était 4 heures du matin. Au bout d'une minute, elle entendit de faibles bips électroniques au-dehors. Puis une brève mélodie constituée de cinq notes. Et d'autres bips. Le téléphone portable de Shaun. Elle se leva et s'approcha de la fenêtre, écarta les stores. Elle vit un corps allongé par terre devant la grille. Son cœur s'emballa. Elle plissa les yeux et reconnut les baskets de son fils. Ses jambes flageolèrent. Elle attrapa son portable sur la table de nuit et composa le numéro de Joe en se ruant au bas des marches.

— Joe, Joe, viens tout de suite ! s'exclama-t-elle. Il est arrivé quelque chose à Shaun. Il est étendu dans la rue devant la maison.

Elle coupa la communication. Shaun était sur le dos, les yeux fermés, les bras écartés.

— Shaun ! cria-t-elle. Shaun !

Elle s'accroupit à son côté et posa une oreille sur sa poitrine. Il respirait lourdement et son souffle empestait l'ail, la cigarette et l'alcool.

— Shaun, siffla-t-elle entre ses dents. Réveille-toi !

Il plissa les sourcils et roula la tête d'un côté et de l'autre. Anna regarda autour d'elle, inquiète que des voisins puissent la surprendre en pantalon de pyjama et caraco, agenouillée auprès de son ado de fils ivre mort. Il battit des paupières et se tourna mollement vers elle. Il s'efforça de fixer son regard, d'abord sur elle, puis au hasard à côté d'elle.

— Maman ? articula-t-il enfin.

— Oui, fit-elle d'une voix cassante.

— Papa ? demanda-t-il.

Elle se pencha et lui prit le bras.

— Debout. Allez, lève-toi, on rentre à la maison.

Il se dégagea sans brutalité.

— Me touche pas !

— Rentre à la maison, c'est tout, ordonna Anna. Il est 4 heures du matin.

Il éclata de rire.

— Ça n'a rien de marrant.

— Si. C'est poilant de s'entendre dire l'heure chaque fois qu'on rentre chez soi. N'importe quel gamin a droit à l'heure qu'il est dès qu'il passe la porte. Comme si on en avait quelque chose à battre. Comme si c'était important. (Il souleva sa tête du macadam.) Je suis sur le trottoir ? Ça alors ! (Il rit de nouveau.) Comment j'ai atterri là ?

— Bon sang… Tu ne sais même pas comment tu es arrivé là ?

— Merde ! dit-il en se hissant sur un coude. Alors là, j'en ai pas la moindre idée.

— Je rentre à la maison et tu me suis. Maintenant.

— Beurk !

— Et ton père ne va pas tarder.

— Hein ? Je croyais qu'il avait un…

— En effet, confirma-t-elle. (Elle parvint à la porte.) Que le ciel ait pitié de toi !

Shaun se traîna jusqu'en haut des marches du perron et s'affala sur le sol. Anna finit par ouvrir la porte.

— Lève-toi, Shaun. (Elle retourna dans l'entrée.) Je vais fermer la porte.

— Je ne t'ai pas demandé de l'ouvrir.

Elle la claqua et alluma la lumière sur le perron.

— Allez, quoi ! brailla-t-il. Merde, quoi… (Il appuya une main sur la marche et se hissa en se cognant contre un pot de fleurs.) Éteins ce putain de projo. Je suis là.

Il tambourina contre la porte. Anna l'entrebâilla. Il entra et se laissa choir sur une chaise.

— Ne prends pas tes aises ici, l'avertit Anna.

Elle entendit de nouveau la sonnerie caractéristique du téléphone portable, qui trillait à l'extérieur de la maison. Elle alla ramasser le portable de son fils.

— Rends-le-moi, grogna-t-il.

Elle le tint en l'air.

— Une fois que tu seras couché. Où tu étais ce soir ?

— Dehors.

— Dis-moi où tu étais. Sinon, je ne te le rendrai pas.

— Hein, quoi ? éructa-t-il en lui jetant un regard noir. Donne-moi mon portable.

— Cesse de faire le malin. J'en ai ras le bol.

— Et moi donc ! rétorqua-t-il en se levant. Ras le bol de cette putain de baraque. Elle me déprime. Je déteste vivre ici. Je ne le supporte plus. Chez n'importe qui on rigole. On rentre ici et c'est sinistre.

Anna plongea la main dans la poche de la veste de l'adolescent et en tira une bouteille de bière. Elle eut l'air dégoûté.

— Qui es-tu ? Un pochard, un poivrot ? Tu te promènes dans les rues avec des cannettes de bière dans la poche !

— Je ne voulais pas gaspiller.

— Qu'est-ce qui te prend ? Depuis quand es-tu devenu comme ça ?

— Comme ça quoi ?

— Arrête ! cria-t-elle. Arrête de te montrer agressif avec moi.

Les larmes surgirent sans prévenir. Shaun tangua devant sa mère sans rien dire. Elle se détourna rapidement et se réfugia dans la cuisine en s'essuyant les yeux. Elle s'assit à la table et prit quelques profondes inspirations. Elle se remémora un adage de bonne femme : il n'est jamais trop tard pour reprendre sa journée de zéro. Elle se demanda quel jour elle recommencerait puisque les aiguilles de la pendule marquaient 4 h 20. Dans l'entrée, le portable de Shaun retentit de nouveau. Anna brancha la bouilloire et se prépara une tasse d'infusion Nuit tranquille. En quelques minutes, elle en ressentit les effets et pria pour qu'ils se prolongent, elle voulait rester seule, au chaud et au calme dans la vapeur apaisante.

Bip. Bip-bip. Bip-bip. Bip. Bip.

Elle reposa doucement sa tasse. Et fonça en coup de vent dans l'entrée.

— Éteins-moi ce portable ! rugit-elle.

Shaun sursauta violemment. Un bruit de clés dans la serrure les déconcerta tous les deux.

— Oh non ! marmonna Shaun.

— Eh ! Qu'est-ce qui se passe ici ? demanda Joe.

— Qu'est-ce que tu crois ? l'apostropha Anna. Il est encore rentré soûl. Cette fois, il était étalé sur le trottoir. Quelqu'un l'a balancé par la portière d'une voiture et l'a laissé là.

— Hein ? s'exclamèrent Joe et Shaun en chœur.

— Parfaitement, insista-t-elle en se tournant vers Shaun. Tu ne te souviens même pas de ça. Tu as des copains vraiment sympas.

Un seul regard à son épouse suffit à Joe pour deviner qu'elle n'avait pas fermé l'œil de la nuit.

— Va te coucher, ma chérie, dit-il. Tu as besoin de repos. Je vais régler ça.

— Qu'est-ce que ça veut dire, tu vas régler ça ? Tu n'as rien fait...

Joe se tourna vers Shaun.

— Toi, tu ne bouges pas. Anna, est-ce que je peux te parler dans la chambre ?

Elle haussa les épaules. Ils montèrent au premier et restèrent sur le palier, tandis que Shaun marmonnait au rez-de-chaussée.

— S'il nous voit nous disputer, on n'arrivera à rien, expliqua Joe en s'efforçant de parler à mi-voix.

Anna le regarda fixement, les yeux écarquillés.

— Tiens donc ? Mais s'il ne te voit jamais, c'est mieux ?

— Ça veut dire quoi ?

— Tu le sais très bien. Je suis seule à essayer de le discipliner. Et je n'en suis pas capable.

— Si, tu l'es.

Anna eut un rire sans joie.

— La preuve !

Joe leva les yeux au ciel.

— Est-ce que tu sais qu'il n'a postulé auprès d'aucune université ? enchaîna-t-elle. Il n'a pas rempli le moindre dossier d'inscription...

— Oui, bon, il fait ça pour nous faire chier. Parce qu'on n'est pas allés les visiter avec lui.

— Quoi ? Il sait bien que ça nous était impossible. Je rentrais juste de Paris, tu étais...

— Ouais, ça va, je bossais, j'ai compris.

— Mais si, tu étais au boulot.

— Bien sûr ! De quoi on vivrait, autrement ?

Anna recula d'un pas.

— C'est vrai, insista-t-il.

Elle avait les yeux étincelants de rage.

— Je ne peux pas croire ça. Après ce que tu m'as fait subir...

— Ce que je t'ai fait subir, moi ? Bon sang, Anna, c'est vraiment ce que tu penses ?

— Je n'en sais rien. Je suis fatiguée. Je vais me coucher. Tu me fais des reproches à cause de lui, je te fais des reproches pour moi, tu ne te reproches rien. Bonne nuit.

— Attends... tu dois me répondre. Tu ne m'as jamais dit que...

— Je t'ai dit que je ne sais pas ce que je ressens. Maintenant, laisse-moi aller me coucher.

— Que nous est-il arrivé ? murmura-t-il, mais elle était déjà partie.

Joe s'appuya contre la rampe, le souffle court. Il redescendit lentement l'escalier.

— Shaun, dit-il en s'accroupissant devant lui.

Le regard de Shaun avait depuis un certain temps perdu tout son éclat, et son teint devenait chaque jour plus blême et cireux.

— Quoi ? balbutia Shaun, somnolent.

— Où tu étais, ce soir ?

— Encore ! J'étais sorti, ça va ? Laisse-moi juste aller me pieuter.

— Qu'est-ce qui se passe ? insista Joe.

— Rien. Rien, OK ? Rien de rien.

— Ta mère et moi, on s'inquiète.

— Ouais, bon, ça vous passera.

— Ça ne te ressemble pas, une réponse pareille. Tu es mon fiston, tu es un brave garçon. Je ne sais pas qui est cet affreux…

— Fiche-moi la paix, ronchonna Shaun. Je veux aller dormir.

— Ta mère a été convoquée à ton lycée aujourd'hui, je sais que tu n'as pas fait de démarches pour t'inscrire en fac…

— Pourquoi tu me parles de ces conneries maintenant ? C'est quoi, ce cirque ? Il est un peu tard pour ça, non ? Ou un peu tôt, comme tu voudras.

Joe recula pour permettre à Shaun de se mettre debout.

— Shaun… écoute-moi. C'est la dernière fois que tu rentres dans cet état. Vu ?

— Cause toujours.

— Ah non ! pesta Joe. Ne me réponds plus jamais sur ce ton, c'est compris ?

— Sinon quoi ? le défia Shaun en faisant un pas vers lui.

— N'aggrave pas ton cas.

— Qu'y a-t-il de pire que de vivre dans cette baraque ? Avec maman qui se morfond toute la journée ?

Joe lui empoigna le bras.

— Écoute-moi bien, Shaun. J'ai épousé ta mère. C'est un choix que j'ai fait. Et je l'aime. Je n'ai jamais toléré et je ne tolérerai jamais que quiconque lui manque de respect, encore moins son fils. Maintenant, fiche-moi le camp, je ne veux plus te voir.

# Chapitre 6

Danny et Joe se garèrent devant une teinturerie, en face de l'immeuble où habitait Clare Oberly. Le propriétaire du pressing, un vieil homme, fumait une cigarette devant sa vitrine en les observant.

— Tu ne trouves pas que ce Pace, il a une drôle de gueule ? demanda Danny.

Joe verrouilla les portières.

— À croire que des parties de son visage voudraient se tirer, poursuivit Danny. Ses yeux ont l'air de lui sortir de la tête, la pomme d'Adam… On dirait qu'il est si maigre que ses organes n'ont pas de quoi se sustenter. Tu vois ce que je veux dire ?

Joe lui lança un regard sévère.

— T'es vraiment dégueulasse.

— Je dis tout haut ce que tout le monde pense tout bas.

— Tu parles.

Ils dépassèrent un énorme camion de déménagement et pénétrèrent dans le hall de l'immeuble inondé de lumière, au sol strié de traces noires. Un couple en short et tee-shirt transportait une commode. L'homme transpirait abondamment et laissait dans son sillage une odeur pestilentielle.

— Fichtre ! s'écria Danny. Le déodorant, c'est pas pour les chiens.

Le couple qui emménageait monopolisait l'un des ascenseurs, aussi Joe et Danny prirent-ils l'autre et montèrent au dixième étage. Ils sonnèrent à la porte de l'appartement 10 B.

— Bonjour ! lança Joe. Vous êtes Clare Oberly ?

— Oui... Bonjour.

C'était une blonde séduisante, dans les trente-cinq ans, vêtue d'un haut en mousseline de soie tilleul, d'un jean blanc et de semelles compensées rouge et vert. Des rangs de perles multicolores, visiblement onéreuses, pendaient à son cou.

— Je suis l'inspecteur Joe Lucchesi. J'enquête avec mon coéquipier sur un homicide. Vous avez reçu un appel vers 23 heures la nuit dernière ?

Elle réfléchit.

— Tout à fait, pourquoi ?

— De qui provenait cet appel ?

— D'Ethan Lowry. (Elle les dévisagea l'un après l'autre.) Pourquoi donc ?

— Quels sont vos rapports avec M. Lowry ? demanda Joe.

— Oh, on sortait ensemble à la fac. Il va bien ?

— On peut entrer ? répondit Joe.

— Oui, bien sûr. Excusez-moi, je suis impolie. Je vous en prie, suivez-moi.

Elle les fit entrer dans un appartement coquet, un grand loft avec une reproduction de Miró sur le mur. Elle s'assit et les invita à prendre place sur le sofa en face d'elle.

— Il semble que M. Lowry ait été victime d'un meurtre, déclara Joe.

— Oh, mon Dieu ! s'exclama-t-elle. Ethan ? Oh, mon Dieu. Il est si... Que s'est-il passé ? Ce n'est pas son genre... Je sais que ça ne signifie pas grand-chose, mais...

— Il a été assassiné dans son appartement. On pense qu'il a dû vous appeler juste avant que ça ne se produise. Et on voudrait comprendre pourquoi.

— Seigneur, je n'en sais rien. Enfin, je ne crois pas que ça ait un rapport avec son assassinat. Nous ne nous connaissons plus vraiment, d'ailleurs. Je veux dire que ce n'est pas moi qu'il aurait appelée en cas de problème. Nous ne sommes plus très proches.

— À quand remonte la dernière fois où vous lui avez parlé ?

— Ça fait un an et demi. À l'enterrement de mon frère. C'était très gentil de sa part d'y assister. Ethan était quelqu'un d'adorable… Je ne peux pas croire qu'il ait disparu.

— Que vous a-t-il dit hier soir ?

— Pas grand-chose. Il m'a juste appelée pour me dire bonjour.

Elle haussa les épaules.

— Combien de temps a duré votre relation ?

— Six ans.

— Pourquoi vous êtes-vous séparés ?

— Rien de grave ni d'inhabituel : on était trop jeunes, j'étais trop ambitieuse, il voulait passer des soirées tranquilles à la maison, je voulais sortir. On a fini par s'éloigner l'un de l'autre. C'est devenu rasoir, je crois.

— Et vous avez tourné la page.

— Moi plus que lui, peut-être. Mais lui, il a rencontré sa femme et il s'est marié peu après.

— Alors d'après vous, pourquoi vous a-t-il appelée le soir de sa mort ?

— Je n'en ai aucune idée.

— Vous n'en avez aucune idée, répéta Joe. Vraiment ?

Elle sourit tristement.

— Je mens si mal. La pire menteuse qui soit… Je dois être inquiète parce que… Sa femme vient de perdre son mari… Entendu. Qu'est-ce que je vais vous dire ? Est-ce que sa femme va l'apprendre ?

— Non, pas nécessairement, assura Joe.

— Je ne veux pas lui rendre les choses plus pénibles. Même si je n'ai rien fait… C'est que la seule chose bizarre, ce soir-là, c'est qu'Ethan m'a dit que… qu'il m'aimait.

Joe ne dissimula pas sa surprise.

— Hein ? Et ça faisait combien de temps que vous ne l'aviez pas revu ? Un an et demi ?

— Oui. Il m'a dit qu'il appelait seulement pour me dire qu'il m'aimait.

— Et vous lui avez répondu quoi ?

— J'étais sidérée. Enfin, il avait l'air assez normal, sa déclaration mise à part. C'est tout. Je n'ai pas su quoi répondre. Mais rendez-vous compte, il est marié, j'ai entendu dire qu'il a une femme charmante et une petite fille et… je ne sais pas. Mettez-vous à ma place, je ne suis plus amoureuse de lui… Enfin, je ne l'étais plus. Je le lui ai dit. Je lui ai parlé de sa femme et je lui ai dit que j'étais passée à autre chose. C'est affreux, ce que je ressens. Pour lui, pour sa femme. Je suppose qu'elle ne se doute de rien. Vous croyez que… je veux dire, ce n'est pas possible qu'il se soit suicidé, par exemple ?

— Non, répondit Joe. Vous avait-il fait part de ses sentiments lorsque vous l'avez revu lors des funérailles de votre frère ?

— Pas du tout. Il s'est montré adorable avec moi. Mais Ethan est comme ça, d'une gentillesse à toute épreuve. Ce n'était pas l'occasion idéale pour renouer, on n'a pas fait le projet de se revoir, je ne l'ai pas encouragé, rien.

— Y a-t-il quelqu'un de votre connaissance qui aurait eu un problème avec Ethan ? A-t-il eu des ennuis ?

— Ça fait huit ans qu'on a rompu. Mais avant, Ethan était, quoi, un type normal, un brave garçon. Je ne l'ai jamais vu se disputer avec quiconque. C'était le genre discret, qui passe inaperçu, vous voyez ce que je veux dire ? Jamais je n'aurais imaginé qu'il puisse être assassiné.

Rufo pianotait les touches de son portable quand Danny et Joe arrivèrent dans son bureau. Il leva la main gauche pour leur intimer le silence. Ils échangèrent un regard et Joe haussa les épaules. Rufo passa encore quelques minutes focalisé sur le combiné téléphonique. Un sourire étira ses lèvres. Il poussa une dernière touche et reposa l'appareil.

— Les textos, dit-il. Quelle forme de communication géniale ! Vous devriez essayer.

— J'ai vécu en Irlande, vous vous souvenez ? rétorqua Joe. Ça a presque supplanté l'alcool dans le cœur des Irlandais.

— À qui vous envoyiez un texto ? s'enquit Danny.

Le sergent leva les yeux sur lui.

— C'est pas vos oignons, Markey. Maintenant, à quoi dois-je le plaisir de votre visite ?

Ce fut Joe qui prit la parole.

— J'envisage d'organiser une rencontre avec Rueben Maller, du District est, pour lui demander de dresser un profil de notre criminel…

— OK, répliqua John Rufo. Tant qu'on est bien d'accord : vous demandez son concours sur un plan purement amical.

— Je verrai ce que donne le profil, enchaîna Joe. Si quelque chose nous donne à penser qu'il devrait rester dans les parages un suspect à interroger, par exemple, on verra, mais vous connaissez Maller, c'est un bon, il fait son boulot, puis il se retire…

— Dans son trou, acheva Danny.

Arrêtée devant la station de métro de Bay Ridge, Anna farfouillait dans sa besace bleu marine. Elle dénicha ses écouteurs, mais en tirant dessus elle eut la mauvaise surprise de ne pas trouver son iPod attaché au bout.

— Merde !

Elle se rappela alors l'avoir vu encastré entre deux haut-parleurs dans la cuisine.

— Merde ! répéta-t-elle entre ses dents.

Elle vérifia l'heure et envisagea un instant de courir jusque chez elle pour le prendre. Elle se ravisa et s'engouffra à contrecœur dans la chaleur de la station. Des éclats de voix montaient vers elle et, quand elle parvint à la hauteur des intéressés, elle vit une grande femme à la mise élégante pousser un adolescent débraillé et le plaquer contre l'horodateur. Il lui cracha au visage, elle lui jeta de l'argent et s'éloigna. Anna ne tenait pas à méditer sur ce qui s'était passé, elle garda la tête penchée et se tint éloignée autant que possible du gamin. Son cœur s'était emballé, elle en était contrariée. Cela lui arrivait trop souvent, au moindre affrontement, à la moindre agitation, au moindre vacarme. Lorsqu'elle était munie de son iPod, Mozart lui permettait de se mouvoir partout sans qu'elle soit polluée par les troubles alentour. Une bande-son paisible pour un lieu différent, un décor différent.

Elle introduisit sa carte de métro dans la machine et avança sur le quai, en suivant du regard la femme en tailleur. La femme était parcourue de spasmes, sans doute une toxico en manque, elle irradiait la folie. Anna entendit l'ado vociférer derrière elle.

— Sale garce ! Elle m'a piqué mon fric, cette tarée !

Puis :

— Ah mais non, il est là ! La garce me l'a rendu !

La foule sembla traversée par une onde d'énergie nerveuse. La femme s'éloigna en balançant sa mallette, tête droite, marchant au rythme d'un refrain imaginaire. Le train arriva et tout le monde s'ébranla. C'était l'heure de pointe et Anna, petite et menue, se trouva plaquée contre une armoire à glace qui lui adressa un sourire contrit. Elle lui rendit son sourire.

Pendant la première partie du trajet, chacun resta plongé dans son livre, son journal ou sa conversation avec des compagnons de voyage. Anna avait le regard tourné vers la vitre et perdu dans le vide. Puis les portes du métro s'ouvrirent à Cortlandt Street et restèrent ouvertes. De nouveau, la panique l'assaillit. Les haut-parleurs sur les quais hurlèrent des annonces inintelligibles. Les gens commencèrent à lever les yeux, puis à s'observer les uns les autres dans la rame, l'air préoccupé.

Anna était tenaillée par le désir irrépressible de se frayer un chemin pour s'échapper vers le quai. La curiosité qu'une telle conduite ne manquerait pas d'attirer, les regards qui se braqueraient sur cette femme affolée par un arrêt de train inopiné l'incitèrent à rester immobile. La sueur imprégnait le tissu sur son dos, la touffeur émanant du quai lui parvenait par vagues, elle était étourdie par la moiteur des corps qui l'entouraient, le souffle des usagers. Les portes se refermèrent enfin et le métro démarra. Elle inspira profondément et se tança in petto tout au long du trajet. Puis elle décréta qu'elle était courageuse, quoique illogique, forte mais stupide. C'est tout juste si elle n'escalada pas en courant l'escalier menant à Union Square, tant elle était soulagée de regagner l'air libre. Elle décolla son corsage de sa peau pour laisser la brise la rafraîchir.

« Je ne peux pas le faire, se dit-elle. Ce n'est pas possible. »

En apercevant la librairie Barnes & Noble, elle réprima une envie saugrenue de passer la matinée à boire un café en feuilletant des livres de décoration consacrés à de lointaines maisons sur pilotis. Un frisson lui parcourut l'échine. Elle respira profondément et s'avança en direction de l'hôtel W. Postée devant la vitrine, elle repéra l'équipe agglutinée dans la pénombre matinale du bar. Elle reconnut la nuque de Marc Lunel, ses longs cheveux noirs lustrés, l'étiquette rouge sur ses chaussures Prada. Elle aperçut quatre mannequins, deux maquilleurs, deux coiffeurs, la stagiaire de *Vogue Décoration*... Elle seule manquait à l'appel. Elle considéra son reflet dans la vitre, ses yeux fatigués, sa bouche tombante, la pellicule de sueur sur son front. Elle tourna les talons. Elle se mit à marcher. Et elle héla le premier taxi disponible.

Une enveloppe blanche, oblitérée et portant son nom, attendait Joe sur son bureau. La majeure partie de son courrier, trié par un service de la maison, lui parvenait sous pli jaune. Il souleva l'enveloppe blanche. Elle ne pesait pas bien lourd, le papier était de mauvaise qualité, mais elle était volumineuse et ne portait pas la mention de l'expéditeur. Il s'empara d'une règle dans son tiroir et ouvrit l'enveloppe. Les minces feuillets blancs pliés en deux étaient recouverts, recto verso, d'une écriture griffonnée.

*Cher inspecteur Lucchesi,*

*Le bruit était insupportable ce matin. Je pourrais essayer de le recréer par des lettres et des mots. J'ai réussi à me lever, je ne sais pas comment. Deux directions. Et c'est l'horreur. Ça m'angoisse parfois, si je le fais. Et en réalité, j'ai besoin de paix pour trouver ma voie. Ça ne rimait à rien de rester au lit. Un en avant, un en arrière. J'ai fait du café et me suis préparé des œufs brouillés. Je sais encore comment les faire. Je ne sais pas ce qui est le plus dur. Mais c'était trop fort. Ce n'est pas toujours ainsi. Je ne crois pas que je réussirais à tout comprendre sans calme. La contrebasse et les tambours. Quelquefois, j'y suis presque...*

Joe se massa les tempes. Il souleva la page et poursuivit sa lecture. Une litanie de réflexions décousues et la vague impression qu'il y avait une histoire là-dessous, connue du seul auteur de la lettre. C'était un enchevêtrement de faits, d'observations, d'hypothèses et de descriptions. Ce qu'il lut à la sixième page l'éclaira. De haut en bas, on avait noté dans la marge de droite : *Lowry en est le résultat, étendu, roué de coups. J'ignore si j'aurais procédé autrement.*

Un frisson lui parcourut l'échine. Joe survola les divagations qui suivaient sur des chambres, des calculatrices et des salles de cinéma. Il y en avait seize pages, et cela se terminait par cette formule sibylline : *D'autres suivront, rattrapés en temps opportun.*

— Bon Dieu ! tempêta-t-il. C'est quoi, ce bordel ?

Il ameuta ses collègues.

— Eh, les mecs, je viens de recevoir une lettre à propos d'Ethan Lowry.

— Une lettre ? s'étonna Danny. De qui ?

— D'un anonyme.

— Qui ça ? interrogea Rencher.

— D'un inconnu, quoi, merde !

— Et il raconte quoi, ce quidam ?

— À la fois pas grand-chose et des tas de trucs. On me fournit une pelletée de détails sur l'endroit précis où ce dingue range le sel, comment il prépare ses œufs au micro-ondes, ses goûts, ses couleurs... Le renseignement principal ici, dans tout ce fatras, étant...

— Il a signé ? l'interrompit Rencher.

— Ben tiens, et comment ! ricana Danny. Et il a mis son adresse en plus, c'est pourquoi on est tous assis là à se demander qui l'a envoyée, et que Joe a dit que ça venait d'un anonyme.

— Bon, je voulais dire avec quelque chose...

— Quoi ? Genre *De la part du tueur*... ?

— Ça va, la ferme, cria Rencher.

— Bouclez-la tous, ordonna Joe. Ouvrez vos oreilles.

Il lut la lettre in extenso à voix haute et attendit les réactions.

— Est-ce qu'on prend ça au sérieux ? s'enquit Rencher.

— Il me semble qu'on devrait, répondit Joe.

— Mais *étendu, roué de coups*... L'expéditeur a pu lire ça dans le journal, ce n'est pas une information confidentielle.

Joe reprit la missive.

— Je pense pourtant qu'il y a quelque chose là-dedans. Admettons simplement déjà ça.

— *D'autres suivront, rattrapés en temps opportun*, relut Danny. D'autres victimes ?

— Ou d'autres lettres ? suggéra Joe.

— Ça se peut.

— Mais enfin, à quoi ça rime, cette lettre ? coupa Martinez.

— Quelqu'un cherche à communiquer, avança Rencher.

— Mais pour nous aider ? demanda Cullen. Nous donne-t-il une information ?

Joe considéra les feuillets.

— Je crois en effet que, quelque part là-dedans, il y a une information. Je pense qu'on essaie de dire quelque chose.

— Soyons sérieux un instant. D'après toi, ça pourrait venir de l'assassin ?

— Ça ne m'a pas forcément l'air d'un psychopathe, mais bon : *Lowry en est le résultat. J'ignore si j'aurais procédé autrement*. C'est ça, reprit Joe. Ça pourrait concerner n'importe quoi. Je ne sais pas... Écoutez, je vais aller faire quelques photocopies, Si quelqu'un a une idée, qu'il vienne me trouver.

— Le labo ne pourrait pas nous en dire plus sur ce document ?

C'était une idée de Rencher.

— Sans doute pas beaucoup, répondit Joe. Le papier, l'enveloppe et l'encre n'ont rien d'exceptionnel. Si on reçoit une nouvelle lettre, on demandera une analyse, histoire de savoir si la provenance est la même. Et si on met la main sur l'auteur, on pourra toujours utiliser des échantillons graphologiques pour le confondre. C'est à peu près tout. Mais je peux tout de même transmettre au labo pour essayer de relever des empreintes, bien que celui qui l'a écrite se doute que c'est élémentaire. Le timbre indique l'heure et le lieu d'où on l'a expédiée. Je vais prendre contact avec le bureau de poste, avec un peu de chance il sera équipé de caméras de vidéosurveillance... Bobby, tu peux me passer le dossier Ortis ?

Les autres bavardaient entre eux tandis que Joe feuilletait lentement le dossier.

— Où est le formulaire VICAP[1] ?

Joe leva les yeux vers Bobby.

— Pour Ortis ?

— Ouais.

— J'imagine que je n'ai pas dû le remplir.

— Bobby, tu n'as pas rempli le formulaire VICAP ?

— Parce que tu veux me faire croire que toi, tu le remplis systématiquement ? Je vais répondre à une centaine de questions à la con quand personne ne le fait ? Je vais quand même pas passer des heures à remplir de la paperasse, alors que je pourrais être dans la rue à faire du vrai boulot !

— Mais tu ne vois pas en quoi un lien avec Ortis aurait pu aider pour Ethan Lowry ?

Bobby grogna.

— Et pour répondre à ta question, Bobby, oui, je remplis toujours le formulaire.

---

1. Violent Criminal Apprehension Program, base de données créée par le FBI en 1985, visant à faciliter les recoupements à l'échelle nationale dans les affaires de meurtres en série. *(N.d.T.)*

— Et ça veut dire quoi exactement ?

— Rien. Et si je bosse avec un inspecteur qui ne l'a pas rempli, je le fais à sa place, point barre.

Joe gardait les yeux baissés, le ton neutre. Danny se leva.

— Super. À propos de cette bombe VICAP…

Un rire nerveux éclata, mais mourut presque aussitôt.

Carmen, la mère de William Aneto, habitait au-dessus de l'épicerie dont elle était propriétaire sur la 116e Rue, dans le quartier de Harlem est. Martinez avait sonné, en vain. La porte était fraîchement repeinte en vert vif. Il frappa le marteau doré sur le bois.

— Charmante odeur, remarqua Danny en coulant un œil vers l'épicerie.

Il leva la main pour sonner encore, mais Martinez l'interrompit d'une bourrade et s'en chargea.

— À moi de jouer.

Mme Aneto ouvrit la porte et leur lança un regard las. Petite femme dans la cinquantaine, vêtue d'un tailleur bleu marine et de ballerines, elle ne portait pas de maquillage et ses cheveux étaient impeccablement tirés en chignon sur la nuque. Martinez la salua en espagnol et se présenta, ainsi que Danny.

— Vous devez être la minorité visible, lança-t-elle en anglais à l'adresse de Martinez.

Il fronça les sourcils.

— Histoire que la couleur de la peau de l'inspecteur de service corresponde à celle de la victime, expliqua-t-elle.

Elle eut un sourire vaincu et les précéda vers un étroit escalier débouchant dans un petit appartement.

La vie de Mme Aneto semblait graviter autour de cette salle de séjour défraîchie. Quelques journaux féminins étaient empilés sur la banquette, deux livres tenaient en équilibre sur l'accoudoir, près d'un plateau chargé d'une théière, d'une tasse et de biscuits. Au centre de la table basse trônait un bol garni de sucreries. Derrière la télévision à grand écran, des DVD s'alignaient sur des étagères au-dessus de plusieurs rangées de vidéocassettes dûment étiquetées.

Mme Aneto s'installa dans un fauteuil à haut dossier et repoussa le repose-pieds de côté. Danny et Martinez s'assirent côte à côte sur le sofa. Martinez se pencha en avant, l'avant-bras sur son genou. Il s'adressa à Mme Aneto en espagnol.

— La nuit où votre fils est mort, vous dites qu'il vous a appelée pour vous souhaiter une bonne nuit. A-t-il ajouté quoi que ce soit ?

— Ne soyons pas grossiers envers notre invité blanc, dit-elle avant de passer à l'anglais. Pourquoi me demandez-vous cela maintenant ?

— Parce que de nouveaux éléments sont apparus dans le cadre de l'enquête, et…

— Quel genre d'éléments ?

— Nous croyons qu'il y a peut-être eu une autre victime.

Ses yeux s'agrandirent.

— Un Blanc ?

— Oui, confirma Martinez. En fait, il pourrait y en avoir deux.

— Deux Blancs ?

— Oui. On a parlé à un membre de la famille de l'autre victime, qui a reçu un appel la nuit du meurtre… Enfin, un autre genre d'appel que celui que vous avez reçu. Nous nous demandons s'il y a un rapport…

Elle ferma les paupières. Ses lèvres prononcèrent une prière silencieuse. Puis elle respira profondément.

— Primo, mon fils a eu le tort de se présenter aux inspecteurs blancs comme un Latino. Deuzio, William était gay. Tertio, c'est ce que je vous ai dit concernant son appel. Vous autres n'avez rien fait pour retrouver l'assassin de William. Rien. Vous vous en foutiez. Et vous revenez maintenant, sous prétexte que des Blancs ont subi le même sort. Bon, je vais tout de même vous révéler ce que je vous ai caché auparavant, parce qu'il y a peut-être un rapport. Et pour trois victimes, vous vous donnerez plus de mal que pour ce pauvre William – victime isolée qui n'avait pas la bonne couleur de peau...

— Madame Aneto... intervint Danny.

Elle l'arrêta d'un geste de la main.

— Rien de ce que vous direz ne changera la vérité.

— *Votre* vérité, madame Aneto, souligna Danny.

Elle le toisa froidement.

— J'ai passé un an à sentir ma colère et mon amertume grandir en moi. Et maintenant, j'ai un répit. Je ne pleurerai pas pour ces deux Blancs, parce qu'ils vont peut-être aider mon William à reposer en paix. C'est un projecteur affreux qui se trouve braqué sur mon fils, mais je prendrai la lumière, d'où qu'elle vienne.

« J'avais deux fils, poursuivit-elle. Pepe, mon cadet, a été tué il y a trois ans lors d'un échange de coups de feu entre des membres de gangs d'Alphabet City. On m'a dit que Pepe voulait se procurer de la drogue. Je ne l'ai pas cru. Il y a quelque chose qui ne m'a jamais paru normal là-dedans. Inutile de vous dire que les coupables courent toujours.

« La nuit où William est mort, il m'a téléphoné, comme vous le savez. Mais non, ce n'était pas seulement pour me dire bonsoir... Je l'entendais à peine, il avait l'air soûl, il sanglotait, il avait du mal à respirer. Il m'a dit : *Maman, j'ai tué Pepe.* Je lui ai dit : *William, tout va bien ? Que se passe-t-il ?* Il m'a dit que tout allait bien. Puis il m'a dit ce qui s'était passé. Il m'a dit que c'était lui qui avait envoyé Pepe acheter de la drogue. Que c'était pour cette raison que Pepe se trouvait là-bas, et qu'il avait été abattu. William m'a demandé pardon. Encore et encore. J'étais hors de moi, mais j'avais tellement peur pour lui, il avait l'air complètement désespéré... Quand la police est venue, le lendemain matin, pour me dire qu'on l'avait retrouvé, j'ai cru à un suicide.

— Donc William se droguait.

— Je l'ignorais, mais il a dû se droguer à un moment donné. Je sais que William était clean au moment de sa mort – l'analyse toxicologique du labo le prouve –, mais si je vous avais répété ce qu'il m'avait dit au téléphone cette nuit-là, vous vous en seriez tenus au fait qu'il prenait de la drogue.

— Madame Aneto, chaque victime est importante pour nous, affirma Danny. Chacune. On ne traite personne différemment en raison de la couleur de sa peau, de son mode de vie, des choix qu'il fait, rien. Nous voulons retrouver l'assassin de votre fils. Et nous voulons avoir toutes les informations nécessaires pour y parvenir. Nous ne jugeons pas cette information, elle ne passe par aucun filtre. Ce sont de simples faits pour nous, des éléments susceptibles ou non de nous conduire à l'assassin.

Mme Aneto prit une photographie de William sur le buffet, dans un cadre de bois noir brillant.

— Si je vous parle aujourd'hui, messieurs, c'est parce que j'ai de l'espoir. L'amertume et la colère ne m'ont pas tout à fait quittée, mais j'ai de l'espoir. Je ne regrette pas de ne pas vous avoir parlé il y a un an. Je m'en tiens à ma décision. Car je préfère ne pas penser au peu de mal que vous vous seriez donné si vous aviez su que, par-dessus le marché, William avait versé dans la drogue.

Joe attrapa la veste de son costume sur le dossier de sa chaise et s'adressa à la cantonade :

— Je crève de faim. Je vais acheter un casse-dalle. Quelqu'un veut quelque chose ?

Il prit trois commandes de boissons et sandwichs. Quand il sortit de l'ascenseur, son portable sonna. Il n'avait pas revu ce numéro depuis plus de deux ans, mais il figurait encore dans son répertoire : « Anna (Bureau) ».

— Anna ?

— Vous savez où elle est ?

C'était la voix affolée de la rédactrice en chef.

Joe resta interdit. Anna ne pouvait être qu'au W, à Union Square. Il avait enregistré le numéro de l'hôtel dans son téléphone ce matin-là, en cas de nécessité.

— Quoi ? lâcha-t-il.

Il n'avait plus faim, le vide dans son estomac s'emplissait d'une sensation incontrôlable.

— Désolée, Joe. C'est Chloé. Anna n'est pas venue à la séance photo ce matin. J'ai essayé son portable, le fixe… rien. J'ai fouillé partout, pour dénicher votre numéro je ne sais comment. Je suis navrée de vous déranger…

— Ça ne fait rien ! répondit Joe. Qu'est-ce qui se passe ? Quand je l'ai laissée ce matin, elle s'apprêtait à prendre le métro pour Union Square et tout allait bien…

— Elle nous a fait faux bond. Ça ne lui ressemble pas. Vous lui avez parlé depuis ?

— Évidemment non.

Il n'avait pas le temps de lui faire la conversation, il fallait qu'il file.

— D'après vous, elle allait bien, ce matin ?

— Oui, oui, absolument, articula-t-il tout en se demandant ce qu'on entendait par là. Après tout, était-il encore capable de le savoir ?

— Bon, alors ? demanda Chloé. On fait quoi ?

— Je m'en occupe.

— Merci. Je… je m'inquiète pour elle.

« Ben voyons ! » se dit-il. Il pressa de ses doigts tremblants les touches de son téléphone à la recherche d'un SMS qu'il aurait manqué, d'un appel qu'il n'aurait pas entendu, n'importe quoi. Ensuite il composa le numéro du portable d'Anna, puis celui de leur téléphone fixe. Il tomba directement sur la boîte vocale, dans les deux cas. Son regard se posa sur sa voiture, de l'autre côté de la rue. Il s'élança vers elle.

Anna était dans son lit. Elle avait enfilé son pyjama avant de s'endormir, pelotonnée en une boule minuscule, serrant étroitement un oreiller contre sa poitrine. Des soubresauts parcouraient son corps, elle se retourna sur le dos, raide, l'oreiller rejeté sur le côté. Des images la submergeaient, la paralysaient, et leur emprise psychologique lui semblait physique. Elle avait les mâchoires serrées comme un étau. Elle voulait crier, mais ne pouvait pas. Tels des spectres ondoyant au-dessus d'elle, des yeux et des bouches étranges lui effleuraient la poitrine, s'arrêtaient devant son visage, exprimaient une menace, avant de s'éloigner et d'être remplacés par d'autres et d'autres encore, chaque apparition lui donnant l'impression que la suivante l'emporterait avec elle. Elle serrait les poings, fermait les yeux de toutes ses forces, un cri étranglé dans le fond de sa gorge.

Elle entendit hurler son nom. Encore... Cette fois, c'était chaleureux. Elle associa la voix avec quelqu'un de bon. Quelqu'un qui veillait sur elle. Une part d'elle-même se détendit. Et le cri jaillit, mêlé à un gémissement affreux, poignant.

Elle donna libre cours à ses larmes. Ses paupières s'ouvrirent brusquement et Joe était auprès d'elle, qui l'attirait sur ses genoux, lui caressait les cheveux, couvrant son front de baisers.

— Tout va bien, ma chérie, murmura-t-il. Tout va bien. Je suis là. Tu es en sécurité. Ce n'était qu'un cauchemar. Tout va bien. Tout le monde va bien.

Le soulagement qu'il lut dans les yeux d'Anna lui brisa le cœur.

— Encore la paralysie du sommeil, murmura-t-elle. Quelle horreur ! Je croyais que c'était fini. Tous ces monstres…

— Chut. (Il parlait doucement.) C'est fini maintenant. Tu vas m'accompagner dans la cuisine. Je vais te préparer une infusion. Et pour moi, un litre de café, et je vais me trouver une sonde…

— Comment se fait-il que tu sois à la maison ? s'étonna-t-elle. Quelle heure est-il ?

— Je suis à la maison parce que ma femme me manquait.

# Chapitre 7

— T'as été jusqu'en Irlande pour traire des putains de vaches ? lança Rencher.

— Le *latte*, c'est pour les lavettes, riposta Joe.

— C'est tout ce que tu m'as pris ?

— Ça et ton *latte*. Avec deux muffins par-dessus le marché, dit-il en posant le tout sur le bureau de Rencher.

— Hein ? T'as l'impression que j'ai besoin d'engraisser ?

— Tu me donnes l'impression d'avoir besoin de sourire davantage, rétorqua Joe. Où sont les autres ? C'est pas tout, ça, j'ai d'autres cafés à livrer.

— Ben tiens, pendant les deux heures où tu t'es volatilisé, ils sont allés faire un truc impensable : leur boulot de flic.

— Et pas moi ?

Rencher inclina la tête sur le côté.

— Retourne à ton taf, fit Joe en souriant malgré lui.

Il s'assit à son bureau et soupira. Il chargea son carnet d'adresses sur son ordinateur et chercha parmi ses contacts le numéro de téléphone de Rueben Maller.

Celui-ci décrocha avant même que Joe ait entendu la tonalité.

— Rueben, c'est Joe Lucchesi.

— Salut, Joe.

Il semblait dans l'expectative.

— Ne t'inquiète pas, s'empressa d'ajouter Joe. C'est à propos d'une affaire sur laquelle j'enquête.

— Oh, d'accord, très bien. Je n'ai rien de nouveau pour...

— Je sais, je sais. Écoute... tu te souviens de William Aneto ?

— Oui, la presse en a pas mal parlé.

— Oui. On pense avoir établi un lien avec deux autres assassinats récents, un dans l'Upper West Side et un autre à SoHo, plus ancien. Peux-tu jeter un œil au dossier pour vérifier si un profil se dégage ? Un deuxième avis est toujours utile dans ces cas-là.

— Bien sûr, pas de souci. Je passerai te voir au bureau un peu plus tard.

— Merci.

— Joe ? Tu as vraiment besoin de mon aide ou c'est... ?

Joe éclata de rire.

— J'ai vraiment besoin d'un coup de main.

Maller rit à son tour.

— Entendu. Je préférais en être sûr.

Joe se tourna vers son Powerbook et cliqua sur son icône préférée : le stylo et l'encrier qui ouvraient Pages, un logiciel de graphisme permettant de créer un bulletin, un journal, une circulaire ou un tract en deux coups de souris. L'application proposait quantité de modèles aux couleurs éclatantes, avec des photos de gens heureux et souriants. Il ouvrit le fichier type qu'il avait conçu lui-même, baptisé VICS, et créa un nouveau fichier. Il se demanda ce que les concepteurs de Pages en auraient pensé. Il ouvrit iPhoto et importa les photographies numérisées dans le document, un portrait de chacune des victimes pris de son vivant, le visage souriant, agacé ou détendu. Non pas leurs visages dénaturés par les coups. Joe voulait les regarder dans les yeux. Il voulait faire quelque chose pour ces trois types qu'il aurait pu croiser dans la rue, avec qui il aurait pu boire un verre au bar ou faire la queue à l'épicerie du coin. Pas les trois malheureux sur le cadavre desquels il s'était penché.

Son téléphone sonna.

— Bonjour, Joe. C'est Mark Branham, de Gay Alliance.

— Merci de me rappeler, Mark. Ça va ?

— Super. Débordé. C'est le premier anniversaire de la mort de William Aneto, comme vous le savez, alors on essaie d'aider la famille à faire un peu de bruit autour de l'événement. C'est pour ça que vous m'appelez ?

— En quelque sorte. Mais ça reste entre nous, d'accord ?

— Entendu, Joe.

— Nous croyons que l'affaire pourrait avoir un rapport avec deux autres meurtres survenus ces derniers mois.

— Vraiment ? répondit Mark d'une voix étranglée.

— C'est un peu tôt pour le dire.

— Il s'agit uniquement d'homosexuels ?

— Non. Mais on se demande si l'un d'eux n'avait pas fait son *coming out*, ou si peut-être, vous savez, il…

— Il quoi ? S'il avait émis des vibrations gays ? S'il avait tiré un coup d'un soir ? Bi aujourd'hui, gay demain ?

— Peu importe. Il avait peut-être deux fers au feu.

— Je vois. Alors, selon vous, l'assassin en avait après quoi ?

— On a le choix. Peut-être qu'il aime la manière forte et a été trop loin ; qu'il s'est pris au jeu. Ou alors, on a affaire à un homophobe qui administre une raclée à ses victimes. Ou bien notre assassin choisit ses proies dans le milieu qu'il fréquente.

— Ce type pourrait aussi bien être un homophobe classique, répondit Mark, quelqu'un qui casse du pédé pour refouler ses propres pulsions. Il se soûle et il saute le pas, et après il se venge sur le gus qu'il a levé et lui fait payer des dizaines d'années de rage rentrée. J'ai vu des agressions dont c'était le seul et unique motif – mais jamais de meurtres. Des hommes complètement passés à tabac. C'est ce qui s'est passé ?

— Oui. Leur visage a été réduit en bouillie. Le légiste a déjà vu ça dans ce genre d'affaires.

Mark siffla entre ses dents.

— Ça sent mauvais. Qu'est-ce que je peux faire ?

— D'abord et avant tout, n'en parlez à personne pour le moment. À part ça, est-ce que vous connaissez bien le 3B ?

— La boîte ? Bed, Bad & Beyond ? Oui. William Aneto y a passé la soirée qui précédait le meurtre.

— C'est ça. J'aimerais parler au gérant, mais pas question que ça s'ébruite.

— Entendu. Adressez-vous à Buck Torrance. Cabaretier la nuit, vendeur d'accessoires pour animaux domestiques le jour. Son magasin s'appelle La Voix de son maître, vous le trouverez à Chelsea. Sur la VIIIe Avenue, entre la 21e et la 22e. C'est un brave type, il ne fait pas de cinéma. Dites-lui que vous appelez de ma part, qu'on est amis, et que c'est à propos de l'anniversaire. Si vous posez des questions sur les autres gars, racontez qu'il s'agissait des amis de la victime ou autre chose. Bref, il est discret.

— Merci, Mark. On ira le voir demain. Comment va Kevin ?

— Super. Et Anna ?

— On fait aller. Portez-vous bien.

— Vous aussi.

Au lieu de prendre directement le chemin du retour, Joe décida de passer voir le vieux Nic. Sous aucun autre prétexte il ne se serait infligé la traversée démoralisante de Bensonhurst. Toutes les traces de son enfance s'étaient volatilisées en même temps que les vieilles façades des magasins. La première scène de *Welcome Back, Kotter !*[1] se situait à Bensonhurst. Si on tournait la série aujourd'hui, rien ne serait plus pareil. Joe ne reverrait pas un seul visage familier dans les rues, presque tous les personnages qui avaient marqué sa jeunesse étant allés s'installer de l'autre côté de Staten Island dans les années 1990.

Joe s'engagea à gauche sur la 86ᵉ Rue et emprunta un itinéraire qui longeait la maison où il avait grandi, puis celle où habitait Danny, et celle des parents de Gina. Il évita l'appartement dans lequel il avait emménagé avec sa mère et sa sœur après le divorce de ses parents. Il y était resté trois ans. Trois ans durant lesquels il avait su que sa mère était atteinte d'un cancer, suivis d'un an à la regarder s'éteindre, à l'accompagner à ses rendez-vous à l'hôpital, faible et chancelante, pour la ramener chez elle, encore plus affaiblie.

Il se rappelait leur premier rendez-vous à l'hôpital Kings County. Il avait quatorze ans. Elle avait prétendu qu'il s'agissait d'un bilan de routine. Elle lui serrait les doigts si fort qu'il n'aurait pas pu la lâcher. Il avait attendu à la porte du cabinet, sans savoir qu'à l'intérieur on avait diagnostiqué chez sa mère – âgée de trente-six ans – un cancer du sein. Joe avait surtout peur qu'on le reconnaisse, car c'était à cet hôpital qu'il accourait après les grosses bagarres. En général, il patientait dehors, le temps qu'un interne sorte pour sa pause. Le même médecin finissait toujours par se montrer et secouait la tête à la vue de sa lèvre fendue ou d'une entaille sur son arcade sourcilière. Puis il le faisait entrer dans une salle vide pour le recoudre de ses grandes mains habiles.

Il suffisait à Joe d'apercevoir la façade de son vieil immeuble pour en avoir le cœur brisé. Une fois, il s'y était risqué. Il avait cru voir sa mère descendre les

---

1. Sitcom américain de la fin des années 1970. *(N.d.T.)*

marches du perron. Maria Lucchesi était une petite femme rondelette, toujours vêtue d'un manteau rouge. L'inconnue lui ressemblait. Il avait ralenti, puis coupé le contact. Il avait sangloté, la tête posée sur le volant. Il était plus âgé que sa mère au moment de sa mort, mais il avait pleuré comme un enfant pour cette femme qui n'avait jamais versé une larme devant lui.

Joe s'arrêta devant la petite maison à pans de bois des Nicotero et s'approcha de la porte d'entrée. Il actionna la sonnette et perçut le bruissement familier des pantoufles du vieux Nic.

— Salut, camarade, dit celui-ci en serrant Joe contre lui. Quelle bonne surprise !

— Je suis en pleine crise de nostalgie.

— Très bien... Mais j'espère que tu ne viens pas me rapporter les bêtises que Bobby a faites à l'école !

Joe s'esclaffa de bon cœur.

— Viens, entre. Patti n'est pas là.

Il s'assit à côté de Nic, à la petite table aux pieds métalliques tarabiscotés.

— Alors, comment ça se passe avec Bobby ? s'enquit-il, tout sourire.

Il ouvrit une cannette de bière qu'il tendit à Joe. Celui-ci avala une gorgée.

— Plutôt bien. Oui, tout se passe bien.

— Ah bon ? Vous êtes pourtant très différents.

Joe leva les yeux vers lui.

— Quoi ?

— On n'apprend pas à un vieux singe à faire la grimace ! plaisanta Nic. Vous êtes trop différents l'un de l'autre pour vous entendre.

— Possible.

— Et par-dessus le marché, nos rapports entre toi et moi te discréditent à ses yeux. C'est triste, non ?

— C'est lui qui y perd.

— Qu'est-ce qui te travaille ? demanda Nic. Le boulot ou le plaisir ?

— A priori le plaisir, reconnut Joe. Mais je dois avouer que j'ai tout bousillé. C'est Anna, articula-t-il en se tournant vers le petit jardin.

Nic hocha la tête.

— Comment va-t-elle ?

Joe poussa un soupir.

— Elle... elle a un peu perdu les pédales, hier. Tu sais qu'elle passe beaucoup de temps à la maison. Bon, hier, elle a décidé de se reprendre en main et elle est sortie diriger une séance de photos pour le compte du magazine. Elle est allée jusqu'à l'hôtel où la séance se déroulait... et là, elle a eu une crise de panique.

— C'est-à-dire ?

— À mon avis, elle ne m'a pas tout avoué. Elle raconte qu'elle a eu l'impression d'être cernée de toutes parts et qu'elle a pris ses jambes à son cou. Elle a sauté dans un taxi et est rentrée à la maison. Elle a éteint son téléphone portable et n'a rien dit à sa chef. Elle n'a même pas rallumé son portable aujourd'hui. En fait, elle risque de perdre son job. Mais ce qui m'inquiète, c'est qu'elle s'en moquait, qu'elle était si terrifiée que même ça n'avait plus d'importance.

— Bon. Et toi, dans tout ça ?

— Pardon ?

— Tu m'as parlé d'Anna. D'ailleurs tu ne parles que d'elle. Fastoche. Elle est bourrée de problèmes, et toi, tu te portes comme un charme.

Joe considéra obstinément sa cannette.

— Patti et moi, on a traversé de drôles de tempêtes, reprit Nic. Et la plus grosse erreur que j'aie commise, c'était de croire qu'elle était la seule à devoir changer.

Joe ne réagit pas.

— Quant à Anna, elle en a vu de rudes.

Joe acquiesça.

— Tu souffres de ne plus être un héros à ses yeux.

— Hein ? s'exclama Joe en se tournant vers lui.

— Je vais te confier un petit secret. Les hommes et les femmes n'ont pas la même conception de l'héroïsme. Je me suis pourri la vie à vouloir jouer les redresseurs de torts et à arranger tout ce qui clochait en ce bas monde. C'est mission impossible. Tu finiras par surmonter ce qui est arrivé, car ce n'était pas ta faute. La vie te réserve des sales tours, parfois. Et même de très sales tours. Alors, de deux choses l'une. Soit tu laisses Rawlins briser ton ménage et enfoncer le dernier clou dans le cercueil. Soit tu l'emmerdes, cette espèce de raclure. Il s'est approché de ta famille une fois : tu te jures que ça n'arrivera plus jamais et que tu ne passeras pas toute ta putain de vie à craindre qu'il revienne. Tu ne vas quand même pas donner à ce malade le pouvoir de te pourrir l'existence ? Bordel, Joe, Anna et Shaun ne méritent pas ça.

— Ce n'est pas aussi simple que ça.

— Oh, que si ! Laisse-moi te dire une chose. Quand on s'est mariés, Patti me tenait pour la huitième merveille du monde. J'étais Victor Nicotero, le grand flic costaud à qui personne ne cherchait des noises. Quand elle marchait à mon bras, elle était fière, elle se sentait protégée. Et, putain, j'adorais ça ! C'était le pied. Puis un jour, alors que j'étais au boulot, elle a eu un malaise et je ne suis pas rentré à temps. Elle était enceinte de deux mois, c'était avant Bobby. Elle a perdu l'enfant et je n'ai rien pu faire. Sa fausse couche a été un tournant. Pendant un an, j'ai cru qu'elle me jugeait faible, que je l'avais déçue. Et un beau jour, elle m'a dit : « Tu n'es pas invincible et c'est une chance que tu en sois conscient. Si je t'ai fait croire le contraire, pardonne-moi. » Elle avait raison. Ensuite, elle a ajouté une chose que je n'oublierai jamais : « Tu sais, un héros, c'est quelqu'un doté d'une grande force de caractère, capable de faire des sacrifices, de rire lorsque la situation s'y prête, ou de garder le silence. S'imaginer qu'on peut contrôler tout ce qui va mal ici-bas, se miner ou s'aigrir parce qu'on n'y parvient pas, c'est un abominable gâchis. Je ne veux pas de cet homme dépité et perpétuellement en colère, je suis ravie qu'il n'existe plus. » Après quoi, elle est sortie de la pièce et est retournée à ses affaires.

— Patti, c'est un sacré numéro.

— Aucune femme ne veut d'un homme faible, affirma Nic. Et tu n'en es pas un. Parle à Anna. Parle-lui vraiment, sans t'énerver. Dis-lui simplement ce que tu ressens.

— Tu te ramollis avec l'âge.

— Arrête ton char. Quand on demande conseil à quelqu'un, on s'adresse à celui qui nous dira ce qu'on a envie d'entendre. T'es venu me voir parce que tu veux que je te dise que toi et Anna, vous êtes super bien ensemble, et que tu dois tout faire pour que ça dure. Tu n'as pas été frapper à la porte du mec qui t'annoncera que vous avez franchi un point de non-retour.

— Et si c'était le cas ?

— Ce n'est pas le cas, Joe. Vu ? Avale ta bière, toute cette sagesse m'a vidé.

Quelques heures plus tard, Joe coupait le contact dans l'allée. Voilà six mois qu'ils s'étaient installés dans cette maison, mais il éprouvait une violente déception chaque fois qu'il en franchissait le seuil. Il avait dû se décider très vite, pendant qu'Anna poursuivait sa convalescence à Paris. Des considérations financières avaient motivé son choix. Le loyer était minime, car le propriétaire était un flic prêt à aider un collègue auquel il pouvait se fier, pour protéger son bien pendant qu'il voyageait autour du monde.

Joe avait visité les lieux dans un état quasi comateux : il avait dormi deux heures la veille et s'était gavé d'analgésiques. Sonny, le propriétaire, avait fait faire le ménage par une amie, qui avait disposé quelques vases et vaporisé du désodorisant dans les chambres. L'électroménager dans la cuisine datait de six mois et la salle de bains avait été rénovée. Joe, si vigilant d'ordinaire, n'avait pas prêté attention aux détails. À peine avait-il passé la porte qu'un étrange sentiment de soulagement l'avait envahi. Oui, il pouvait s'imaginer mener une vie merveilleuse dans cet endroit, avec sa femme et son fils. Il avait déambulé dans les pièces comme sur un nuage, mû par l'espoir. Trois éléments avaient faussé son jugement, les plans du comptoir en inox dans la cuisine, le sofa crème en forme de L dans le séjour, et le lit en fer forgé au charme rétro dans la chambre principale. C'était le style d'Anna.

Il s'était donné un mal fou pour que la maison soit prête à l'accueillir. Danny avait trimé avec lui sans lui ménager ses avertissements : « Je ne donnerai pas cher de ta peau, camarade, quand Anna arrivera », et : « Mon vieux, t'es foutu. » Il s'était montré plus constructif en dressant la liste des corvées qui les attendaient, et pour lesquelles ils estimèrent pouvoir se passer du feu vert de Sonny. Ils avaient découvert une canine dans un placard de la cuisine, et les affaires de Sonny accaparaient les principaux espaces de rangement.

Le jour où ils emménagèrent, Joe s'avisa qu'un canapé orange et couvert de taches s'était substitué au joli sofa crème, et qu'un sommier beige et un matelas provenant d'un magasin de meubles à prix cassés avaient remplacé le lit en fer forgé. Heureusement, le voyage par avion de huit heures avait exténué Anna, qui se contenta d'un bref coup d'œil autour d'elle et de la vague impression d'ordre et de propreté, avant de monter à l'étage et de s'écrouler sur le lit bon marché. Conformément aux instructions de son père, qui l'avait longuement sermonné sur ce point, Shaun avait simulé l'enthousiasme pour créer une diversion, et cela avait marché... au moins jusqu'au lendemain matin. En effet, à moins de refaire intégralement l'installation électrique, la plomberie et la menuiserie, l'endroit était voué à paraître inachevé en dépit de la peinture fraîche sur les murs. Les boiseries dénotaient des erreurs de calcul diverses, plinthes ou trop longues ou trop courtes, portes trop étroites, placards qui ne fermaient pas. Certaines portes ne tenaient dans chaque gond que par deux vis. L'encadrement de celle de la chambre principale s'était défait. À l'étage, près de la salle de bains, la lumière des appliques de la cuisine passait à travers le plancher.

Anna avait bien réagi, les efforts de son mari l'avaient tellement touchée qu'elle n'avait pas fait d'histoires. Mais dans les mois qui avaient suivi, Joe put entendre des cris poussés en divers endroits de la maison, lorsque quelque chose se brisait, qu'une poignée cédait, ou qu'une tête heurtait un angle mal placé.

— Ce n'est que moi, claironna Joe pour la rassurer, comme chaque fois qu'il rentrait. Alors, ajouta-t-il en lui plantant un baiser sur les lèvres, ça va ? T'es mignonne, tu sais !

Anna était pieds nus, vêtue d'un jean et d'un simple débardeur noir qui contrastait avec son teint pâle et ses yeux verts.

— Ça va.

Elle passa une main derrière ses cheveux pour essayer d'en aplatir les boucles folles.

— Tu as appelé Chloé, finalement ? s'enquit-il.

— J'ai eu un vrai coup de bol, tu ne vas pas me croire.

— Quel coup de bol ?

— Le photographe d'hier a une nouvelle petite amie, qui a tout au plus vingt-deux ans. Bref, elle s'est occupée de toute la direction artistique du shooting. Elle a proposé à Chloé de me remplacer au pied levé, et

Chloé a préféré accepter, plutôt que d'avoir fait déplacer le grand Marc Lunel pour rien. Et en plus, je ne suis pas virée.

— Tu rigoles ?

— Tu croyais que je serais virée ? riposta-t-elle en souriant.

— Non. Mais Chloé est…

— Je sais, elle est schizo. Elle a reconnu qu'elle m'avait forcé la main et donc, pour le moment, elle m'autorise à continuer de bosser chez moi.

— C'est extra. Chérie, je veux seulement que tu saches que… que je t'aime.

— Merci, dit-elle. Moi aussi, je t'aime.

— Oh, fit-il en haussant les épaules. Il y a juste que je me sens…

Ils entendirent les clés dans la porte d'entrée et des voix dans le vestibule.

— Il rentre tôt pour une fois, remarqua Anna.

Shaun fit irruption dans la cuisine et jeta son sac à dos sur le sol.

— Maman, papa, voilà Tara.

Joe brûlait d'échanger un regard avec Anna. Dix-sept ans, blonde, d'une minceur inquiétante, Tara devait mesurer un mètre soixante-quinze. De son jean taille basse débordait un tee-shirt jaune d'une finesse arachnéenne. Un sac rose démesuré pendait à son bras.

— Hello ! lança la nouvelle venue. Enchantée de vous connaître.

— Nous de même, répondit Joe.

— Oui, balbutia Anna, ahurie.

— Je vous serrerais bien la main, mais on vient de me poser ces machins, expliqua-t-elle en agitant ses doigts prolongés par des ongles rutilants.

— Oh, ils sont ravissants, assura Anna.

— C'est bien ce que j'ai pensé, répliqua Tara. Ben voilà, mon père a des invités, ce soir. Je vis avec mon père, OK ? Alors, il fallait *absolument* que je trouve un truc délirant. Il a un de ses copains de la télé qui vient. Et de la télé, c'est justement ce que je veux faire. Alors, on est d'abord allés en ville… (Elle adressa un sourire à Shaun.) On est allés m'acheter un bikini.

Shaun s'efforça de lui rendre son sourire.

— J'ai acheté des CD.

— Et tu as trouvé un maillot ? s'enquit poliment Anna.

— Oui, minauda-t-elle en brandissant un sac en papier aux poignées de cordelette blanche.

Elle en extirpa un bout de ficelle rouge qui tenait lieu de soutien-gorge, puis replongea sa main pour en ressortir un minishort assorti à taille basse.

— Oh là là ! s'exclama Anna.

— C'est ça, grogna Joe en se tournant rapidement vers le réfrigérateur.

— Et puis regardez ça, enchaîna Tara en frottant une main sur son bras hâlé. C'est le nouveau faux bronzage, vous connaissez ? Un effet instantané et qui résiste à l'eau. Splash Bronze, vous devriez l'essayer.

— Merci du tuyau, lâcha Anna.

— On va dans ma chambre, coupa Shaun.

— Bon, ben à plus, conclut Tara en agitant la main.

— Vous voulez dîner avec nous ? proposa Anna.

Tara lorgna les morceaux de bœuf.

— Beurk ! Non, merci ! Enfin, bon, vous savez, je ne suis pas viande rouge. Juste la blanche. Ou du poisson, et pas tous les poissons. Le vivaneau ou des trucs de ce genre, qui n'ont pas trop le goût de poiscaille.

Elle eut un geste désinvolte et suivit Shaun dans l'entrée, lui glissant une main dans la poche de jean.

Joe revint vers Anna en avalant une gorgée de jus de fruit directement à la bouteille.

— C'est quoi, ton avis, à la fin, quoi ? lança Joe.

Anna secoua la tête en souriant.

— Une petite pute.

— En réalité, tu en penses quoi ?

Elle haussa les épaules.

— Qu'est-ce que tu veux que je dise ?

— Ouais, bon, je sais, c'est bizarre. Il a l'air tellement malheureux, c'est à croire qu'elle ne s'en rend pas compte.

— Ou qu'elle s'en moque.

— Arrête, c'est peut-être une petite pute au grand cœur.

Anna éclata de rire.

— J'ai envie qu'il soit heureux. Que sa tristesse s'envole. Pour elle, c'est juste un beau…

— … et malheureux gamin.

— Elle va lui faire une séance d'essayage de bikini, là-haut, s'amusa Anna.

— Tu veux que j'aille casser l'ambiance ?

Anna se blottit contre lui, comme il lui entourait les épaules et lui embrassait la joue.

— T'inquiète, murmura-t-il. Elle n'est pas mon genre.

— Ni celui de Shaun, d'ailleurs.

— À l'adolescence, les garçons n'ont pas de genre. Ils laissent ça à leur mère.

— Il ne réglerait pas son choix sur le mien juste pour me faire plaisir.

Ils se turent, se remémorant en silence la jolie Katie, qu'ils avaient appris à aimer en Irlande.

# Chapitre 8

Dans l'arrière-salle du bureau de poste d'où la lettre avait été expédiée, Danny et Joe visionnaient la vidéo en noir et blanc montrant les boîtes aux lettres à l'intérieur du bâtiment. Au comble de l'excitation, le directeur du bureau tournicotait derrière eux.

Au bout d'un quart d'heure, Joe n'y tint plus.

— Écoutez, Simon, si vous voulez bien, on va faire notre boulot et on vous appellera au besoin.

— Absolument, pas de problème. Je serai tout près.

— Ouais, merci, ajouta Danny.

— Bon débarras ! soupira Joe quand il eut tourné les talons.

— Putain, je déteste cette saloperie, grogna Danny en indiquant l'écran. Les vidéos me filent des cauchemars. Ça me rend dingue de regarder la même chose cent fois, je suis bon pour la camisole.

Ils poursuivirent dix minutes en silence.

— On attend un type qui vient poster une seule petite enveloppe entre 9 heures et 11 heures du matin. Tiens, regarde… V'là un mec, commenta Joe pour se tenir éveillé. On met sur pause. Va chercher Simon.

Simon revint précipitamment.

— Vous tenez quelque chose ?

— Vous connaissez cet individu-là ?

Simon plaça son nez à dix centimètres de l'écran, puis secoua la tête, déconfit.

— Non, désolé. Vous voulez que j'appelle un de mes collaborateurs ?

— Avec plaisir, approuva Joe.

Personne ne reconnut l'individu. Pas plus que les neuf hommes et cinq femmes venus poster du courrier dans l'intervalle. Danny nota les coordonnées des images correspondantes sur la séquence et ils emportèrent la bande. La brigade d'assistance avait envoyé du matériel au Manhattan North, de sorte qu'ils pourraient copier la bande sur DVD et imprimer des instantanés dès leur retour au bureau.

— Cool, déclara Danny. On va toujours à Chelsea ?

— Ouais.

La boutique La Voix de son maître était coincée entre un bar à tapas, apparemment fermé, et un magasin de tee-shirts pour hommes sur la VIII^e Avenue.

— On est en avance, constata Danny en montrant les heures d'ouverture sur une pancarte en forme de caniche, avant de pousser la porte du magasin de tee-shirts.

Joe lui emboîta le pas. La boutique était petite et encombrée de portants circulaires – les uns sur pied, d'autres fixés au plafond – et d'étagères croulant de marchandises. Une tablette métallique accrochée derrière le comptoir débordait de cartes de vœux. Derrière le comptoir, des centaines de CD s'amoncelaient dans une vitrine d'un mètre de long sur laquelle un autocollant stipulait « En cas d'urgence, briser la glace ! » Un iPod HI-FI trônait par-dessus la vitrine.

Danny écarta les maillots accrochés au portant mural et en retira un modèle bleu marine.

— Pas mal, décréta-t-il. J'ai besoin de fringues décontractées pour le week-end.

Il se fraya un chemin vers la caisse et sortit son portefeuille.

— Je m'avance peut-être, susurra le type derrière le comptoir, mais je me tromperais beaucoup si je disais que vous deux, là, vous n'êtes pas, disons, ensemble ?

— C'est exact, admit Joe.

— Et vous ne le serez jamais.

— Il n'est pas mon genre, répondit Danny.

— Alors, vous devriez regarder de plus près l'illustration sur ce tee-shirt, lui conseilla le vendeur. Parce que les gens risquent de se méprendre.

— Oh, en effet ! J'avais pas remarqué. Vous avez bien fait de m'avertir. Merci.

— Pas de souci. Ça arrive tout le temps. Si vous m'aviez l'air de deux crétins, je l'aurais bouclée. Et vous vous seriez fait mettre la main au cul dix fois en sortant avec votre femme.

Danny fonça vers la porte avec Joe, hilare, sur les talons.

— Tu aurais dû l'acheter. Quel dommage !

— Je ne suis pas un crétin, tu l'as entendu comme moi.

— Ça y est, remarqua Joe. C'est ouvert.

Ils entrèrent dans La Voix de son maître et se dirigèrent vers la silhouette qui s'affairait au fond du magasin. Buck Torrance arborait une chemise de cow-boy prune et un jean blanc étriqué, avec un motif de pattes en strass mauve plaqué sur les poches. Il éteignit son aspirateur en apercevant le reflet des policiers dans la glace.

— C'est vous, Buck ? demanda Joe.

— C'est moi.

— Nous sommes les inspecteurs Lucchesi et Markey, de la police de New York. Vous êtes bien le propriétaire de Bed, Bad and Beyond ?

— Oui, monsieur, c'est exact. Que puis-je pour vous ?

— Mark Branham, de Gay Alliance, m'a conseillé de m'adresser à vous. Nous menons une enquête sur des agressions violentes survenues au cours de cette dernière année et visant systématiquement des hommes, expliqua Joe.

— Des homos, déduisit Buck.

— L'un d'eux était homosexuel, en tout cas. On se demandait, si on vous montrait quelques photos...

— Bien sûr. (Il passa les clichés en revue.) Non, la tête de ce gars-là ne me dit rien... Là non plus... Ah oui, je connais la tête de celui-ci. Il s'appelait William Aneto.

— Vous le connaissiez ?

— Je l'ai vu ici ou là dans des bars, à mon club, bref... Donc oui, je le connaissais de vue. Et puis il y a eu toutes ces affiches placardées dans le quartier l'an dernier. Des gens qui allumaient des bougies dans la rue, à proximité de la boîte. Je regrette...

— Avez-vous remarqué s'il fréquentait une bande ou un homme en particulier ?

— C'est que je ne le connaissais pas si bien que ça. Vous voulez bien me laisser ces photos ? Je pourrais me renseigner pour vous, proposa-t-il.

— Non, on doit les garder. Merci pour votre aide.

— C'est moi qui vous remercie. Si vous avez besoin d'autre chose, n'hésitez pas à me le faire savoir.

— Entendu, répondit Danny.

— Est-ce qu'on doit s'inquiéter, par ici ?

— Non, assura Joe. Pas la peine de paniquer vos clients, ils risqueraient de déserter la boutique.

— Et qui va habiller tous les bichons du quartier si vous mettez la clé sous la porte ? lança Danny.

— Oh, chéri ! Ces chiens que vous voyez dehors ? Pour la plupart, ils n'ont même pas de nom.

Danny n'eut pas l'air de comprendre.

— Ces petits toutous reniflent des derrières pour permettre à leurs proprios de faire de même. En deux mots, je fournis à des tas de gens l'occasion de nouer le contact en prétextant parler cabots. Autrement dit, ce magasin, c'est un super plan drague. Si vous ne me croyez pas, courez à la promenade des chiens, à Waterside Park. Posez-vous sur un banc, et vous décrocherez un rencard en un clin d'œil. Au fait, ce petit collier de chien rouge, ça ne vous va pas au teint, lança Buck à Danny qui tripotait l'accessoire.

— Vous n'avez pas vu sa femme, ricana Joe.

— Sa femme ? s'étonna Buck.

— Très drôle, grommela Danny.

— Soyons sérieux. Je sais que c'est dur pour vous d'enquêter sur une affaire pareille. Je connais, je veux dire que les homos ratissent large. Il leur arrive de tomber sur des mecs qui l'aiment chaud, et sur certains qui l'aiment très, très chaud. Alors, si j'ai vent de quoi que ce soit, je vous le ferai savoir.

— Ce type est dangereux, déclara Joe. Évitez de vous retrouver seul dans une chambre avec lui.

— Oh, aucun risque ! s'esclaffa-t-il. Je suis hétéro, chéri.

Danny et Joe restèrent interdits un instant, sortirent de la boutique puis marchèrent vers leur véhicule.

— Il est sérieux, putain ! marmonna Danny en indiquant Buck.

— Et comment !

Rueben Maller rappela Joe à son bureau.

— Joe ? J'ai dressé un profil préliminaire. Je te le faxe ?

— Non, la machine est en panne. Tu peux me faire un topo ?

— Bien sûr. Selon toute probabilité, vous avez affaire – ô surprise ! – à un homme blanc, trentenaire, vivant seul. Il passe pour un type normal, qui n'inspire pas de méfiance particulière. Il vit à Manhattan même – on a une victime à SoHo, deux dans l'Upper West Side. Il est motorisé, se rend en bagnole sur les lieux de crime. Il a un parcours professionnel assez stable, mais sans doute avec des périodes d'inactivité entre deux emplois, ou peut-être exerce-t-il sa profession en indépendant, ce qui limite ses contacts avec les gens. Il doit passer beaucoup de temps seul, à peaufiner son scénario et sa mise en œuvre. L'acharnement contre ses victimes donne à penser qu'il s'agit pour lui d'une affaire personnelle. Essaie de trouver un point commun aux victimes. À moins que ces personnes lui aient causé du tort à un moment donné.

« Ce type n'est pas d'un seul bloc. D'un côté il est organisé, préparé. Il entre facilement chez les gens sans forcer, il est donc doué pour ça. Il arrive, muni de son marteau et de son calibre 22. Il ne laisse aucune preuve derrière lui. L'attaque est cependant frénétique, ce qui implique qu'il perd son sang-froid.

« Les adresses, à présent. Les tueurs opèrent en général dans un quartier qui leur est familier, donc on est peut-être à la recherche d'un habitant de l'Upper West Side ou d'une personne qui y a grandi. Idem pour SoHo.

— Super. Merci pour tout. Et quid du caractère sexuel du crime ? Et du fait qu'on a retrouvé les corps dénudés ? Ça ne t'évoque rien ?

— Pour moi, l'enjeu n'est pas là. Je pencherais plutôt pour une volonté d'humilier sa victime ou de la dominer. Ça m'étonnerait qu'il y ait une motivation sexuelle derrière tout cela. Mais, comme on dit, je ne peux que te garantir qu'il n'y a pas de garantie.

— C'est sûr.

— Si tu as besoin d'autre chose…

— Je t'appelle.

Quand Joe rentra chez lui, Anna étudiait sur le comptoir de la cuisine une pile de pages qu'elle avait découpées dans des magazines, espérant y puiser de l'inspiration. Joe l'embrassa sur la joue, puis ouvrit le placard tout en hauteur situé entre le réfrigérateur et le mur. Celui-ci eut une dangereuse oscillation latérale.

— Chaque fois que j'y touche, j'ai l'impression qu'il va s'écrouler.

— Tire d'un coup sec, tout en le soulevant.

Il ferma la porte et retenta sa chance.

— J'ai souvent l'occasion de m'exercer, expliqua-t-elle.

— Peut-être te laisseras-tu tenter par une invitation à dîner au restaurant, vendredi prochain ? C'est l'anniversaire de Gina. Danny a réservé une table pour nous quatre chez Pastis. Ça te pose un problème ?

— Je crois que ça ira, répondit-elle après une hésitation.

— Tu pourras toujours annuler à la dernière minute. Pas de pression.

— Entendu, merci.

— Mais je serais heureux que tu viennes.

— Je sais.

— Je monte me changer, dit-il.

Il grimpa à l'étage, prit une douche, puis redescendit vêtu d'un jean et d'un tee-shirt bleu frappé du logo d'un bar dans lequel il ne se souvenait pas d'avoir mis les pieds. Il se vautra dans le sofa et alluma la télévision. Il zappa distraitement, avant de tomber sur une conférence de presse. Le commissaire divisionnaire lisait une déclaration.

« ... établi un rapport entre deux autres meurtres, celui de William Aneto, survenu en septembre dernier, et celui de Gary Ortis, en décembre. Les trois victimes étaient des hommes, entre trente et quarante ans, sauvagement agressés à leur domicile avant d'être abattus. Un calibre 22 a été employé dans chacun des cas. Il n'y a aucune trace d'effraction, donc nous étudions l'hypothèse que ces hommes connaissaient leur assassin. Une brigade spéciale du Manhattan North Homicide a été détachée pour mener l'enquête. »

Les questions fusèrent.

— Vous voulez dire qu'il y a un tueur en série qui sillonne les rues de New York ?

— Ce que je dis, c'est que nous avons établi un schéma comportemental à partir de trois meurtres qui ont eu lieu dans la ville depuis un an.

— Pourquoi n'avez-vous pas établi votre schéma plus tôt ? Le premier meurtre date d'il y a un an.

— Ces trois crimes ont été commis dans des quartiers différents sur une période d'un an et a priori ils n'apparaissaient pas liés. Pour des raisons dans lesquelles je n'entrerai pas, nous avons rassemblé les inspecteurs chargés de chaque affaire, après quoi un mode opératoire s'est esquissé.

— Comment s'est-il introduit dans les appartements ?

— Comme je l'ai dit, il n'y a pas de signe d'effraction. Nous ne pouvons que supposer pour le moment que le… euh… le Visiteur est entré grâce aux victimes, ou grâce à quelqu'un qui connaît bien les résidences.

— Les immeubles ont-ils un portier ?

— L'un des trois, oui.

— Avez-vous parlé aux familles ? Comment ont-elles réagi ?

— Nous nous sommes mis en rapport avec toutes les familles des victimes et leur avons signifié notre plein et entier engagement dans l'élucidation des meurtres de leurs proches.

— La mère de William Aneto ne fait pas mystère de son mécontentement quant au peu d'empressement dont la police a fait preuve concernant son fils…

— Mme Aneto nous a renouvelé son soutien. Je n'ai rien d'autre à dire sur le sujet pour le moment.

— Avez-vous établi des points communs entre les victimes ?

— Nous y travaillons.

— L'association Gay Alliance a récemment interpellé les autorités sur le fait que la mort de William

Aneto remonte à un an. Pensez-vous que ces meurtres soient homophobes ?

— Il est capital de ne pas tirer de conclusions hâtives aux premiers stades de l'enquête.

— Quelles recommandations pouvez-vous donner au public ?

— Il n'y a aucune raison de paniquer. Je me bornerai aux consignes d'usage : soyez vigilants, n'ouvrez pas votre porte à des inconnus, demandez un justificatif à toute personne prétendant venir de la part de la Compagnie du gaz, etc. Toute personne détenant des informations sur l'un de ces crimes est priée de contacter confidentiellement le numéro 1800 577 INFO. Je répète : 1800 577 INFO.

— Vous avez des suspects ?

— Nous avons une liste de noms qui pourraient avoir un rapport avec nos trois victimes. Mesdames et messieurs, j'en ai fini pour aujourd'hui. Merci de votre attention.

— C'est ça, merci de m'avoir tenu au courant, sale connard ! tempêta Joe. Et pourquoi ne pas dire qu'on n'a pas établi de lien plus tôt entre les affaires parce qu'il y a des crétins qui ne remplissent pas les formulaires et ne communiquent pas avec leurs collègues ?

Il changea de chaîne : tous les bulletins d'information reprenaient la déclaration du divisionnaire.

« Le tueur s'introduit dans le domicile de ses victimes. Nous ignorons pour le moment comment il arrive à y entrer...

« Tout a commencé l'an dernier avec le meurtre d'un acteur de trente et un ans, William Aneto. Son corps avait été découvert dans son appartement de l'Upper West Side...

« La dernière personne à avoir vu Gary Ortis vivant est en direct avec nous...

« Après la page de publicité, nous vous donnerons des conseils pratiques pour protéger votre maison...

« Un inspecteur qui a demandé à garder l'anonymat a décrit le lieu du crime comme… »

— La peur, la peur, la peur ! rugit Joe en éteignant le poste.

Chaque jour, la presse faisait ses choux gras de manchettes anxiogènes. Mort, colère, peur, tueur, maladie, alerte, menace, autant de mots clés qui s'étalaient à la une. Ces crimes n'étaient pas spécifiques à New York. On risquait d'être assassiné par un membre de son entourage, plutôt que par le « Visiteur » inconnu.

— Je vais prendre une douche, annonça Anna.

Elle se pencha vers lui pour lui donner un baiser.

Il s'empara d'une revue rangée à côté du sofa et la feuilleta machinalement. Le bruit de l'eau lui parvenait depuis l'étage. Il avait envie de monter, d'ouvrir la porte, de se glisser derrière sa femme et de faire quelque chose qu'ils n'avaient pas fait depuis des mois. Il commençait à perdre patience. Il en eut des remords, mais il était surtout en colère. Il jeta le magazine sur le sol et ralluma la télévision.

Anna redescendit une demi-heure plus tard, mais Joe ne broncha pas. Lorsqu'il finit par se tourner vers elle, il la découvrit penchée sur le comptoir, occupée à déboucher une bouteille de vin. Elle était seins nus et vêtue d'un minuscule short noir. La finesse de ses talons aiguilles contrastait curieusement avec les semelles rouges. Elle pivota. Il ne savait plus où donner de la tête. Quand il réussit à lever les yeux vers son visage, elle soutint son regard et s'avança lentement vers lui.

## Chapitre 9

Mary Burig se tenait à l'entrée de la bibliothèque. Elle avait lancé sur son Smartphone une application graphique. Avec son stylet, elle traça sur l'écran une esquisse succincte de la pièce, dont la forme en angle droit tenait à un petit espace de rangement aménagé dans le coin, à droite. Des étagères couvraient tous les murs et, à gauche, six fauteuils recouverts d'un tissu orange élimé étaient disposés en cercle. Mary utilisa la touche « effacer » pour supprimer les sièges et les transférer dans l'espace tout près de la porte. Puis elle les remit à leur place initiale, sauvegarda le dessin et rangea le téléphone dans sa poche. Elle se dirigea vers le rayon poésie, sortit un volume et l'ouvrit à la page qu'elle avait marquée d'un Post-it rose.

Stan Frayte ouvrit la porte et passa la tête par l'entrebâillement.

— Eh, arrêtez de faire du boucan, ici ! lança-t-il avec un clin d'œil. Je bosse !

Mary leva les yeux et sourit.

— Attendez une seconde. Écoutez ça :

*Il n'est de nuit sans fin, obscure et froide.*
*Quand, dans l'aube naissante, une faible lueur*
*Surgit, qui embrase et flamboie*
*Et guide mes pas, malgré mon âme fatiguée*
*Par de sombres espérances et des rêves sans ailes,*

*Vers la lueur d'un autre avenir.*
*Et quand je cherche la source de cette clarté,*
*C'est ton cœur que je trouve, d'une force aveuglante.*

— Je ne crois pas qu'un cœur soit la source de la lumière, Mary. C'est comme qui dirait une ampoule, une lampe, une invention qui doit tout à un électricien.

— Peut-être, admit Mary sans se départir de son sourire.

— Il n'y a pas de peut-être. (Stan entra dans la salle et tira un mètre de sa poche de ceinture.) C'est super, pour vous, de disposer d'une bibliothèque à l'intérieur du bâtiment.

— Ça, oui. Mais peu de gens en profitent.

— C'est rudement dommage.

— Cela dit, ne croyez surtout pas que vous vous donniez tout ce mal pour rien !

— Si ça fait le bonheur d'une personne au moins, moi ça me va, assura Stan.

— Merci.

— Alors, vous voulez quoi exactement ?

— Eh bien dans ce coin, dit-elle, là où se trouvent les chaises, il n'y a pas de prise électrique. Il me semblerait judicieux d'installer des lampes de bureau ici pour le soir, parce que ça, poursuivit-elle en désignant le tube de néon fixé au plafond, c'est trop cru. Ça fait mal aux yeux.

— Entendu.

— Et ce sera tout pour le service électricité.

Il éclata de rire.

— Croyez-vous ? Et si on installait un éclairage sur les étagères, tout en haut ? Ce serait chouette.

— Ce serait même formidable, convint Mary. J'adorerais, si ce n'est pas trop cher.

— Ne vous inquiétez pas pour ça. Et les murs auraient bien besoin d'une couche de peinture fraîche.

Ça, je pourrai le faire pendant le week-end. Autre chose ?

— Merci infiniment. Magda va se procurer des porte-revues. La plupart des gens viennent ici pour consulter des magazines. Moi, je préfère les recueils de poésie.

— Je n'y connais pas grand-chose, reconnut Stan. Mais ça me plaît bien, cette idée de tout dire avec le minimum de mots.

Après avoir garé sa Mercedes noire devant l'immeuble, David Burig attrapa le paquet cadeau posé sur le siège du passager et sortit du véhicule. June le salua d'un geste de la main depuis le bureau d'accueil. Il prit l'ascenseur jusqu'à l'étage de Mary et frappa à la porte.

— Salut, toi, dit-il en lui tendant le sac.

— C'est en quel honneur ? demanda-t-elle, les yeux pétillants.

— Pour le plaisir !

— Je peux l'ouvrir ?

— Non, tu dois attendre Noël.

Le visage de Mary se décomposa. David leva les yeux au ciel.

— Mais bien sûr que tu peux l'ouvrir.

— Youpi ! applaudit-elle.

Il ferma la porte derrière eux et attendit sa réaction tandis qu'elle se jetait sur le sofa pour ouvrir le sac.

— Mon Dieu ! s'écria-t-elle. C'est trop génial ! Oh, c'est vraiment génial !

— Ça te plaît ?

— Non.

— Très drôle.

Il s'agissait d'un volumineux album de photos personnalisé et intitulé *Mary à tout prix*. Figurait sur la première page une photo d'elle à l'âge de deux ans, où elle apparaissait presque en ombre chinoise, un filet de lumière lui éclairant la tête. La légende disait :

*Pourquoi on aurait dû empêcher maman de prendre des photos*. Mary éclata de rire. Sur le cliché suivant, elle brandissait une gigantesque papillote de Noël, dont elle avait tiré le bon bout, et à côté d'elle David avait la mine complètement défaite. La légende disait : *Les traumatismes d'enfance de David – première partie.*

— Y a-t-il une seconde partie ?

— Page vingt-cinq.

— Oh là là ! s'écria Mary.

Scotchée sur la page, se trouvait une moitié du billet pour le concert de Mötley Crüe et Whitesnake, à Madison Square Garden, en 1987. En regard était fixée une photo de David, bronzé et en sueur, jean moulant et gilet sans manches, cheveux longs hirsutes et bandana, levant deux doigts en V.

— Ça se passe de légende, commenta sobrement David avec un clin d'œil.

Mary rit aux larmes.

— Oh là là ! Tu te souviens de cette fille que tu as rencontrée après le concert et qui t'a demandé ton nom ? Tu as répondu *David*, et elle *David comment ? David Lee Roth*[1], *baby !*

— C'est faux !

— C'est vrai, espèce de blaireau.

— Hum… Oui, j'ai dû effacer ce souvenir de ma mémoire.

— Je me demande à quoi ça tient. Quoi qu'on ait fait à l'adolescence, on se dit quand on y repense : « Mais enfin, qu'est-ce que j'avais dans le crâne ? »

— Comme ça, au moins, on est sûr de ne pas pouvoir se prendre au sérieux. Parce que, à un moment donné, on a tous été fiers de porter des jeans délavés.

Mary jeta un œil à son pantalon, déclenchant l'hilarité de David.

1. David Lee Roth, dit Diamon Dave, fut le premier chanteur du groupe Van Halen. *(N.d.T.)*

— Si tu crois que je vais te laisser recommencer ! Cela dit, j'aimerais rester là à bavarder, mais le devoir m'appelle. Je voulais juste te déposer ça.

— C'est le plus beau des cadeaux. Merci de tout cœur.

— Attends d'avoir vu le compartiment secret dans le fond.

Il la serra dans ses bras et s'éloigna en courant dans le couloir, non sans adresser un signe de tête à Stan Frayte au passage.

Mary feuilleta l'album jusqu'à la dernière page, puis souleva le rabat de la couverture retenu par un ruban rouge. Elle tira sur la boucle et découvrit le DVD de *Rebecca*, accompagné d'un petit mot : *Je ne peux pas croire que tu ne l'aies jamais vu. Attention, chef-d'œuvre ! Bisous.*

Magda Oleszak prit l'ascenseur jusqu'au premier étage. Un bruit de perceuse provenant du fond du couloir lui vrilla les tympans. Elle tourna à droite puis à gauche, s'éloignant du vacarme à mesure qu'elle se rapprochait de l'appartement de Mary, à l'autre bout. Son intuition lui souffla qu'il se passait quelque chose. Elle accéléra le pas, en serrant contre elle le sac en bandoulière qui lui cognait la hanche. Elle trouva la porte ouverte. Stan se tourna vers elle, le visage accablé. Mary était allongée à ses pieds.

Magda se précipita auprès de Mary.

— Qu'est-ce qui… ?

— Je n'en sais rien ! répondit Stan d'une voix suraiguë. Je n'en ai aucune idée.

Il essuya la sueur sur son visage avec un chiffon jaune maculé qu'il avait sorti de sa ceinture, tandis qu'il coulait un regard circulaire dans la pièce.

— Vous lui avez fait du mal ? questionna Magda.

— Quoi ? Mais non !

Magda secoua doucement Mary par les épaules, puis leva les yeux sur Stan.

— Que faites-vous ici ?

— J'étais venu lui montrer des échantillons de peinture, c'est tout !

— Vous avez appelé le médecin ?

— Je viens juste d'arriver, une seconde avant vous !

— C'est quoi, tout ce bazar ? Elle a fait ça devant vous ?

— Je ne suis au courant de rien, répondit Stan en secouant la tête.

— Appelez un médecin, lui lança-t-elle sèchement. Et faites venir la sécurité.

Mary battit des paupières et rouvrit les yeux.

# Chapitre 10

Enveloppée d'un long déshabillé de soie noire, les yeux pétillants, le sourire aux lèvres, Anna dégustait des crêpes à la table de la cuisine. Ce spectacle rappela à Joe leur vie d'avant.

— C'est super de te voir assise ici, à manger des pancakes.

Il s'approcha de sa femme, s'empara de ses deux mains menues et l'attira contre lui.

— Tu es une Lilliputienne, murmura-t-il tendrement en lui caressant les cheveux.

Il lui déposa un baiser sur le front, et ils restèrent plusieurs minutes sans rien dire, blottis l'un contre l'autre.

— Comment il les tue ? interrogea Anna.

Joe s'écarta lentement.

— Qu'est-ce que tu viens de dire ?

Elle resserra son étreinte.

— Le Visiteur, précisa-t-elle. J'ai vu les infos.

Joe lui releva le menton, mais elle esquiva son regard.

— Tu te fous de moi ?

Elle secoua la tête.

— Pas question que je joue à ça avec toi, dit-il.

Anna leva les yeux.

— Je t'en prie.

Joe posa une main sur la poitrine de sa femme et perçut son rythme cardiaque qui s'emballait.

— Ce n'est pas bon pour toi de penser à ça.
— À ça quoi ?
— Tu sais bien !
— Et si c'était…
— Ma chérie, je me suis rendu sur le lieu du crime. Ce n'est pas Rawlins. Ce type n'a rien à voir avec Rawlins. C'est quelqu'un d'autre. Fais-moi confiance si je te dis que tu n'as pas besoin de connaître les détails.
— Mais si je savais…
— Tu es si belle… Ça me brise le cœur que dans cette jolie tête se bousculent autant de souffrance et de peur.
Les yeux d'Anna s'embuèrent.
— Je sais ce que tu éprouves, poursuivit-il. Je suis passé par là. Alors, fais-moi confiance. Ne t'imagine pas que je vais t'abreuver d'atrocités en rentrant le soir, pour ajouter encore aux épreuves que tu traverses.
— C'est pire que ce que rapportent les journaux ?
Il esquissa un sourire triste.
— Tu connais la réponse.
— Tu ne pourras pas toujours filtrer le monde pour moi, tu sais.
— Tu crois ? Mais rien ne me retiendra d'essayer.
Elle s'essuya les yeux avec un mouchoir en papier ramassé sur le comptoir.
— Tu veux sortir avec moi, ce soir ? demanda-t-elle.
— Quoi ? Tu es sérieuse ?
— Là, tu m'en fiches un coup, lâcha Anna en riant.
— Ce n'est pas ce que je voulais dire, se reprit-il. Je voulais juste…
— Oui ou non, tu veux sortir ?
— Oui, j'adorerais.
— Alors on va chez Cardino, décida-t-elle.
— Chez Cardino ? Faut voir. Il me revient qu'un jour, j'y ai fait picoler une petite Française qui s'est retrouvée dans l'obligation de m'épouser. « Je suis

française ! cria-t-il en singeant son accent. On ne boit pas la bière comme ça ! »

— Je n'ai jamais parlé de cette manière !

Elle sourit, prête à s'éloigner, quand les pans de son déshabillé s'écartèrent. Joe agita en l'air la ceinture de soie noire.

— Il n'y a pas de temps à perdre, déclara-t-il.

Artie Blackwell était le plus petit journaliste de la ville de New York. Il avait perpétuellement l'air crasseux, malgré ses cheveux gris coupés court et sa barbe poivre et sel entretenue avec soin. Il rôdait devant l'immeuble du Manhattan North en transpirant sous le soleil matinal.

— Eh, inspecteur Lucchesi, décidément vous êtes verni !

— Artie, dit Joe en baissant les yeux, quel plaisir !

Le journaliste renâcla.

— Allez, admettez que c'est drôle tout de même, après la demi-douzaine de plombs dont vous avez criblé Riggs et la débâcle Rawlins…

— Vous connaissez la chanson, répondit Joe sans se départir de son calme. On m'a filé l'affaire Lowry, mon équipier a écopé de l'affaire Aneto. À propos, les Affaires internes ont décrété que je n'avais pas commis de bavure en abattant Riggs. Alors voilà où on en est, Artie.

— Content de vous revoir en tout cas, déclara le journaliste.

Une brise, venue d'on ne sait où, obligea Joe à se retourner pour échapper aux relents du dernier repas de son interlocuteur.

— Et ce surnom à vous foutre les chocottes, le Visiteur, poursuivit ce dernier. Et pourquoi pas la Faucheuse, tant qu'on y est ?

Joe leva les yeux au ciel.

— Écoutez, sous le feu des caméras, le patron a été troublé, et il a improvisé. Et une espèce de... journaliste a trouvé ça suffisamment sensationnel pour semer la panique. En matière de surnom, j'ai des idées à la pelle...

— Par exemple ?

Joe s'arrêta net.

— Qu'est-ce que je peux faire pour vous ?

— Vous avez du biscuit pour moi ?

— Rien, à moins que vous ne vouliez vous entretenir avec notre directeur du service des relations presse.

— Ça se pourrait.

— Allez, Artie, vous savez bien que je n'ai pas le droit d'ouvrir le bec. Je suis arrivé de bonne humeur ce matin au boulot, alors ne m'embêtez pas...

— Soyez chic, donnez-moi une exclu. Filez-moi un os à ronger.

Joe le dévisagea comme s'il avait perdu l'esprit.

— Au fait, qu'est-ce que vous fichez ici ?

— Bof, fit Artie. Je passais dans le coin.

Joe lui rit au nez et s'éloigna à grandes enjambées. Entravé par sa grosse sacoche, Artie peina pour rester à sa hauteur.

— Vous avez du neuf dans l'affaire Duke Rawlins ?

Joe pivota sur ses talons.

— Je ne suis pas chargé de cette enquête, répliqua-t-il d'un ton cassant. Et vous le savez, sale... Adressez-vous au FBI. Décarcassez-vous pour trouver un interlocuteur. Ciao, Artie.

Joe étala devant lui les pièces du dossier Aneto – les photographies du vestibule et les gros plans des taches de sang –, à l'affût d'indices lui permettant de comprendre ce qui avait pu inciter le tueur à faire d'Aneto sa première victime. À vrai dire, rien ne prouvait qu'il n'avait pas tué avant, mais c'était peu probable. Les tentatives de recoupement à partir des archives des différentes brigades de la ville n'avaient pas abouti, or il n'était guère plausible qu'un corps soit resté caché dans un appartement de New York depuis plus d'un an à l'insu de la police.

Il étudia les tirages un à un. C'était un travail fastidieux, d'autant qu'il s'y était déjà attelé, mais il espérait que la tasse de café qu'il venait de se verser stimulerait ses sens. À la sixième photographie, il s'arrêta. Celle-ci était prise depuis le vestibule. C'était un gros plan du torse d'Aneto, rien de remarquable à part une tache noire au bord de la photo. Il se pencha de plus près. Non, trop incongru, se dit-il, il avait des visions. Il fourragea dans son tiroir et en sortit une loupe, qu'il approcha de la photo. Il avait vu juste. Il s'agissait d'un dermeste. Joe avait passé deux ans à étudier l'entomologie en fac, avant d'abandonner pour devenir flic. Son père était professeur d'entomologie médico-légale.

Ce dermeste n'était pas là pour William Aneto, rien sur son corps ne pouvait l'appâter. Ces coléoptères apparaissent sur les cadavres en fin de parcours, pour se nourrir des tissus desséchés après que les mouches ont pondu leurs œufs et que les asticots se sont gorgés de matières organiques, et réfugiés dans l'obscurité pour passer au stade pupal. Mais William Aneto n'avait pas de tissus desséchés. Le corps avait été retrouvé dans les vingt-quatre heures après le meurtre, y compris huit heures de nuit durant lesquelles ces insectes n'auraient pas été actifs.

Joe repassa en revue toutes les photographies de l'appartement de William Aneto, afin de repérer d'éventuels « pièges à dermestes ». Ceux-ci se nourrissent également de peau et de cheveux, mais le crin d'un archet de violon ou un animal empaillé font aussi bien l'affaire. L'appartement ne s'y prêtait guère, avec son mobilier moderne et minimaliste, et cette prépondérance du plastique, du chrome, des surfaces lisses et éclatantes. Pas de tête de cerf naturalisée accrochée au mur. Bref, rien n'expliquait la présence de l'insecte. Seule hypothèse valable, une souris ou un rat mort, quelque part dans la maison. Seulement, on aurait distingué davantage de dermestes, et il n'y en avait pas sur les autres photos.

— Vous avez du courrier, annonça Rencher en lui tendant une enveloppe blanche à son nom.

Joe sortit une paire de gants du tiroir et les enfila. Il coupa la lettre. Une nouvelle liasse, compressée dans une enveloppe conçue pour ne contenir que deux ou trois feuillets. Rencher s'attardait.

— Je te ferai signe, lui signifia Joe avec un geste du menton en direction du bureau de son collègue.

Celui-ci haussa les épaules et s'éloigna. Joe s'approcha de la photocopieuse, fit plusieurs copies de la lettre puis remit l'original dans l'enveloppe. Ils n'avaient pas relevé d'empreintes sur la première, mais il espérait avoir plus de chance cette fois. Il retourna à sa table et parcourut son exemplaire photocopié, soulignant certains passages. Quand il l'eut relu par trois fois, il ameuta ses collègues.

— Ça me rappelle l'école, lança Rencher. La distribution du courrier, c'était le grand événement du jour.

— Tu étais en pension ? demanda Martinez.

— Oui. Ça te dérange ?

— Relaxe-toi !

— Voilà, expliqua Joe. Lettre numéro 2, même type d'enveloppe, même écriture, expédiée à peu près à la même heure du même bureau de poste. Même style décousu. Une visite dans une galerie, une balade dans le parc, des considérations spirituelles, une séance de pâtisserie dans la cuisine de quelqu'un d'autre... (Il tourna les pages.) De longs couplets sur le pardon et la rédemption. Le bien et le mal. Et puis on en vient à l'affaire. *Ça résonne en moi. Je ne sais pas vraiment pourquoi. Je suis l'enquête du Visiteur avec intérêt, quand l'occasion se présente.* Puis : *Mais je sais que, quelque part au fond de moi, personnellement, je vous souhaite bonne chance.* Et ça se termine par : *Dieu soit avec vous. Puissent les anges se poser sur vos épaules et alléger votre fardeau.*

Joe haussa les épaules.

— Et tu sens que Dieu est avec toi, en ce moment ? demanda Martinez.

— Je vous regarde, les gars, et je me dis « bordel de Dieu ! ». Est-ce que ça compte ?

Rencher agita une feuille qu'il tenait entre deux doigts.

— *Je vous souhaite bonne chance* parce que je veux m'arrêter, peut-être ? C'est le tueur qui veut se faire prendre ?

— Si c'est ça, ça me tue, soupira Danny.

— Pas possible, dit Joe, il s'est montré trop prudent jusqu'ici.

— Et si c'était bien le tueur et qu'il ne veuille pas qu'on l'attrape ? émit Rencher.

— Dans ce cas, pourquoi entrer en relation avec nous ?

— Pour nous prendre la tête.

— Pour moi, c'est le genre de lettre que pourrait t'écrire ta voisine pour te donner un conseil d'ami, commenta Danny. Le genre d'avis inutile, parce que, en réalité, tu sais que c'est une personne psychiquement perturbée.

— C'est ta voisine à toi qui devrait s'inquiéter d'habiter là, intervint Rencher.

— Je vois où tu veux en venir, Danny, acquiesça Joe.

Rencher releva :

— *Quelque part au fond de moi, personnellement, je vous souhaite bonne chance.* Ce pourrait être quelqu'un qui connaît le Visiteur.

— Qui a assisté au crime, ajouta Bobby.

— Ou même a été victime du Visiteur, avança Joe.

— Putain ! s'exclama Danny.

— Ça n'a pas l'air d'avoir été écrit par un vrai tordu, expliqua Joe. Mais je me demande si ce n'est pas un de ces malades inoffensifs, un pauvre type qui vit chez maman.

— Peut-être que le gars ne sait pas ce qu'il sait, suggéra Bobby.

— Et peut-être, mais juste peut-être... que ce n'est qu'un tas de conneries, envisagea Danny.

Ils se turent, leur regard passant de la lettre aux tirages en exposition sur le bureau de Joe.

Bobby reprit la parole le premier.

— On a travaillé sur cette autre affaire, je ne sais pas si vous l'avez suivie, vous autres. L'agresseur qui a pris pour cible les étudiantes de l'université de Columbia. On a été en contact avec les journaux, on leur a fourni quelques éléments, et en une semaine, grosso modo, on tenait notre homme.

— Niet, dit Joe. Pas question de causer à la presse. On est encore dans le brouillard...

— Tu remets au moins l'affaire dont je parle ?

— Tout à fait, mais ça n'a rien à voir.

— Comment ça ?

— D'accord, Bobby, répondit Joe avec un calme forcé. Vous en étiez où dans votre enquête ? Vous vous êtes servis des médias après combien, neuf, dix agressions ? Vous aviez déjà un paquet d'infos sur votre criminel. On en est où, au juste, là ? Au début d'une enquête pour homicide, sans témoin, sans le moindre portrait-robot, sans suspect, rien de prévisi...

— Je pense qu'il pourrait quand même...

— Non, trancha Joe en haussant le ton. On oublie.

Cardino était un petit bar bruyant de Broome Street, où une musique infernale se déversait des haut-parleurs. Assise à une table dans le fond de la salle, Anna avait revêtu un jean, un corsage noir qui dénudait ses épaules, et des bottines noires éraflées. Elle avait ramassé ses cheveux en queue-de-cheval et portait de gros pendants d'oreilles en argent.

Joe s'approcha d'elle, hilare. Elle rit aussi et l'embrassa sur les lèvres. Il évalua, à l'éclat qui brillait dans ses yeux, qu'elle avait déjà avalé deux verres de vin.

— C'est vraiment cette tenue que tu portais à l'époque ? demanda-t-il.

— Presque. Le jean et les bottines, oui. Mais je suis trop vieille pour le reste.

Elle défit sa queue-de-cheval et retira les clips de ses oreilles. Joe observa la foule qui se pressait au bar.

— Toutes les filles ont la même allure.

— Oui, elles ont vingt ans. Il faut avoir essayé tous les styles au moins une fois dans sa vie, affirma Anna. C'est la règle. Si on remet le couvert, c'est qu'on a pris un coup de vieux.

— Je l'ignorais.

— C'est la pure vérité.

— Ça veut dire que je ne pourrai plus jamais remettre un jean moulant ? s'inquiéta Joe.

— Qu'est-ce qui te faisait croire que tu pouvais te le permettre la première fois ?

— Mon physique.

— Oh, Seigneur ! On a remonté le temps ? Je peux changer d'avis ?

Ils rirent. Mais l'espace d'un éclair, Joe se demanda quel tour aurait pris la vie d'Anna si elle n'avait pas donné suite à leur premier rendez-vous.

— Je vais au bar, annonça-t-il. Tu veux une Coors en souvenir du bon vieux temps ?

— Tu sais ce qui s'est pas passé cette nuit-là…

— Justement.

— Un sauvignon blanc, je te prie.

Elle le regarda s'éloigner. L'homme à côté d'elle se leva en laissant son journal. Anna attendit quelques minutes le retour de Joe, puis elle fit glisser le journal vers elle et se mit à le lire. Elle sursauta quand son mari posa les boissons sur la table.

— Je te dérange ? s'excusa-t-il.

— Jamais.

Elle replia le journal et le reposa à l'endroit où elle l'avait pris.

— À ta santé, ma chérie. Merci d'avoir accepté ce rendez-vous avec moi.

— Tout le plaisir est pour moi, répondit-elle.

— Et merci d'avoir cédé à mes avances dès le premier soir.

Shaun Lucchesi faisait défiler la liste de ses contacts sur son téléphone portable. Son ordinateur, devant lui, était connecté sur sa page MySpace. Derrière la fenêtre d'Explorer, il avait lancé l'application iTunes, laquelle masquait une fenêtre Skype qui recouvrait un document Word vide, qu'il avait ouvert une heure plus tôt pour rédiger un devoir d'anglais. Son téléphone sonna et la photo de Tara apparut sur son écran. Il coupa le son de l'ordinateur.

— Salut, Tara !

Il cliqua sur la fenêtre iTunes.

— Naan, geignit-il. Juste de l'anglais. Et je n'ai pas écrit un seul mot. Je ne me rappelle même pas le sujet… Mmm, ça serait extra, murmura-t-il en pivotant sur sa chaise et en se levant. Waow, super. Je… ne sais pas quoi répondre à ça.

Il arpentait sa chambre, buvant chacune des paroles de son amie. Il s'assit sur son lit, puis s'allongea.

— Écoute, ce n'est pas trop mon truc. Je suis pas assez bourré pour avoir ce type de conversation. (Il regarda sa montre.) Et si tu venais ?

Joe et Anna rentrèrent du bar, affamés. Joe sortit un reste de boulettes de viande du réfrigérateur. Il claqua la porte et posa bruyamment l'assiette sur le comptoir.

— Chut ! fit Anna en pointant un doigt vers le plafond.

Joe ne tint aucun compte du conseil de sa femme et mit l'assiette dans le micro-ondes.

— Qu'est-ce que tu as ? s'inquiéta Anna.

— Rien. Je ne voulais pas rentrer aussi tard, j'ai beaucoup à faire.

— C'était sympa.

— Après avoir bien picolé, sans doute.

— Ça veut dire quoi, au juste ? Allez, avoue que tu as passé un bon moment.

Il était ailleurs, les yeux dans le vide, le visage figé.

— Tu sais qui j'aimais bien ? reprit-elle. J'aimais Joe l'Irlandais. Tu sais, avant qu'il se passe quoi que ce soit... Cet homme au visage détendu, qui ne faisait jamais la tête, qui aimait blaguer, s'amuser.

— Mais je sais encore m'amuser, se défendit-il en lui jetant un regard noir.

— Peut-être que tu ne t'exerces pas assez, alors ?

— Allons donc, Anna, il y a toujours quelque chose.

— Non, ce n'est pas vrai.

— On était en train de passer une bonne soirée, remarqua Joe.

— Et tout à coup, c'était fini. Parce qu'il a fallu que tu...

— Non, non, c'est toi. Comme tu ne peux pas affronter ce qu'il y a en toi, tu regardes dehors, tu as tes petites cibles mouvantes. Sur qui vas-tu t'arrêter ? Ah oui, le premier venu, moi.

— Ce n'est pas ça du tout. Tu ne supportes aucune critique, tu rentres du travail et tu râles chaque fois qu'on n'est pas d'accord avec toi. C'est peut-être toi qui ne peux pas supporter ni qui tu es ni ce que tu as fait.

— Qu'est-ce que tu veux dire exactement ?

— Je pense que tu te sens coupable.

— De quoi ?

Elle le fusilla du regard.

— À mon avis, c'est évident.

— S'il est question de toi, c'est sûr que je me sens coupable. Quel homme – et quel flic par-dessus le marché – ne se culpabiliserait pas si sa femme avait manqué d'être tuée ?

— Je ne dis pas que tu as tort de te sentir coupable…

— Depuis quand ai-je besoin de ta bénédiction pour ressentir quoi que ce soit ?

— Joe, arrête !

Il respira à fond. Anna se rapprocha de lui et lui prit la main.

— Je crois que tu te culpabilises, mais tu ne t'en préoccupes pas, tu préfères te voiler la face. On dirait… une bombe à retardement.

— On ne peut pas avoir de conversation avec toi.

Elle lâcha sa main.

— Tu as quatre ans et demi ? Grandis, bon sang !

— Au fait, dit Joe, pour ta gouverne, je me suis cogné dans un de tes cartons, hier soir. Je crois que j'ai cassé quelque chose.

Anna se tourna vers lui.

— Quel carton ?

— Je ne sais pas. Le bleu marine, je crois.

— Oh non ! s'épouvanta-t-elle, et, portant une main devant sa bouche, elle courut dans l'entrée.

Elle attrapa des ciseaux posés par terre et coupa l'adhésif.

— Oh, non, non ! gémit-elle en soulevant doucement la moitié fracassée d'un abat-jour en verre.

Joe l'avait rejointe et se tenait derrière elle.

— Pardonne-moi. Ça coûtait cher ?

— Je préfère ne rien dire… parce que tu vas sentir passer la facture. C'était un prêt pour une séance de photos. On me l'avait confié.

— Alors, ça fait combien ?

— Huit cents dollars.
— Huit cents, tu rigoles ? Pour une lampe ?
— Eh, arrête, je ne bosse pas pour une feuille de chou.
— Ton histoire de remboursement, c'est une blague ?
— Non, cette lampe était sous ma responsabilité.
— Tu n'as qu'à dire qu'elle s'est cassée pendant le transport.
— Ils savent que le colis est arrivé en bon état.
— Je n'ai pas une somme pareille à mettre dans un putain de… et d'ailleurs, qui peut foutre huit cents dollars dans une lampe ?
— Tu serais surpris.
— Je le suis déjà. Je suis même surpris que davantage de choses ne se cassent pas dans cette baraque. Ça me dépasse, Anna, c'est du délire, on se croirait après un bombardement. Je ne peux pas vivre comme ça. Pendant ce temps, tu as l'air de planer et tu te fais livrer une tonne de bazar. Tous les jours, tu reçois des paquets cadeaux, tous les jours tu ouvres la porte au facteur, au livreur d'UPS, peu importe, tu signes, tu prends le paquet, tu fais cinq pas à l'intérieur de la maison, et hop, tu le balances ici, éventuellement tu l'ouvres, tu jettes un œil à l'intérieur ou… tu le laisses traîner…
— Tu n'as pas besoin de tout inventorier, Joe. Je suis ta femme, pas un cadavre sans vie dont tu dois reconstituer les derniers instants. Si ça t'intéresse, tu peux aussi me demander directement ce que je fais quand on sonne à la porte. Vas-y, demande-moi quel effet fou ça me fait !
Joe regarda autour de lui, excédé.
— Épargne-moi ton numéro, tu veux ? Ce qui se passe est assez clair quand je vois toutes ces saloperies empilées dans l'entrée.
— Permets-moi de te dire que tu as omis un ou deux détails. Lorsqu'on sonne à la porte, je suis paralysée sur place, puis mon cœur se met à galoper. J'hésite

entre aller ouvrir ou attendre que la personne s'en aille. Si je suis près d'une fenêtre, je vérifie. J'examine l'uniforme, j'observe le visage de l'individu pour deviner s'il est honnête et j'essaie d'apercevoir le camion, ou l'éventuel inconnu. Et pendant ce temps, tu sais à quoi je pense ?

Joe était hors de lui et manifestement la colère ne cédait pas à la compassion.

— Peut-être que si tu faisais plus attention quand tu es à la maison, tu comprendrais que les choses ne sont pas aussi tranchées que tu sembles le croire. Au moins saurais-tu ce qui se passe vraiment en ton absence. (Elle traversa la pièce et ouvrit le tiroir supérieur d'un vieux bureau en acajou, l'attrapa à deux mains. Il était bourré de petits papiers.) Parce que parfois les choses ne se passent pas exactement comme tu l'imagines, ajouta-t-elle en répandant le contenu sur le sol.

Joe se tint immobile pendant que tous les avis de passage de FedEx et UPS se déversaient mollement à ses pieds.

## Chapitre 11

— Shaun ?

Anna frappa doucement à la porte de la chambre, puis l'entrouvrit. La couette lui cachait le visage de son fils… et celui de la fille couchée près de lui, conclut-elle en voyant deux sandales à talons abandonnées sur le sol. L'estomac d'Anna se souleva. Elle ressortit de la chambre à pas de loup et referma la porte sans bruit. Puis elle se précipita vers Joe.

— Cette petite… salope est là avec Shaun, siffla-t-elle entre ses dents.

— Pas possible ! s'écria Joe.

— Si ! Dans son lit.

Il la dévisagea tranquillement.

— Je m'en doute, ça m'aurait tout de même étonné qu'elle dorme par terre.

— Elle va s'y retrouver dans une minute. Et ça pue la bière, là-dedans !

— D'accord, d'accord, mais évite les coups qui laissent des cicatrices. Voyons d'abord comment il va gérer ça.

Elle se tourna vers la porte.

— Non, s'interposa Joe. Reviens te coucher quelques minutes. Je te promets de te déstresser.

— On est de nouveau amis ? demanda-t-elle, méfiante.

— Évidemment qu'on est amis, unis contre le péril jeune.

Anna réprima un éclat de rire, puis porta un doigt à ses lèvres.

— Chut, je descends préparer le petit déjeuner.

— Je m'en occupe.

Il sauta au pied du lit et courut derrière elle pour être sûr qu'elle ne commettrait rien d'irréparable. Il revint sur ses pas pour attraper un jean au cas où Tara se montrerait au petit déjeuner. Il retrouva Anna attablée devant un verre de jus de pamplemousse, et s'occupa de préparer des pancakes et de la distraire. Dès que la conversation se tarissait, elle tendait l'oreille vers la porte.

— Arrête ! l'exhorta Joe en la fusillant du regard.

Elle prit un air désinvolte.

— C'est juste que je...

— Je sais, mais...

— Tu n'as pas rendez-vous chez le dentiste, ce matin ? demanda-t-elle en consultant le calendrier accroché au mur.

— Peut-être.

— Tu veux un câlin ?

— De quoi tu parles ? Est-ce que j'ai l'air d'un mec qui a besoin d'un câlin avant d'aller chez le dentiste ?

— Oui.

Elle se dirigea vers lui et posa sa tête contre son dos, tandis qu'il feignait de trembler de peur. Ils étaient encore enlacés quand Shaun arriva, vêtu d'un short et d'un tee-shirt, les yeux gonflés, les cheveux hérissés.

— Y a des hôtels pour vos cochonneries, marmonna l'adolescent.

Le sourire d'Anna s'évanouit.

Shaun sortit une bouteille de jus d'orange du réfrigérateur, but goulûment sans prendre la peine de se verser un verre, puis remit la bouteille au frigo.

— Elle est vide ? demanda Anna.

— Oui.

— Je t'ai demandé mille fois de ne pas faire ça, ordonna Anna.

— Ça va ! C'est juste une bouteille vide.

— Si je vais faire les courses, je ne peux pas savoir ce que je dois acheter, si tu...

Shaun ouvrit brutalement la porte du réfrigérateur, bouscula les bouteilles les unes contre les autres, attrapa celle du jus d'orange et la jeta dans la poubelle.

— Voilà, dit-il. (Il attendit un moment.) Eh, maman ? Quand tu iras faire les courses, achète du jus d'orange.

— Ne fais pas le con, intervint Joe.

Shaun fit la grimace en fourrant un bagel dans le grille-pain.

— À quelle heure es-tu rentré hier soir ? s'enquit Anna.

— Vers 3 heures. J'ai dû raccompagner Tara chez elle.

— Ah oui ? s'étonna Anna en haussant un sourcil à l'adresse de Joe.

— Exactement, grogna Shaun. Pourquoi ?

Anna se leva d'un bond et se rua à l'étage, ouvrit la porte de la chambre de son fils, puis celle de la salle de bains. Pas de Tara. Elle revint dans la cuisine et s'assit. La colère étincelait dans ses yeux. Shaun attrapa son bagel, étala du fromage dessus et laissa le couteau sur le comptoir à côté du pot.

— Ton couteau, s'il te plaît, signala Anna. Le fromage !

Il continua son chemin. Joe se glissa à côté de sa femme.

— Nous y voilà, dit-il. La gestion des crises façon maman. Tu commences par situer le problème – en l'occurrence, une fille dans le plumard de Shaun – et comme tu ne peux pas dire les choses clairement, tu surveilles le gamin qui vaque à ses affaires et tu critiques systématiquement tout ce qu'il fait. C'est bien.

Shaun passa la tête par la porte, son portable à la main.

— Bon, les amis, je sors retrouver Tara.

Le docteur James Pashwar s'était résigné à deux choses importantes concernant Joe Lucchesi. Primo, il refusait de recourir aux thérapies alternatives pour soulager son stress, donc ses symptômes, et, secundo, il avait une phobie des opérations. À part cela, Joe et le docteur Pashwar s'entendaient très bien.

— Bonjour, Joe, lança le spécialiste depuis le seuil de la salle d'attente. Quel bonheur de vous voir comme prévu à votre rendez-vous ! Voulez-vous que j'éponge la sueur sur votre front ?

— Vous n'êtes pas censé vous payer ma tête, répliqua le policier.

— On a soif d'un peu de douceur dans ce monde de brutes ?

— Je me demande pourquoi je viens vous voir.

— Parce que vous avez besoin de moi.

— C'est ça. Merci encore pour votre aide, la dernière fois.

— Hélas, mon aide n'est que temporaire, déplora Pashwar. Avec toutes les restrictions que vous m'imposez, j'ai les mains liées. Ce qui n'est pas pour vous déplaire, si j'ai bien compris.

Joe ne put s'empêcher de sourire.

— Suivez-moi, lui enjoignit le médecin.

Joe lui emboîta le pas dans le tronçon de couloir menant au cabinet.

— Asseyez-vous. Je vais examiner votre mâchoire.

Joe s'installa dans le fauteuil et ouvrit la bouche.

— Comment va le boulot ? demanda le stomato.

— Pourri. Et vous ?

— Super, bien sûr. Je passe mon temps à rendre aux gens leur sourire.

— Ou à leur arracher des hurlements de douleur.

— Vous ne viendriez pas me voir si je vous faisais mal. Le nombre de fois où j'ai anesthésié votre bouche avant même que vous ne sachiez que j'étais dans la pièce ! C'est votre état qui vous cause de la douleur. Moi, je la fais partir, je suis un bon flic.

Joe écarquilla les yeux pour manifester son incrédulité – lorsqu'on est cloué dans le fauteuil du dentiste, on n'a pas beaucoup d'options. Au cours d'un rendez-vous précédent, Pashwar lui avait dit : « Dans mon métier, on voit de très près les yeux des gens. On plonge dedans, on capte tout un tas de réactions infimes. Si je n'étais pas stomatologue, je pense que je ferais un formidable expert en sélection de jurés. Ou un super flic, bien sûr. » Joe aurait voulu sourire à l'idée de cet Indien fringant et maigrichon patrouillant dans le 75e District, mais son état l'en avait empêché.

— D'accord, fit Pashwar. Pour commencer, où en sont vos symptômes ?

— Ça va mieux que la dernière fois. Juste une douleur dans la mâchoire, ça craque quand j'ouvre la bouche.

— En plus, ajouta le dentiste en tapotant le menton de Joe et en regardant à l'intérieur de la cavité buccale, vous grincez des dents.

Joe approuva en silence.

— Voilà comment ça se présente. Vous avez le choix entre... bon, continuer à prendre des analgésiques. Mais ça commence à bien faire, à mon avis. Je pense que vous devriez vraiment envisager une intervention.

— Quoi ? s'exclama Joe en se débattant comme un homme qui se noie. On en a déjà parlé. Pas question.

— Joe, insista Pashwar en posant doucement la main sur son épaule, si vous vous étiez démoli la jambe dans un accident, vous accepteriez l'opération. Vous n'auriez pas le choix. Bien sûr, dans le cas présent vous avez le choix, mais vous ne pouvez pas continuer ainsi, à souffrir comme une bête. La douleur se calme, mais ça fait des années que ça dure et avec votre mode de vie et ce que vous avez subi, sans compter ce que vous subissez encore, à la longue ça laisse des traces. Il n'y a pas de solution miracle à ce genre de problème. Sans intervention, vous vous garantissez une vie de souffrance.

— Quel optimisme !

— Je suis réaliste. Écoutez-moi bien, je sais que vous avez peur des opérations…

— Ce n'est pas de la peur, c'est…

— Je sais que la chirurgie vous terrorise, mais je vous propose quelque chose de différent. On ne devrait même pas appeler ça une intervention.

— Docteur, j'ai quarante piges, je suis un grand garçon. Appelez un chat un chat.

— Entendu, alors. Il s'agit de l'arthroscopie. On vous met sous anesthésie générale. Le chirurgien pratique une petite incision, juste ici devant votre oreille.

Joe porta la main à sa joue.

— Ça ne me dit rien qui…

— Oh, bouclez-la. On introduit un minuscule instrument muni d'une minicaméra et d'une lampe, et on explore. Si l'on distingue des tissus inflammatoires, par exemple, on procède à leur ablation. On peut redresser un disque ou injecter des stéroïdes au besoin. Au bout du compte, vous récolterez deux ou trois points de suture et une légère enflure, c'est tout. Pas de nuit d'hospitalisation. C'est infiniment moins lourd que la chirurgie classique des articulations. Le temps de récupération est rapide, on vous épargne les cicatrices. Juste quelques semaines de kiné, deux séances hebdomadaires.

Silence.

— Bon, reprit Pashwar. Et si je vous parlais d'une autre possibilité, procéder au remplacement de l'articulation ? On procède sous anesthésie générale. Vous dormez. Et puis vous vous réveillez avec une mâchoire toute neuve. Durée de récupération, six semaines, mâchoires bloquées par des fils métalliques.

Joe éclata de rire.

— Laissez-moi vous raconter une histoire. Quand j'étais un bleu, j'ai été appelé avec mon coéquipier dans un appartement. On nous avait signalé une odeur pestilentielle dans un immeuble. On a forcé la porte. Depuis, je me félicite de ne pouvoir stocker une odeur en mémoire, de la même manière que des images ou des souvenirs. La victime était couchée à plat ventre dans l'entrée dans une mare de vomi, avec un doigt coupé et une paire de tenailles de l'autre côté du plancher. L'homme avait eu la mâchoire brisée quelques semaines plus tôt pendant une agression dans la rue et les toubibs des urgences la lui avaient bloquée avec des fils métalliques. Et comme vous le savez, on lui avait donné des tenailles pour qu'il puisse couper les fils au cas où il aurait besoin de vomir ou autre chose. Le pauvre gars, qui ne se nourrissait lui-même que de liquides au moyen d'une paille, préparait le dîner pour sa copine et il s'est entaillé assez sérieusement le doigt en coupant des poivrons. Ça lui a retourné l'estomac. La nausée était trop forte, alors il a voulu prendre ses tenailles, mais comme il avait la main couverte d'huile d'olive, les tenailles lui ont échappé et ont glissé à l'autre bout de la pièce. Il n'a pas pu se retenir plus longtemps, il a vomi et s'est étouffé. Et on ne l'a retrouvé que deux jours plus tard, parce que sa copine lui avait posé un lapin.

— Toutes des salopes.

— Ouais, mais j'ai tiré une autre morale de cette histoire. Mâchoire bloquée par des fils métalliques, non merci.

— Vous êtes marié, votre femme ne va pas vous poser de lapin.

Joe secoua la tête.

— Donc vous optez pour l'arthroscopie ? demanda Pashwar.

— C'est déjà mieux.

— Alors, voilà ce que je vais faire. Je vous envoie pour une consultation à la clinique des douleurs faciales, à Columbia. Ils sauront vous convaincre. S'il vous plaît, faites-moi plaisir.

Joe balança les pieds à terre et se redressa.

— Je ne vous promets rien.

On se sentait un peu à l'étroit, au Manhattan North : un détachement de douze inspecteurs était venu s'ajouter aux huit qui formaient le groupe initial. Rufo passa près du bureau de Joe, chargé d'une salade emballée dans une boîte en plastique provenant d'un magasin de diététique situé à quelques rues de là, et où il se rendait à pied quand il ne faisait pas trop chaud.

Brandissant une feuille de papier au-dessus de sa tête, Martinez s'approcha du bureau de Joe avec Rencher.

— Ça y est, on tient quelque chose ! claironna-t-il. Entre 11 heures et 11 h 30, les deux lundis, on retrouve ce type.

Il posa les deux photos devant Joe.

— Bien joué, dit celui-ci. Un employé du bureau de poste le connaît ?

— Que dalle, intervint Rencher. Pourtant, le directeur s'est mis en quatre pour nous être agréable.

— Vous croyez que c'est notre homme ? demanda Martinez.

— Il correspond à quelques-unes des caractéristiques du profil, remarqua Joe. Mais qui sait ? Lundi prochain, j'irai le cueillir avec Danny. Pendant qu'on y est, je vous signale que j'ai remarqué un intrus sur les photos du lieu du crime d'Aneto, un dermeste.

— Oh non, pas un *domesta* ! piailla Martinez. Pas ça ! Quel scandale ! Quelle abomination !

— Un dermeste, répéta Joe patiemment.

— Quelle importance ?

— Ça peut en avoir.

— Les dermestes se nourrissent uniquement de matières organiques desséchées. Autrement dit, ils s'attaquent de préférence à des corps réduits à l'état de squelette, ce qui était loin d'être le cas d'Aneto. Ou si vous préférez : ce sont des coléoptères que les musées utilisent pour nettoyer les os des animaux qu'ils souhaitent exposer. On place les ossements dans une boîte avec une colonie de dermestes qui dévoreront toute la peau, les tissus et les résidus de muscles.

— On se rase, commenta Martinez.

— Donc, poursuivit Joe, je pense que cet insecte a fait de l'auto-stop. Il a pu être introduit inopinément dans l'appartement par le tueur.

— Eh ! s'exclama Martinez. Que quelqu'un passe un coup de fil au muséum d'Histoire naturelle et demande s'ils n'ont pas un squelette de dinosaure qui se serait fait la malle ! Et qui aurait piqué au passage une massue dans la vitrine de l'homme des cavernes.

— *Visitaurus Rex,* enchaîna Rencher. Le Visitoraptor, le…

— Vous savez que vous êtes une sacrée bande d'attardés mentaux, lança Danny.

Joe leva les mains pour essayer de calmer le jeu.

— Écoutez, tout ce que je dis, c'est que ce petit insecte n'est pas à sa place. C'est un point qui mérite réflexion. Allez savoir, peut-être que le gars élève des dermestes pour les musées…

— Et quoi encore ? éructa Martinez.

Anna jeta un coup d'œil au lit et à son pyjama posé dessus, et songea combien il serait agréable de retourner s'y blottir. Joe était rentré plus tôt que prévu.

— Salut, dit-elle en retirant son peignoir pour renfiler le jean et le haut qu'elle avait jetés sur le fauteuil plus tôt dans la soirée.

— Tu es ravissante, lui dit Joe en l'attrapant et en lui déposant un baiser sur le front.

— Merci.

— Tu es prête ?

— Presque. Le temps que tu prennes ta douche, j'aurai fini.

Elle descendit, inséra dans la chaîne hi-fi un CD de Kanye West appartenant à Shaun, et se mit à ranger tout ce qui ne risquait pas de froisser sa tenue.

Joe entra dans la cuisine, prit un verre d'eau et avala deux cachets de Vicodine.

— Sans les contrôles antidrogue inopinés, tu aurais un sacré problème, remarqua Anna sur un ton qui se voulait léger.

Le dépistage de stupéfiants dans la police de New York se faisait au hasard. Chaque jour, une liste de fonctionnaires était convoquée de façon aléatoire, sans avis préalable, au service médical situé dans le quartier du Queens, pour donner un échantillon d'urine. Si l'analyse était positive aux narcotiques, on était viré. Si le résultat positif était dû à des médicaments et qu'on n'avait pas d'ordonnance à jour, on était viré.

— De quoi tu parles ? demanda Joe. Le toubib me les a prescrits.

— Et les fois où tu vas voir ton ami dans le Village ?

— Pas de quoi en faire un plat. Tu crois vraiment que je suis plus agréable à vivre ou que je fais mieux mon boulot quand je me traîne en souffrant comme une bête ? Ou quand mon cerveau est complètement tétanisé par la douleur ?

— Je me fais du souci pour toi.

— Allez, on décolle.

La nuit était douce et tranquille, et la circulation fluide.

— Joe, dit Anna, jouons à un petit jeu. Je te parie que Gina sera en rouge et noir avec des bijoux en or, en rouge et noir avec des bijoux rouges, ou en noir et or avec des bijoux en or. D'après toi, elle aura les seins comprimés et pigeonnants, ou remontés et pigeonnants ?

— Là, tu es garce, remarqua Joe.

— Allez. Admets-le, elle ne change jamais. Je continue : rouge à lèvres cerise ou gloss ? Eyeliner noir ou corbeau ?

— Gina aime se mettre sur son trente et un, voilà tout. Elle passe ses journées enfermée avec ses enfants, alors elle se pomponne quand elle sort, pour marquer le coup.

Le sourire d'Anna s'estompa. Elle regarda fixement par la vitre.

— Quoi ? demanda Joe. Qu'est-ce que j'ai dit ?

— Rien. Rien du tout.

Il fixa la route en silence.

— Empêche-la de me passer sur le gril. Je n'ai pas envie de répondre à ses questions. Avec elle je me sens complètement *claustrophobique*.

— Claustrophobe.

— C'est que quand elle se lance dans ses interrogatoires, elle est pire que Torquemada.

— Pour l'amour du ciel, alors pourquoi as-tu accepté cette invitation ? Tu n'as rien de positif à dire ? Sur rien ?

— C'est difficile pour moi, répliqua Anna, dont la voix grimpa d'une octave. Vu ? Je fais de mon mieux.

— Entendu, ma chérie, je m'excuse. J'apprécie tes efforts. J'essaierai de contrôler Gina.

Il respira à fond. Le reste du trajet se passa dans le silence.

Gina se leva en agitant la main quand ils entrèrent chez Pastis. Elle portait une jupe noire moulante, un corsage noir sur un débardeur noir en dentelle, avec une large ceinture rouge laquée. Anna serra la main de Joe. Il serra la sienne. Gina se dégagea de la table pour étreindre Anna.

— Ma chérie, tu es ravissante ! pérora-t-elle. Je suis ravie de te voir enfin. Mon Dieu, tu as maigri, non ? Comme si tu avais du poids à perdre ! Enfin, quoi. Mais tu as l'air sensationnelle.

— Merci, répondit Anna. Toi aussi. Joyeux anniversaire !

— Salut, ma belle ! déclara Danny en embrassant Anna sur les deux joues.

— Bon anniversaire, ma puce, dit Joe en prenant Gina dans ses bras.

— Alors, Anna, qu'est-ce que tu deviens ? attaqua Gina, bille en tête.

— Pas grand-chose. Je travaille un peu.

— Danny me dit que tu bosses chez toi.

— En effet.

— C'est super. Et ça marche comment ? Tu arrives à te discipliner ? Moi, j'en serais incapable. Je passerais mon temps à penser à mes lessives, à nettoyer la salle de bains ou à piocher dans le réfrigérateur…

— Ça marche plutôt bien. Ça me plaît.

— Et techniquement, tu t'organises comment ?

— Eh bien, les marques qui veulent figurer dans le magazine m'expédient leurs produits chez moi, ou des photos de leurs produits… et prient le ciel pour que je les sélectionne.

— Elles envoient vraiment leurs produits à ton adresse ?

Anna opina.

— Ce doit être drôlement amusant d'ouvrir des paquets cadeaux à longueur de journée. Est-ce qu'on te les donne, ensuite ? Tu as le droit d'en garder ?

— Malheureusement oui, intervint Joe. Elle en garde un tas, pas vrai ? ajouta-t-il en souriant à Anna.

— Oh, Anna n'a pas l'air de bien le prendre, remarqua Gina. (Elle tapota la main de son amie.) N'écoute pas ce sagouin, ma chérie. Ces types-là n'y connaissent rien, leur boulot, c'est les cadavres, et…

— Et les poids morts, compléta Anna.

— Ouille ! fit Gina.

Déjà Joe s'était tourné vers Danny.

Le serveur vint prendre leur commande : quatre steaks béarnaise, bien cuits pour Gina et Danny, un supplément de frites pour Danny, un supplément de sauce pour Anna, un supplément de salade pour Gina, qu'elle ne mangeait jamais.

— Je suis allé voir le vieux Nic l'autre jour, annonça Joe.

— Monsieur Nicotero ? s'écria Gina.

— Monsieur Nicotero ! répéta Danny. C'est charmant.

— Je n'arrive pas à m'en défaire, reconnut Gina en riant. Quand je sortais avec Bobby... je donnais du « monsieur » à son père.

— Tu es sortie avec Bobby Nicotero ? s'étonna Anna.

— C'était le joueur vedette de l'équipe de foot. Et j'étais la meneuse des pom-pom girls, précisa-t-elle.

— C'est vrai qu'il est bâti comme une armoire à glace, mais il n'a rien d'un athlète, s'étonna Anna.

— Il était vraiment doué, précisa Danny.

— C'est un vrai connard, riposta Joe.

— Tu exagères ! s'étonna Danny. Il n'est pas aussi nul.

— Il traite son vieux comme de la merde.

— C'est ce que dit le vieux Nic ?

— C'est ce que je dis, moi, asséna Joe. Le vieux Nic est trop gentil pour critiquer son fils.

— Peut-être qu'il ne l'a pas toujours été, intervint Anna.

— Si ! s'exclamèrent les autres en chœur.

— Le vieux Nic est adorable, expliqua Gina.

— Pour ma part, je n'en reviens pas que Bobby soit devenu flic, remarqua Danny.

— Et pourquoi ? s'étonna Anna.

— Bensonhurst, ma chérie, expliqua Gina. À l'époque, soit tu faisais le con, soit tu entrais dans la police. Bobby était membre d'un gang.

— C'est que Gina a fréquenté quelques mauvais garçons avant de succomber à mon charme. Et j'ai vachement ramé.

Gina s'écarta de lui et plaqua sa main sur la table.

— Ah, il était temps ! C'est la première fois qu'il reconnaît que j'ai fini par capituler à son harcèlement ! Il m'a pourchassée sans relâche, vingt-quatre heures sur vingt-quatre.

Danny détourna les yeux.

— Si c'est ce que tu dis, mon chou, murmura-t-il.

— Maintenant que j'y pense, tu es venu plusieurs fois sonner à ma porte pour te planquer à cause d'une racaille armée d'une batte de base-ball, se remémora Joe.

— Je suis fière de toi, mon amour, susurra Gina. En ce qui me concerne, il faut prouver qu'on est prêt à mourir pour…

— Tiens, voilà nos plats qui arrivent ! s'exclama Joe.

Le dîner était terminé et le garçon avait emporté deux bouteilles de vin vides. Gina parlait plus fort, Anna intervenait moins dans la conversation. Après qu'elle eut adressé coup sur coup trois piques acérées à Joe, Danny leva la main.

— Temps mort, tout le monde ! Qui a commandé la soupe à la grimace à cette table ?

Gina secoua la tête. Joe fixa Danny dans les yeux dans l'espoir de le faire taire. Anna baissait la tête.

— Allez, je rigole, reprit Danny. Mais franchement, ce potage n'est pas ma tasse de thé, il est trop aigre. (Il se tourna vers Gina.) Eh ! Où est mon public, ce soir, bébé ?

— Je rirai quand tu diras quelque chose de drôle, répliqua son épouse. C'est comme ça que ça marche. Joe, comment il est, ton tiramisu ?

— Complètement jeté, dit Joe. Comme j'ai entendu Tara le dire à Shaun.

Anna consentit à sourire.

— C'est très drôle de l'écouter parler. Quelquefois, je crois entendre une langue étrangère.

— L'autre jour, remarqua Joe, je l'ai entendue raconter à Shaun qu'un gars avait cloqué une de ses copines.

— Cloqué ?

— Ben, il l'avait mise en cloque, quoi.

— Ça fait de Danny un cloqueur en série, décida Gina.

— Et moi je suis un mono-cloqueur, renchérit Joe.

— Que de coups à blanc depuis des années ! s'esclaffa Danny.

— Tout à fait ! insista Joe. Aussi triste que ce soit, Anna et moi allons envoyer notre fils bien-aimé en fac l'an prochain, et alors on sera libres de…

— De s'envoyer des assiettes à la gueule, coupa Anna.

— Anna, bon sang, qu'est-ce que tu…

Il la regarda jeter sa serviette en boule, repousser sa chaise et se lever.

— Je regrette, dit-elle. Il faut que j'y aille. J'ai oublié de… J'ai une téléconférence avec Paris.

Elle regarda sa montre, les lèvres pincées. Joe la considéra fixement.

— Tu ne…

— Amusez-vous bien sans moi, ajouta-t-elle en tournant les talons sans attendre.

— Attends, je viens avec toi, lança Joe qui se leva précipitamment en se cognant le genou à la table.

— Reste, lui ordonna Anna. S'il te plaît.

Elle avait la voix cassée.

— Reste, insista-t-elle. Passe une bonne soirée.

Elle sortit du restaurant d'une démarche précipitée, la tête penchée en avant.

— Écoutez, je m'excuse, bredouilla Joe. Je ne savais pas…

Il haussa les épaules. Gina lui pressa le bras.

— Elle a traversé des moments difficiles. Rejoins-la. Veille sur elle, elle a besoin de toi.

Joe partit en trombe derrière Anna, mais fut obligé de s'arrêter au passage.

— Tiens, bonsoir, patron, dit Joe. Comment va ?

— Bonsoir, Joe, dit le sergent Rufo en retirant discrètement sa main de l'objet de son attention. Bien. Je vais bien.

Joe hocha la tête et regarda en direction de la porte. Anna s'apprêtait à avancer sur la chaussée pour héler un taxi.

— Voici ma... je vous présente Brenda Stenson, annonça Rufo. (Il s'essuya la bouche avec une serviette.) Brenda, je te présente l'inspecteur Joe Lucchesi.

— Bonsoir, déclara Brenda. Enchantée.

— Moi de même. C'est un restaurant sympa, non ?

— Il est excellent, approuva le sergent.

— On l'adore, enchérit Brenda.

— Vous êtes seul ? demanda Rufo.

— Euh, non, dit Joe. Il faut que je file. Je viens de quitter Danny Markey et Gina, qui en sont au dessert.

Il regarda fixement Brenda en parlant. Elle soutint son regard.

— Et nous, après ça, nous comptons aller prendre le dessert ailleurs.

Rufo fronça les sourcils.

— Ah oui ?

— Oui, je te réserve une petite surprise.

Rufo parut être l'homme le plus heureux de la terre.

— À plus tard, lança Joe en repartant.

Joe s'abstint de lui dire qu'il avait de la sauce sur sa cravate. Et surtout, que Danny avait naguère couché avec son amie.

# Chapitre 12

Joe prit l'ascenseur jusqu'au cinquième étage avec Irène, dont il ne connaissait le prénom que grâce à son badge – fond noir, lettres dorées. Ils ne s'étaient jamais adressé la parole. Elle avait les lèvres pincées, un nuage gris en guise de cheveux et des lunettes cerclées de métal. Joe compatissait avec quiconque était obligé de passer par ce dragon pour obtenir un rendez-vous ou un renseignement. Dans l'ascenseur, ils avaient croisé des bébés, des bouquets de fleurs, des gens qui chantaient, et même un clown, rien de tout cela ne l'avait déridée.

Le bureau embaumait le café de Colombie, mais au moment de se servir, Joe s'aperçut que les deux cafetières étaient vides. Tous les inspecteurs de la brigade venaient de refaire le plein.

— Oui ! s'exclama Denis Cullen, en plaquant ses deux mains sur le bureau. Les gars, vous m'écoutez ? Je sais comment le criminel est entré.

— Déballe, dit Joe.

— Il apporte quelque chose que les victimes attendent, commença Cullen avant de se racler la gorge. Elles ont fait toutes les trois opposition à leur carte de crédit une semaine ou deux avant de mourir.

Certains des hommes hochèrent la tête. Les autres attendirent la suite.

— Bon, d'accord, répondit Joe. On leur a volé leur portefeuille. Ça expliquerait que Lowry en ait eu deux.

Il avait fait refaire ses papiers. Puis il a récupéré les originaux. Le soir où il est mort.

Cullen confirma d'un signe de tête.

— L'assassin avait mis la main sur leur portefeuille, autrement dit il avait les coordonnées de leur domicile, lieu de travail, numéro de téléphone. Il les appelle, ils sont hyper reconnaissants. Enfin quoi, qui va se méfier d'un type qui a l'honnêteté de vous rapporter votre portefeuille ?

— Il a pu le garder tout le temps qu'il a voulu, renchérit Joe. À réfléchir au potentiel de sa victime, à fouiller dans ses affaires, à surveiller ses habitudes. Il s'est peut-être même rendu à son domicile, pour voir s'il y avait quelqu'un chez elle. Il risque de se désintéresser de quelqu'un qui a des gamins, ou une photo de gamins dans son portefeuille…

— Lowry avait une fille, objecta Rencher.

— Oui, admit Joe, mais chaque dimanche sa mère l'emmène chez la grand-mère. L'assassin a peut-être glané cette information. D'ailleurs, il n'est pas exclu que Lowry ait mentionné cela au téléphone.

— En plus, ajouta Cullen, il peut piquer un portefeuille et décider de ne pas tuer. Si ça se trouve, il chipe des portefeuilles de gens qu'il n'a jamais contactés.

— Bobby, Pace… vous avez passé en revue les relevés téléphoniques, non ? demanda Joe. Est-ce qu'ils ont tous reçu un appel la nuit où ils sont morts ?

— Pas sûr, répliqua Bobby.

— Avez-vous noté des appels entrants inhabituels ?

— On l'aurait dit, répliqua Pace.

— Ça vous ennuie si j'y jette un œil ? demanda Cullen.

— Pas de souci, allez-y, lança Bobby. Éclate-toi.

Alors que Joe s'éloignait de son bureau, son téléphone sonna.

— Allô, inspecteur Lucchesi ? Joe Lucchesi ?

— C'est moi.

— Je m'appelle Preston Blake.

— Oui ?

— Je... euh... je peux vous parler à titre confidentiel ?

— Si c'est ce que vous voulez, pas de problème.

Il y eut un silence au bout du fil. Un halètement, puis le silence.

— Que puis-je faire pour vous ? interrogea Joe.

— Vous enquêtez sur l'affaire du Visiteur. J'ai vu votre nom dans les journaux.

— Exact.

— Je crois que... le Visiteur...

Il respira à fond, lentement. Joe attendit.

— Il a essayé de me tuer.

— De vous tuer ? répéta Joe en s'asseyant.

— Oui.

— Quand ça ?

— Il y a six mois.

— Monsieur Blake, avez-vous suivi tous les reportages des médias sur l'enquête ?

— Oui... mais ça n'a rien à voir avec mon coup de fil. C'est pour de vrai. C'est vraiment arrivé.

— Est-ce la première fois que vous entrez en contact avec nous, monsieur Blake ?

— Oui, pourquoi cette question ?

— Comme ça. Je vous en prie, dites-moi ce qui vous donne à penser que c'était le Visiteur.

— Je l'ai laissé entrer chez moi, il m'a déshabillé, m'a saccagé le visage et il m'a mis un revolver sur la tempe.

— Comment vous en êtes-vous tiré ?

— J'ai repris le dessus et il s'est enfui.

— Vous êtes sûr que c'était le même type ?

— Est-ce qu'une des victimes avait un... y avait-il un téléphone à côté d'elles ?

— Monsieur Blake, puis-je prendre vos coordonnées ? J'aimerais venir vous rendre visite chez vous avec mon coéquipier, discuter de tout cela plus avant si ça ne vous ennuie pas.

— C'est que... je ne sais pas.

— Laissez-moi commencer par vous demander quelques précisions. Votre nom, déjà ?

— Preston. P-R-E-S-T-O-N Blake.

— Date de naissance ?

— Le 16 avril 1972.

— Et vous habitez où ?

— 1845, Willow Street à Brooklyn Heights.

— J'aimerais faire un saut avec mon coéquipier... Vous êtes chez vous cet après-midi ?

— Je ne sais pas si je peux. Je... personne n'est venu ici depuis que... Personne.

— Vous m'avez contacté, monsieur Blake. Ce qui signifie que vous voulez nous aider. Nous ne ferons rien pour aggraver votre situation, je vous le promets. On va passer, vous poser quelques questions, puis on repartira. S'il s'agit bien du tueur, vous voulez sans doute qu'on lui mette la main dessus, non ?

Blake aspira l'air entre ses dents.

— Vous avez vu ce qu'il a fait à ses victimes. Vous avez vu les corps... La preuve vivante risque d'être plus dure à supporter.

Le quartier de Brooklyn Heights, bourgeois et tranquille, était situé à une station de métro de Wall Street, mais autant dire sur une autre planète. Ce mercredi à 15 heures, on n'y voyait que des nounous promenant des bambins dans des poussettes qu'elles conduisaient sur les petites aires de jeux le long de la promenade.

— Jolies baraques, remarqua Joe.

Il tourna à gauche sur Willow Street, bordée d'arbres et de coquettes maisons en grès brun. Celle de Preston Blake se trouvait sur la droite : un immeuble étroit à deux étages, d'inspiration anglo-italienne, avec une porte noire ancienne et un sous-sol.

Joe sonna et parla à l'Interphone.

— Monsieur Blake ? Nous sommes les inspecteurs Joe Lucchesi et Danny Markey.

Ils brandirent leurs plaques devant la petite caméra de sécurité montée dans l'angle droit au-dessus de la porte. Après plusieurs secondes, une série de sonneries assourdies leur parvinrent de l'intérieur. Ils attendirent, puis perçurent l'ouverture successive des verrous sur toute la hauteur de la porte. Celle-ci s'ouvrit enfin vers l'intérieur. Curieusement, la serrure était posée du même côté que les charnières. Les deux policiers échangèrent un regard. Personne ne se montra. Joe poussa doucement la porte et entra. Un spasme lui comprima la poitrine tandis que son œil embrassait la vaste surface immaculée qui l'entourait. Des rangées régulières d'étagères en Plexiglas blanc de deux mètres de haut et soixante centimètres de large étaient fixées au plafond par d'épais câbles en acier. Le carrelage blanc et vernissé étincelait sous le déluge de centaines de projecteurs montés sur les étagères. Joe fit un pas en avant, qu'il regretta aussitôt. Chaque ouvrage traduisait une soif désespérée de répit, et le tout évoquait une nasse gigantesque englobant sciences, arts et folklore ; s'y côtoyaient des livres d'acupuncture, sur les anges, les auras, le bouddhisme, la méditation, la réflexologie, le reiki, le yoga. Joe et Danny déambulèrent à pas précautionneux, gênés d'être les témoins d'un grand désarroi émotionnel. Ils se tournèrent vers un homme qui ne semblait pas avoir trouvé de réponse à ses tourments.

Preston Blake leva les mains.

— Ne vous inquiétez pas, j'ai aussi lu le *Da Vinci Code*.

Il esquissa un sourire de travers avec la partie droite de sa bouche. Un petit filet de salive coula de sa lèvre, qu'il essuya à l'aide d'un Kleenex.

— Mais les codes... poursuivit-il en indiquant le tableau de sécurité derrière la porte. Je suis sûr que quelqu'un pourrait... enfin, ça n'est sûrement pas sorcier.

Joe sourit.

— Enfin, bonjour quand même, reprit l'hôte de ces lieux en tendant la main à Joe.

— Merci de nous avoir autorisés à vous rendre visite, déclara Joe en la serrant fermement.

Preston Blake était mince et voûté. L'épreuve qu'il avait subie avait vieilli, assombri son visage, dont les traits les plus saisissants étaient des cernes bistre ballant sous des yeux fatigués. Du côté gauche de son menton, sa peau était bosselée et irrégulière. Vêtu d'un pantalon chino ample et d'un col roulé noir léger, il était coiffé d'une casquette de base-ball rouge enfoncée sur le front. Une lueur de panique traversa son regard au moment où il s'avisa que la porte d'entrée était restée ouverte. Danny s'empressa de la refermer. Preston Blake passa devant lui et remit les verrous en place.

— Suivez-moi, dit-il ensuite.

Il les conduisit à travers le dédale d'étagères, ils franchirent plusieurs lourdes portes doubles blanches donnant dans une salle de séjour spacieuse et presque nue. Le plancher était de chêne ciré, les murs jaune pâle. De lourdes tentures vertes pendaient aux fenêtres. Un vase de fleurs séchées blanches se dressait devant une majestueuse cheminée vide.

Blake s'assit sur une banquette blanche qui faisait face à la porte et leur proposa un siège identique devant lui. Danny et Joe prirent place.

— Vous avez une maison magnifique, observa Joe.

— Merci. Puis-je vous offrir à boire ? Un café ?

— Un café, ce serait formidable. Sans lait.

Blake se leva et traversa la pièce vers une porte discrète qui conduisait dans un couloir faiblement éclairé. Joe en profita pour se lever et regarder par la fenêtre dans une petite cour pavée avec des arbres et des plantes bien entretenus. Pas de table de salle à manger, ni de buffet dans cette pièce. Joe remarqua le coin d'un cadre qui dépassait derrière le vase. Il se pencha pour le ramasser. La photographie aux couleurs fanées, qui semblait avoir été prise dans les années 1980, représentait un couple d'un certain âge, un homme mince et sérieux, une femme replète, très maquillée et l'œil pétillant.

— Mes parents, précisa Preston Blake en rentrant dans la pièce avec un plateau chargé de trois tasses. Ils s'adoraient.

Il posa le plateau sur une ottomane et tendit les tasses aux inspecteurs.

— Depuis combien de temps vivez-vous ici ?

— Depuis toujours. Mes parents sont décédés. J'étais fils unique.

— Quelle profession exercez-vous ?

— Je fabrique des bijoux.

— C'est vous qui avez fait ça ? demanda Joe en indiquant un bracelet en cuir que Blake arborait au poignet.

Il fit signe que oui.

— Mon fils porte ce genre de choses, expliqua Joe.

— Prenez-le. J'en ai d'autres dans mon...

— Non, je m'excuse, je ne voulais pas...

— Ce n'est pas un problème. Ce serait un plaisir.

— Merci, mais il a besoin de donner un bon coup de collier en classe avant que je lui rapporte un cadeau.

— Alors, faites-moi savoir quand il s'y sera mis.

— C'est gentil. Alors, vous travaillez où ?

— Ici.

Il indiqua l'étage.

— Cela signifie-t-il que vos clients, vos fournisseurs ou autres viennent chez vous ?

— J'ai une petite clientèle régulière. Je crée des modèles haut de gamme, fabriqués à la demande. Je rencontre le client potentiel chez lui, discute des modèles, je repars et je crée. Aucun ne vient ici.

— Les fournisseurs, alors ?

— Je me fais envoyer le cuir. Pour les métaux précieux et les diamants, je vais sur la 47e Rue.

— Vous avez du personnel ? Des livreurs de temps à autre ?

— Non, je fais le ménage moi-même.

— Dans toute la maison ?

— J'ai tout mon temps.

— Avez-vous déjà été victime d'un délit quelconque ?

— Comme quoi ?

— Un vol, un cambriolage avec ou sans effraction ?

Blake eut l'air surpris.

— Non, pourquoi ?

— Vous aurait-on volé votre portefeuille ?

Il réfléchit un instant.

— Jamais. Pourquoi ?

— Pour rien. Bon, êtes-vous en mesure de nous raconter ce qui s'est passé ce soir-là ?

— Je ne sais pas.

— Prenez votre temps, intervint Danny. Nous pensons que vous en êtes capable. C'est pourquoi nous sommes venus.

Blake retira sa casquette de base-ball, lissa ses cheveux noirs et rêches, puis remit son couvre-chef.

— C'était un lundi soir. J'étais chez moi à regarder un film. Deux films d'affilée, en fait.

— Et si vous commenciez par le matin ? proposa Joe. Je vais avoir besoin d'un maximum de détails sur vos faits et gestes ce jour-là... Je suis navré, mais c'est important. Si le criminel vous a choisi, c'est peut-être qu'en modifiant l'une de vos habitudes, un coup du sort vous aura fait croiser son chemin. Le lundi, vous avez pris un café au troquet en face de chez vous. Le mardi, vous avez traîné juste à côté du stand de hot-dogs du tueur avant de prendre le métro. Vous voyez le topo.

— Je comprends. Je me suis levé. Je me suis mis au travail sur-le-champ. Je ne suis pas sorti de la journée. Et personne n'a appelé. Je suis parfois tellement absorbé dans mon travail que je perds la notion du temps. Ce qui, j'imagine, ne ferait pas de moi un témoin à toute épreuve. Je ne peux même pas vous dire à quelle heure il a sonné à ma porte.

— Ne vous inquiétez pas, dit Danny. Pour le moment, on ignore ce qui pourrait nous être utile. C'est pourquoi on va procéder par questions-réponses pour voir ce qui s'en dégage. Ça vous va ?

— Je suis navré, murmura Preston Blake. C'est terriblement difficile.

— J'imagine, affirma Danny. Mais je vous parie que vous vous sentirez rudement mieux quand vous nous aurez tout dit.

— Il était tard, reprit-il d'une voix lasse. Il... il a sonné à ma porte en disant qu'il était agent immobilier. Il admirait l'immeuble et il voulait me convaincre de le vendre en me parlant de la hausse du foncier dans le quartier...

— Et vous l'avez laissé entrer ?

— Oui, je l'ai laissé entrer. Il avait sur lui une documentation d'Acheson & Grant, l'agence immobilière de Montague Street... Eh oui, je sais, ça paraît assez idiot.

Sa respiration s'étrangla.

— On est tous pareils, que voulez-vous ? commenta Danny. La majorité d'entre nous veut avoir confiance en son prochain. Même moi.

— Merci. Alors, je l'ai invité à me suivre dans le vestibule et avant de me rendre compte de quelque chose, j'étais sous le comptoir...

— Désolé de vous interrompre, mais avant ça, quand vous lui avez ouvert la porte, vous avez regardé le type ? questionna Joe. Vous pourriez nous le décrire ?

Blake eut un geste d'impuissance.

— J'aimerais bien. Ce que je peux vous dire, c'est qu'il était un peu plus petit que moi, peut-être un mètre soixante-quinze, de carrure moyenne. Impossible d'en dire plus. Et il était en noir... vous savez, contrairement au rose fuchsia que portent habituellement les criminels.

Il sourit. Danny et Joe aussi.

— Vous avez dû lui trouver l'apparence d'un agent immobilier... Alors portait-il un costume ?

Blake les considéra d'un air triste.

— Je crois bien. Mais je n'en jurerais pas.

— Ses cheveux ?

— Je ne sais pas. Blonds ? Gris ? Je crois qu'ils étaient clairs.

— Concernant son visage, avez-vous noté quoi que ce soit de particulier ? s'enquit Joe.

— Pas que je sache. Croyez-moi, j'ai passé beaucoup de temps à repenser à cette nuit-là... Si je ne m'en suis pas souvenu jusqu'ici, je pense que je ne m'en souviendrai jamais.

— Ça ira, dit Danny. Ne vous faites pas de bile pour ça, quelque chose peut encore resurgir. Revenons au moment où vous avez repris conscience sur le carrelage de la cuisine.

— Tout me semblait flou. Je me souviens d'avoir dû soulever l'une de mes paupières avec mes doigts, parce qu'elle était collée par le sang. Comme j'étais couché sous l'îlot central, j'ai vu au-dessus de moi le coin du plan de travail.

— Peut-on aller jeter un œil à la cuisine ? demanda Joe.

— Certainement.

Preston Blake les conduisit par le couloir. Une bicyclette était appuyée contre le mur, un casque noir accroché au guidon. La cuisine était de style moderne et imposante, tout en granité, noyer et inox. Blake se plaça près de l'îlot central et posa une main sur le coin.

— Il y avait du sang, ici, qui coulait sur moi. Je me souviens d'avoir levé la main pour m'en assurer. Au début, j'ai cru que j'étais en train de faire un cauchemar, que j'allais me réveiller d'une minute à l'autre.

« Je ne peux pas vous expliquer ce que j'ai ressenti quand j'ai compris que c'était réel. Juste des douleurs terribles dans ma tête – ça martelait, ça cognait, ça perçait, ça vrillait. Et je ne saurais décrire la terreur que j'ai éprouvée lorsque je l'ai entendu qui revenait vers moi.

Il détourna les yeux. Une larme coula sur sa joue.

— Il est revenu ? s'étonna Danny.

Blake hocha la tête.

— Alors tout au fond de moi, j'ai ressenti une volonté irrépressible de lui échapper, un besoin purement physique, animal. Je... je me suis hissé en me traînant et, à son retour, j'étais à quatre pattes. J'ai feint de m'écrouler de nouveau, mais quand il s'est rapproché, je me suis redressé d'un coup et je l'ai frappé, très fort. Il a reculé en vacillant jusque dans le vestibule. C'est alors que je me suis aperçu qu'il portait une arme à sa ceinture. Et en regardant derrière lui, j'ai vu qu'il avait déroulé quelque chose par terre. Je ne sais pas ce que c'était. Alors, je lui ai donné un autre coup de poing qui l'a fait reculer vers la porte. Il tenait mon téléphone... le sans-fil. Celui-ci a volé en l'air. Il n'est pas allé le ramasser. Et là, il... bref, j'imagine qu'il ne s'attendait pas à ce que je me rebiffe. Il a attrapé ce qu'il avait posé devant la porte... et il s'est sauvé.

— Vous a-t-il dit pourquoi il était venu, pour quelles raisons il s'en prenait à vous ?

— Pas du tout.

— Qu'est-ce qu'il avait installé, d'après vous, dans le vestibule ?

— Je n'ai pas pu voir.

— Qu'avez-vous fait après l'agression ? questionna Joe.

— Je me suis lavé, j'ai pris des somnifères et je me suis couché.

— Vous n'aviez pas besoin de points de suture ?

— Sans doute. Je me suis débrouillé. Enfin, ajouta-t-il en montrant son menton, plus ou moins. Mais je ne voulais voir personne, je ne voulais pas consulter de médecin. Je voulais juste me mettre au lit et dormir le plus longtemps possible.

— Pourquoi ne vous êtes-vous pas manifesté plus tôt ? s'enquit Joe.

Preston Blake soupira.

— Pour plusieurs raisons, je suppose. La première, comme pour tout le monde, c'est que je n'avais rien demandé, que cette horreur m'a été imposée. Si vous êtes d'un naturel discret, vous n'avez pas envie de vous exhiber au moment le plus éprouvant, le plus intime de votre vie. Je ne supporte pas de regarder ces gens à la télévision à qui on plante un micro devant la figure lorsqu'ils réchappent d'un attentat ou d'une fusillade. J'éteins. Tout le monde cherche à s'insinuer dans la douleur des autres, de nos jours. Pour moi, c'est écœurant.

« Vous vous souvenez de l'époque où, quand on regardait les informations ou qu'on lisait le journal, on ne voyait jamais de sang ni de cadavre parce que tout était complètement aseptisé ? Après quoi, on s'est mis à nous montrer la réalité de la guerre et de la violence... Ça a eu du bon, dans une certaine mesure, puisque les gens ont pris conscience des horreurs qui se produisaient dans le monde. Aujourd'hui le seuil de la pédagogie est largement dépassé. Maintenant, il s'agit surtout de satisfaire nos démons voyeuristes. Nous voulons voir sur le visage d'autrui à quoi ressemble une mort violente. Nous voulons voir à quoi ressemble le visage de quelqu'un qui vient de perdre sa femme. Ce n'est pas bien. Je ne veux pas qu'on me regarde de cette façon : pour moi, c'est la pire des intrusions. Pire, pour moi, que celle commise par le Visiteur en pénétrant chez moi.

— Ça ne sortira pas de la brigade, lui promit Joe. Ne vous faites pas de souci.

— Merci. Mais je pense aussi à mes voisins. Une autre raison pour laquelle je ne me suis pas fait connaître de vos services – ça va vous paraître dingue –, c'est à cause de l'association des riverains du quartier. Ils se donnent tellement de mal pour que le quartier garde une bonne réputation ! Ils seraient anéantis s'ils étaient au courant. De plus, si d'une manière ou d'une autre… vous savez… j'ai fait quelque chose pour m'attirer ce genre de…

— Je vous garantis que ce n'est pas votre faute, s'insurgea Danny.

— D'autres personnes peuvent ne pas être d'accord avec vous.

— Alors pourquoi nous avez-vous contactés ? s'étonna Joe.

— En voyant la conférence de presse à la télé, je me suis dit que je serais enfin soutenu. Par le divisionnaire et les inspecteurs qui travaillaient sur cette affaire. Et j'ai cru nécessaire de vous parler au nom de ceux qui n'ont pas eu la chance de s'en tirer.

— Nous vous remercions d'avoir pris cette initiative. On n'a pas souvent la chance, en effet, d'interroger une victime ayant réchappé d'une rencontre avec un tueur.

— D'après vous, pourquoi s'en est-il pris à nous ? demanda Blake. Moi, et les autres ?

— Ce que vous représentez à ses yeux le chiffonne peut-être, supposa Danny.

— Mais…

— On n'en est pas sûrs pour le moment, coupa Joe. On creuse dans différentes directions.

— Vous pensez qu'il est fou ?

— Il vous a paru fou ? insista Joe.

— Euh, non. Je ne sais pas. Est-ce qu'il ne faut pas être fou pour faire ce qu'il fait ?

— Pas forcément, dit Joe. On le saura quand on l'aura coincé.

— Vous êtes sur le point de l'arrêter ?

— On étudie une masse d'informations, qui nous donnent quelques orientations fiables.

— Vous croyez… Ce que je voudrais savoir, c'est… Croyez-vous qu'il pourrait de nouveau s'en prendre à moi ?

— Je ne vois pas pourquoi, monsieur Blake, déclara Joe. Il s'est enfui avant de vous achever. Je ne crois pas qu'il revienne un jour.

— La maison paraît très sûre, renchérit Danny. En cas de besoin, voici nos cartes, appelez-nous.

— Merci.

Preston Blake se leva. Ils se serrèrent la main et s'avancèrent vers l'entrée.

— Ce système de sécurité, vous l'avez toujours eu ? demanda Joe en désignant le clavier numérique près de la porte.

— Non, je l'ai fait installer depuis, répondit Blake avec un haussement d'épaules. Mais même si je l'avais eu plus tôt, ça n'aurait rien changé, si j'avais invité ce type à entrer chez moi. Vous comprenez, un système de sécurité n'est pas infaillible.

— Un jour, on a eu un type qui avait noté au plafond, juste au-dessus, la combinaison de son coffre, raconta Danny. On trouve aussi des gens qui ne modifient pas les paramétrages d'usine, qui sont presque les mêmes partout. Il faut prendre des précautions.

— Mais j'en prends, dit Blake. Mais je ne peux m'empêcher de me demander à quoi bon fermer la grille quand le cheval s'est déjà échappé.

— Vous faites le nécessaire pour vous sentir en sécurité, répondit Danny.

— Merci de vous être déplacés jusqu'ici. J'ai de la chance de pouvoir me cloîtrer chez moi et de ne pas avoir à affronter le monde si je n'en ai pas envie.

Joe eut une pensée pour Anna, puis s'en voulut d'avoir fait le rapprochement.

— Merci de nous avoir consacré de votre temps, monsieur.

— Pas de problème, dit Blake. Au revoir.

## Chapitre 13

Tout en mastiquant une pastille parfumée à la cerise, censée remédier à ses ballonnements, John Rufo se disait qu'il était grand temps pour lui de lever le pied côté crudités. Décidément, ce n'est pas parce qu'un aliment est bon pour vous qu'il a bon goût. Ou que votre corps le digère.

— Alors, dit-il comme Joe et Danny entraient dans son bureau, comment ça s'est passé à Brooklyn Heights ?

— Le type s'appelle Blake, expliqua Danny. Rencher a vérifié son casier et il est clean. Il habite une chouette baraque avec un hall d'entrée immense. Il n'a jamais fait de bêtises, il paie ses impôts. Il a l'air de porter des fringues de luxe…

— Un peu, mais tu as vu ces sacs bon marché dans l'entrée près du vélo ? l'interrompit Joe. Peut-être qu'il est près de ses sous.

— Même, insista Danny. C'est un type plein aux as qui un beau jour s'est rendu compte que tout le pognon du monde ne préservait pas des emmerdements. Je suis navré pour lui, que ce soit clair. Mais il a quelque chose de tragique.

— Il est gay, peut-être ? demanda Rufo.

— Du tout. Hétéro.

— Qu'est-ce qui lui fait croire qu'il a été victime de notre tueur ?

— Il dit qu'il l'a laissé entrer, expliqua Joe. Pas de bagarre, il a été fracassé sur le coin du plan de travail dans la cuisine, une arme pointée sur lui...

— La ruse du portefeuille n'a pas été utilisée avec lui, précisa Danny. Le type s'est fait passer pour un agent immobilier.

— Oui, mais on n'est pas à la télé. Personne ne refait deux fois le même coup au détail près. Ce serait contre nature. Personne ne refait exactement deux fois la même chose...

Danny Markey opina.

— Je crois que, pour l'assassin, ce qui compte c'est de défigurer ses victimes et de les achever avec un calibre 22, dit Joe. Ce sont les deux paramètres inchangés d'un crime à l'autre. Peu lui importe comment il y arrive. Alors il choisit un moyen ou un autre pour entrer, les entrave tantôt de telle manière, tantôt de telle autre.

— Peut-être que tout ce qui compte pour lui, c'est de leur laminer la gueule, suggéra le sergent. Et de leur flanquer une balle juste pour les empêcher de l'identifier.

Victor Nicotero était assis à la table de sa cuisine avec une bière, un cahier et un stylo en argent. Joe entra tout droit dans la pièce.

— Super système de sécurité, déclara-t-il.

— C'est Patti, commenta le vieux Nic. Cette femme est une force de la nature. Fermer les portes, éteindre les lumières, elle n'y pense jamais.

— C'était grand ouvert, remarqua Joe.

— Ton tueur en série aurait pu me trucider vingt fois.

— Il préfère Manhattan.

— Sortons sur la véranda, j'en ai assez de rester enfermé.

— Tu écris tout à la main ?

— Si j'écris à la main ? J'écris, c'est tout. C'est ça, écrire. Ce n'est ni de la sténo ni de la dactylo, c'est sûr.

Joe prit une bière dans le réfrigérateur et s'assit à côté de son vieil ami.

— Tu veux emménager ici ? demanda Nic.

— Et supporter ton caractère de cochon ? demanda Joe, amusé. Tu plaisantes ! Je n'échangerais pas mon ado en pleine crise contre un vieux flic à la retraite.

— Évidemment, face à ta jolie petite Française, je ne fais pas le poids ! Comment ça se passe entre vous ? Tu as suivi mes conseils ?

— Bien sûr, et les choses allaient mieux. Et puis elle m'a planté au dîner, hier soir.

— C'est la faute aux hormones, décréta Nic. Ça les rend dingues. Tous les…

La porte de la cuisine claqua derrière eux et des pas lourds passèrent par la porte coulissante. Joe et Nic levèrent les yeux. Bobby se pencha, un minable bouquet de fleurs à la main. Il fronça les sourcils, puis regarda dans le jardin.

— Maman n'est pas là ? demanda-t-il en gratifiant Joe d'un imperceptible signe de tête.

— Elle est allée faire des courses, répondit Nic. Tu veux une bière ?

— Non, merci. Maman voulait que je lui arrange la porte d'une chambre, il y a un problème…

— Je l'ai fait, l'informa Nic. Assieds-toi, il fait bon ce soir.

— Tu t'en es occupé ? demanda Bobby. Et quand ça ?

— Cet après-midi. Ta mère me tanne depuis des semaines.

— Exact, et c'est bien pour ça que je suis venu.

— Mais tu es venu, ce week-end. Pourquoi tu ne l'as pas fait ?

— Qu'est-ce que tu racontes ? C'était toi qui étais censé…

Bobby jeta un œil à Joe, qui feuilletait une revue.
— Tu as mangé ? demanda Nic.
— Non, répondirent Bobby et Joe en chœur.
— Excusez-moi, se reprit Joe. Je croyais que tu me posais la question à moi.
— Je vous la posais à tous deux.
— Je dois m'en aller, dit Joe.
— Non, reste où tu es, lui ordonna Bobby. Puisque je suis dans le coin, je vais passer voir les gosses. Ça, c'est pour maman, ajouta-t-il en brandissant le malheureux bouquet. Je le laisse près de l'évier.
— Super, dit Nic. À bientôt.
Il poussa un soupir et se tourna vers Joe. Mais celui-ci garda le silence et, les yeux fixés dans le lointain, il pensa à Shaun.

Le lendemain matin, Joe arriva au bureau de bonne heure, afin de préparer ses costumes pour la société de nettoyage à sec qui les ramassait trois fois par semaine. En général, il aimait garder deux tenues de rechange dans son casier, et il ne lui en restait plus qu'une.
Il venait de regagner son poste quand le téléphone retentit :
— Joe, c'est Giulio.
— Salut. Tout va bien ?
— Oui. J'ai vu ton nom dans le journal l'autre jour. Quelle honte, tout ce cirque !
— De quoi tu parles ?
— Ils ne peuvent pas te laisser en dehors de tout ça, les médias ?
— Papa, je n'ai pas accordé d'interview. Ils font leur boulot. J'ai eu à m'occuper de quelques affaires importantes. S'ils en parlent, ce n'est pas ma faute.
— Mais enfin, tu es sous les feux de l'actualité, la presse revient sur ce qui vous est arrivé, à Anna, à

Shaun et à toi. Pense un peu aux conséquences pour ta famille, chaque fois que tu te mets en avant.

— Nous y revoilà. Je ne me mets pas en avant, bon Dieu, je dirige une enquête. À t'entendre, on dirait que je cours après les meurtres qui intéressent les journaux, que j'ai supplié qu'on me les confie !

— Je veux seulement dire…

— Je sais ce que tu veux dire, tu as tout faux ; tu ne peux pas contrôler le monde, vu ?

— Je… je me fais du mauvais sang.

— Super. Bon, écoute, faut que j'y aille.

Joe raccrocha et alla à la machine à café. Elle empestait le lait tourné et le café brûlé. Des cercles bruns maculaient le petit meuble et du café moulu jonchait le sol.

— Bon, vous tous, vociféra-t-il, on nettoie ! Un peu de respect pour Ruthie. Elle finit par craquer, parce qu'elle ne supporte pas ce foutoir. En plus, ce n'est pas son boulot. Vous lui en collez assez sur les bras, espèces de sales flemmards !

— Merci, Joe ! cria Ruthie depuis l'accueil.

— Pardon, m'man, brailla Martinez.

Joe attrapa un torchon en papier et commença à essuyer les surfaces. Il se pencha pour ramasser une boulette de papier gisant à côté de la corbeille. Il reconnut une sortie imprimante réalisée avec le logiciel Pages. Il la déplia. Quelqu'un avait écrit en haut de la page « Meilleurs vœux » au feutre rouge et affublé de bonnets de père Noël chacune des victimes. Sous la photo de Gary Ortis était écrit : « Meilleurs vœux de la famille Ortis. Cette année, Gary a été assassiné ! Son corps écrabouillé a été retrouvé dans son entrée, il a été torturé pendant des heures ! Et son tueur court toujours. Joyeuses fêtes ! »

Le regard de Joe fit le tour de la salle, se posant d'abord sur les hommes qui avaient suivi l'affaire dès les premiers instants. Denis Cullen – un homme qui préférait éplucher des listings toute la journée afin de préserver toute son énergie pour aller rendre visite à sa petite fille malade. Tom Blazkow, un coriace scrupuleux. Martinez, dévoué mais borné. Roger Pace, l'ombre efflanquée de Bobby Nicotero. Rencher, un brave type, mais pas très vif. Et puis Bobby Nicotero – Joe jeta un coup d'œil sur la page – et son écriture de fillette.

— Bordel de merde, Lucchesi, ton putain de téléphone ! hurla Martinez à l'autre bout de la salle.

Joe jeta la feuille dans la corbeille et retourna à son bureau.

— Inspecteur Lucchesi ? C'est Preston Blake.

Joe ne savait pas si c'était la ligne qui sifflait ou son interlocuteur.

— Oui, bonjour...

— Espèce de salopard !

— Pardon ? dit Joe en s'asseyant.

— Enfoiré de connard !

Il sanglotait.

Le portable de Joe se mit à vibrer sur son bureau. C'était Danny.

— Monsieur Blake, je vous demande de patienter une seconde, s'il vous plaît...

— Joe ? C'est Danny. Je suis en route. Tu as vu la une du *New York Post* ? Ne parle pas à Preston Blake avant de l'avoir lu.

— Mais, bon Dieu, qu'est-ce qui se passe ? Et tu me préviens trop tard, je l'ai mis en attente.

— Va voir Martinez, il a le canard. La presse surnomme Blake le « rescapé ». Mais c'est quoi, ce bordel ?

— Comment veux-tu que je le sache ? s'exclama Joe en prenant le journal sur le bureau de Martinez. Merde ! ajouta-t-il. On était les seuls à savoir. Enfin, on n'était qu'une poignée. Rencher, Martinez, Rufo, toi et moi.

— Tu crois pouvoir lui raccrocher au nez ? Faire comme si vous aviez été coupés ?

— Je ne demanderais pas mieux.

— T'as qu'à lui dire que tu crois entendre quelqu'un devant sa porte d'entrée.

— Je vais faire la seule chose respectable...

— Quoi ? Lui passer Rufo ?

— Quelque chose dans ce goût-là. Faut que je te laisse.

— Tiens-moi au courant.

Joe reprit le combiné.

— Je vous prie de m'excuser, monsieur Blake. Pourriez-vous me laisser le temps de lire l'article avant que nous ayons cette conversation ?

— Je vais vous épargner cette peine. *Preston Blake, en des temps plus heureux* – photo souriante à l'appui –, *avant qu'il ne soit la victime présumée du Visiteur, la seule ayant eu la chance de survivre à son abominable calvaire*. Et : *Preston Blake vit en reclus dans une luxueuse maison de grès à Brooklyn Heights, théâtre, dit-on, de la terrible agression dont il a été victime il y a six mois. M. Blake a refusé de s'exprimer au sujet de la dernière victime en date du Visiteur, à la suite de la découverte du corps mutilé d'Ethan Lowry le 7 septembre*. Et passons directement à celle-là : *Bien qu'on ignore combien de temps a duré son martyre entre les mains du Visiteur et l'étendue de ses blessures, M. Blake a reçu la visite de l'inspecteur Joe Lucchesi, du Manhattan North Homicide. L'inspecteur Lucchesi a connu son heure de gloire...* et là suit tout un couplet sur vos souffrances et vos malheurs. Je compatis avec vous, comme avec votre femme et votre fils, pour ce qui vous est arrivé, mais je suis hors de moi. Vous m'avez trahi, je suis en danger !

— Je suis de tout cœur avec vous, monsieur Blake, vraiment. Et je peux vous jurer que je n'ai rien à voir avec ces révélations. J'ai respecté vos desiderata à la lettre. Est-ce que vous voulez que je fasse surveiller votre maison ? Vous sentiriez-vous plus en sécurité ?

— Non. Je vous ai invité chez moi, inspecteur. Savez-vous combien de personnes ont franchi le seuil de ma maison depuis l'agression ? Zéro, je n'ai reçu aucune visite. J'ai passé des mois barricadé chez moi, heureux, si ça a un sens. Et vous, vous débarquez et c'en est fini de ma tranquillité. Vous avez vu ? Je fais la une. Et les crétins diront que c'est l'ironie du sort…

— Je n'y comprends rien, mais je peux vous assurer que mon équipe et moi-même sommes hors de cause.

— Désolé, mais je ne peux pas avaler ça. Parce que vous pensez bien que ça ne vient pas de moi. Ça n'aurait jamais dû s'ébruiter. Un calvaire après l'autre. Est-ce tout ce que je dois espérer de la vie désormais ? Je suis censé faire quoi, m'asseoir et me résigner à ce destin ?

— Non. Ça va se tasser, je vous le promets. La presse s'intéresse surtout au criminel. Comme les journalistes n'avaient pas de nouveau cadavre à se mettre sous la dent cette semaine, ils se sont jetés sur votre histoire. Comment ils se la sont procurée, je l'ignore, mais sachez qu'ils vont finir par laisser tomber.

— Moi de même, inspecteur. Je n'ai plus rien à vous dire. Il ne vous reste qu'à lire et à relire chaque mot que je vous ai dit le jour où j'ai eu la bêtise de vous ouvrir ma porte. Et je vous souhaite de trouver l'inspiration entre les lignes, parce que ma coopération s'arrête là.

— Vous ne pouvez pas faire ça.

— Oh, que si.

— Mais vous êtes le seul à l'avoir vu…

— Je vous ai tout dit. Et franchement, je ne peux pas m'imaginer à la barre en train de pointer le doigt sur le Visiteur au tribunal. Parce que je ne peux pas imaginer où vous trouverez le flair nécessaire pour le coffrer. Et si vous ne lui avez pas mis la main dessus maintenant, inspecteur, vous ne réussirez jamais.

— Je ne suis pas d'accord, monsieur Blake. Mes collègues et moi ne baisserons pas les bras.

— Il y a des fuites dans votre service, inspecteur. Un bateau qui fuit ne retient pas l'eau. Et un bateau qui fuit finit par sombrer.

Preston Blake coupa la communication. Joe raccrocha à son tour et se rendit dans le bureau de Rufo.

— Entrez, lança le sergent. Fermez la porte.

— Vous avez vu le...

— Le *Post* ? Oui. C'est quoi, ce bordel ?

Joe ne cacha pas son désarroi.

— Blake est fou de rage. Il vient de passer ses nerfs sur moi. Il nous accuse, Danny et moi, de l'avoir balancé et mis en danger...

— Vous lui avez répondu quoi ?

— J'ai rétabli la vérité, évidemment, mais il n'a rien voulu entendre.

— Vous connaissez l'auteur du papier, un dénommé Artie Blackwell ? Pourquoi vous ne passez pas quelques coups de fil pour voir qui lui a filé le tuyau ?

— Artie Blackwell, nom de Dieu ! Je n'avais pas remarqué.

Rufo survola de nouveau la page.

— Toute cette histoire m'a l'air assez bizarre. Vous croyez que Blake aime les feux de la rampe ?

— Vous ne poseriez pas la question si vous l'aviez entendu au téléphone à l'instant. Ce type se barricade chez lui, pour autant que je sache.

— Est-ce qu'il a réclamé le directeur de la police, le maire, le micro de Larry King ?

— Non.

— Est-ce qu'il a exigé autre chose ? Vous lui avez dit qu'on pouvait faire surveiller l'immeuble par quelques-uns de nos hommes ?

— Il a refusé.

— Ça va, dit John Rufo. Je vais lui passer un coup de fil pour essayer de le calmer.

— Danny et moi, on est sur le point de sortir. C'est notre tour de surveillance au bureau de poste.

— Bonne chance, lança Rufo en prenant le combiné.

En semaine, la 21e Rue ne connaissait aucun répit. Danny et Joe stationnaient en face du bureau de poste d'où on avait expédié les lettres anonymes. L'air conditionné était poussé à fond dans le véhicule tandis que le soleil cognait sur le capot noir étincelant. Les deux inspecteurs se concentraient en silence sur l'incessant ballet des passants qui entraient dans le bâtiment.

Brusquement, quelque chose heurta la vitre du conducteur. Joe se retourna pour voir la fente d'un postérieur velu pressé contre la vitre. Dehors, une voix rugissait.

— Espèce d'enculé ! Putain d'enculé !

Un énorme gobelet en carton atterrit sur le capot, aspergeant de milk-shake à la fraise le pare-brise de la Chevrolet Impala flambant neuve du Manhattan North.

— Le salopard ! pesta Danny, scandalisé.

Joe martela son avant-bras contre la vitre.

— Écartez-vous de la bagnole, vociféra-t-il.

Danny jaillit du siège du passager.

— C'est quoi, ce bordel ? aboya-t-il en direction des deux hommes.

— De quoi je me mêle ? rétorqua l'obèse en écrasant l'autre, un gringalet, contre la vitre de Joe.

— Vous allez l'étouffer si vous ne vous relevez pas, l'avertit Danny. Et de toute façon, mon ami va sortir par la portière du passager et vous buter tous les deux. Maintenant, écartez-vous de notre caisse.

Le gros retira son copain de la portière et Joe sortit.

— C'est quoi, ce cirque ? lâcha Joe. Pour quelle raison ai-je besoin de me coltiner votre cul boutonneux ?

Le maigrichon vérifia ses arrières et remonta son jean.

— Je... je... bégaya le gros en comprenant qu'il avait affaire à deux flics.

— On s'en cogne, dit Danny, tant que vous ne faites pas de mal à votre copain, on veut juste que vous vous éloigniez de notre véhicule.

— Ça va, on se casse, répondit le mastodonte.

Un sac en plastique traînait par terre, à côté du freluquet. Il se pencha et en sortit une bouteille d'eau minérale Poland Springs qu'il tendit à Joe.

— Pour la voiture, expliqua-t-il.

Joe se tourna vers Danny.

— C'est beau, l'esprit civique, ironisa celui-ci.

Joe versa de l'eau sur le toit pour évacuer le maximum de milk-shake. Danny et lui retournèrent dans la voiture. Joe préféra ignorer la tache de graisse qui restait sur la vitre du conducteur.

Il actionna les essuie-glaces, et un mélange de milkshake et de savon liquide se répandit sur le pare-brise. Quand celui-ci redevint clair, Danny se pencha en avant.

— Vise un peu ce mec.

L'individu qui se dirigeait vers la poste mesurait environ un mètre soixante-dix et avait dans les quarante-cinq ans. Il portait un pantalon de travail impeccable, de grosses bottes noires et une chemise en jean dont deux boutons étaient ouverts sur les manches relevées. Ses cheveux châtains clairsemés au sommet lui donnaient une allure passe-partout. Les deux équipiers compulsèrent les photos qu'ils avaient tirées des bandes de vidéosurveillance.

— C'est notre homme, déclara Joe. On y va.

Ils sortirent précipitamment de la voiture et se mirent à courir.

— Police ! tonna Joe en brandissant sa plaque.

Le suspect ne bougea pas. Il resta figé, sa lettre à la main. Joe lui saisit les poignets, les tira vigoureusement en arrière et lui passa les menottes.

— Dites-nous votre nom, monsieur. Comment vous vous appelez ?

— Stanley Frayte ! Je m'appelle Stanley Frayte ! Qu'est-ce que j'ai fait ?

# Chapitre 14

Six cents mètres séparaient le bureau de poste de la 21e Rue du commissariat du 114e District, sur Astoria Boulevard. Une fois Stanley installé à l'arrière de la Chevy Impala, Joe avait pris le volant sans desserrer les dents.

Arrivés au 114e, les deux équipiers laissèrent leur suspect dans la salle d'interrogatoire. Joe se procura des gants et ouvrit l'enveloppe. Cette fois, ils ne trouvèrent à l'intérieur qu'une méchante serviette en papier couverte de taches de ketchup et de moutarde. Il la photocopia et la rangea dans un sachet en plastique.

— Putain, celle-là est différente, dit Joe. Il a l'air hyper angoissé. Écoute-moi ça : *Mon Dieu. mais il peut me trouver maintenant. Si c'est un jeu, je ne comprends pas. Ma vie est là. La terreur m'étreint, je vous en prie, pitié. Ça ne peut pas changer. Regardez de plus près, j'ai cru que vous alliez le trouver. Ça ne peut plus changer. Je ne sais pas à quoi vous jouez. Rien ne va. Je ne veux pas que ça change. Posez d'autres questions. Je ne veux pas qu'on me le prenne. Quelque chose ne va pas. Vous ne pouvez pas me trouver non plus*. (Il reposa la lettre.) Ma foi, je crois qu'on te tient, mon cochon.

— Emballé plié, renchérit Danny.

— Et complètement griffonné. Plus encore que l'autre. Il a l'air pressé.

— C'est dingue.
— Voyons ce que M. Frayte a à nous dire.

Quand ils rentrèrent dans la salle, Stan dormait. Danny et Joe échangèrent un regard entendu : ça valait bien des aveux en bonne et due forme. Les innocents ne perdaient pas leur temps à dormir, ils criaient généralement à l'erreur ou essayaient de comprendre ce qu'ils faisaient là. Pour les coupables, l'arrestation apportait une espèce de soulagement – la comédie est terminée, plus besoin de jouer – et ils se détendaient suffisamment pour piquer un somme.

— Monsieur Frayte, dit Danny en le secouant par l'épaule. Monsieur Frayte.

Il secoua plus fort. Stan se réveilla, contrarié, puis s'efforça de se calmer quand il se rappela où il était.

— Je m'excuse, marmonna-t-il en se frottant le visage.

— Vous savez ce que vous faites ici ? demanda Joe.

Stan haussa les épaules.

— Non.

— Vous n'avez pas une petite idée de ce que vous étiez en train de faire quand on vous a ramassé ? insista Danny.

Stan réfléchit.

— Je postais une lettre

— Ravi de voir que ça a l'air de vous réjouir, souligna Danny.

— Oui. J'envoyais la lettre de Mary, expliqua-t-il.

— Qui est Mary ? demanda Danny.

— Mary Burig.

— Ah oui ? Qui est Mary Burig ?

— Je vous en prie. Est-ce qu'on peut baisser un peu le ton ? Vous me rendez nerveux.

Danny consulta Joe du regard.

— Je n'ai rien fait de mal, poursuivit Stan en se dandinant sur son siège.

— Parlez-nous de Mary, proposa Joe.

— Mary est une patiente. Enfin, pas une patiente, une cliente de Colt-Embry Homes, à quelques rues d'ici. Ça dépend de la clinique de réinsertion.

— Ce qui veut dire ? demanda Danny.

— Ce qui veut dire quoi ? répéta Stan.

— Patiente ou cliente... de quoi vous parlez ?

— Je crois que Mary, comme les autres habitants, souffre de lésions cérébrales.

— Tous les résidents ont des lésions cérébrales ? s'enquit Joe.

— Oui. On y va après la rééducation, mais avant de rentrer à la maison. Pour réapprendre à se débrouiller dans la vie.

— Donc vous nous dites que cette Mary a le cerveau bousillé ?

Stan serra les mâchoires.

— Non, je ne dis pas ça. Mais j'imagine que vous pouvez dire ce qui vous plaît.

— Quels sont vos rapports avec Mary, exactement ?

— Aucun. Je la connais comme ça, c'est une gentille fille. Je suis l'électricien et l'homme à tout faire de sa résidence. C'est tout.

— Pourquoi vous postez ses lettres ?

— Parce qu'elle me l'a demandé. Bon sang ! Il n'y a pas de mystère là-dedans. C'est une gentille fille. Elle m'a demandé un service. Je sors pendant ma pause du matin et j'expédie son courrier.

— Vous savez pourquoi elle envoyait ces lettres ?

— Pas du tout. Tenez, franchement, je n'ai même pas regardé l'adresse. Ça ne me regarde pas.

— Vous n'avez jamais vérifié le nom du destinataire ? s'étonna Joe.

— Ben voyons, grinça Danny, méfiant.

— Jamais, réitéra Stan. L'intimité est une chose importante, là-bas. Les clients doivent se sentir respectés.

Je ne voudrais surtout pas contrarier quelqu'un. Voilà, je vous ai tout dit. Je peux m'en aller maintenant ?

— Pas question, grogna Joe.

— Vous êtes électricien, c'est ça ?

— Oui, affirma Stan.

— Vous avez donc les clés d'un tas de maisons, d'un tas d'appartements, insista Danny.

— Ça veut dire quoi ? questionna Stan.

— Répondez !

— Ben, c'est sûr. Mais un tas d'autres gens aussi. Un tas de gens ont un tas de clés.

— Enfin, mettez-vous à notre place, expliqua Joe. Vous n'êtes pas nombreux à envoyer des lettres à l'inspecteur qui dirige une enquête sur des meurtres en série.

— Des meurtres ? Oh non ! C'est pas vous qui enquêtez sur ce Visiteur ! Alors vous croyez… Mon Dieu, pas possible. C'est pas possible. Pas possible. Pourquoi elle vous a écrit, Mary ?

— C'est ce qu'on aimerait bien savoir, répondit Joe. Si Mary est vraiment l'auteur des lettres, alors pourquoi ? Et on aimerait aussi savoir pourquoi vous êtes celui qui nous les envoie, sans même regarder le nom ou l'adresse du destinataire.

— Je ne savais pas ce que je postais ! Si j'avais pensé que c'était un truc bizarre, je ne serais pas allé directement au bureau de poste d'Astoria en plein jour, sans gants, ni rien d'autre ! Je m'excuse pour le dérangement que ça vous a occasionné, mais je ne savais pas. Je vous en prie, allez parler à Mary. Elle vous éclairera.

— Ça me paraît correct, non ? dit Joe à Danny.

Stan se leva pour partir. Danny s'esclaffa.

— Non, mon vieux, pas vous. Vous, vous attendez gentiment à l'ombre pendant que mon coéquipier et moi allons rendre visite à Colt-Emory.

— Embry, corrigea Stan. Embry. Adressez-vous à Julia Embry. C'est la patronne. Ce sont des gens bien.

En 1992, Madeline Colt et Julia Embry s'étaient rencontrées au Mount Sinai Hospital, dans le Queens, où elles étaient venues admirer les dessins de leurs fils adolescents. L'une et l'autre s'étaient réfugiées dans le couloir pour pleurer.

— Mon fils adorait faire des randonnées, avait dit Madeline.

— Et Robin nous faisait tellement rire, avait répondu Julia.

Elles s'étaient alors retournées vers leurs enfants, l'un qui peignait sur un chevalet placé à la hauteur de son fauteuil roulant, l'autre dont la main était guidée sur la page par une infirmière. Les femmes échangèrent un regard et un sourire.

— Au moins, ils sont là, murmura Julia.

— C'est vrai, soupira Madeline. Nous avons de la chance !

Après dix ans de combat et de collecte de fonds, le centre de réadaptation Colt-Embry avait ouvert ses portes pour aider les patients souffrant de traumatismes cérébraux. Il occupait quatre mille mètres carrés entre la 19e et la 21e Rue du quartier d'Astoria. La résidence Colt-Embry, nichée dans le coin nord-est, comprenait vingt appartements, destinés à aider les patients à faire la transition entre la rééducation et le retour au foyer.

Assise à son bureau, Julia Embry pressa délicatement un Kleenex sous ses yeux pour sécher ses larmes avant qu'elles ne laissent de grosses traînées noires sur son visage. L'émotion l'avait submergée à la vue d'une photo de Robin, prise lors de son huitième anniversaire. Un énorme chapeau noir de pirate sur la tête, il portait une chemise blanche et un mouchoir rouge noué autour du cou. Un bandeau était posé auprès de son assiette à côté d'un verre de jus d'orange. Il avait le menton tellement projeté en avant et le sourire si large qu'il était presque méconnaissable. Un instantané de bonheur, un petit blondinet aux yeux pétillants, adorable en vilain pirate.

La dernière fois que deux inspecteurs lui avaient rendu visite, c'était pour lui annoncer que Robin avait eu un accident. Il avait dix-sept ans quand la voiture qu'il conduisait avait été percutée et le chauffard avait pris la fuite. Robin avait été transporté en urgence à l'hôpital, où on avait recollé ses os ; ses blessures avaient fini par cicatriser. Mais les lésions au cerveau étaient trop graves et, après un an de rééducation, il était mort. La police n'avait jamais arrêté le coupable.

On frappa à la porte.

— Entrez, dit-elle en reposant la photo sur le bureau devant elle.

Elle se leva.

— Je suis navrée pour ce malentendu, messieurs, dit-elle. Je vous en prie, asseyez-vous.

Joe et Danny se présentèrent et prirent un siège.

— Avant toute chose, déclara Julia, je tiens à vous rassurer concernant Stanley Frayte, si je peux me permettre. Ça fait très longtemps qu'il travaille pour moi. C'est le meilleur, vraiment. Il voulait juste faire plaisir à Mary. Mais il ne sait pas tout sur tout le monde. Ça fait dix ans qu'il travaille pour moi dans ce service, mais seulement quelques semaines qu'il s'occupe de la résidence, alors… Pauvre Stan.

— On aimerait vous parler de Mary Burig, dit Joe.

— Bien. Que voulez-vous savoir ?

— Dites-moi, pour commencer, comment elle est arrivée ici.

— Mary a été retrouvée l'an dernier errant à trois rues de chez elle. Elle avait été rouée de coups. Quand on l'a hospitalisée, on a découvert qu'elle avait un traumatisme crânien. Elle n'a aucun souvenir de ce qui lui est arrivé.

— Donc Mary n'a jamais parlé de son accident.

— Non. Elle ne se souvient de rien. C'est assez fréquent. C'est une sorte de mécanisme de défense du cerveau.

— Pourriez-vous nous parler de sa situation, de son état... demanda Joe.

— Premièrement, Mary est une personne... qui a subi un traumatisme.

— Je comprends.

— Autrement dit, la Mary telle qu'elle était avant – soit prémorbide, pour parler d'avant sa blessure – est toujours là, mais son comportement s'est modifié. Ici, nous personnalisons les programmes de chacun. Voici celui de Mary.

Elle tendit deux copies du dossier aux policiers. Joe compulsa les douze pages relatives aux traitements de Mary et détaillant leurs objectifs thérapeutiques. Il s'arrêta sur le bilan psychiatrique.

*Infirmité : traumatisme crânio-cérébral.*

*Fonction : stabilisation émotionnelle.*

*Participation : incapacité à réguler émotivité et pensées.*

Joe leva les yeux.

— Admettons que Mary puisse expliquer ces lettres...

— Peut-être pas, dit Julia. Elle risque de ne même pas se souvenir de les avoir écrites.

— Entendu, mais supposons qu'elle s'en souvienne. Peut-on se fier à sa parole ?

— Je le pense. Oui. Si vous pouvez en déchiffrer le sens.

Danny leva les yeux de son bloc.

— Que lui est-il arrivé, d'après vous ?

— Son dossier médical est confidentiel, vous ne l'ignorez pas. À moins que Mary elle-même ne vous autorise à le consulter. Ou son tuteur.

— Qui est son tuteur ?

— Son frère aîné, David Burig.

— On aura besoin de ses coordonnées, si vous voulez bien, précisa Joe.

— Aucun problème. Mary a de la chance d'avoir David. Il n'existe pas beaucoup de lieux pour les personnes dans son cas. Des établissements comme Colt-Embry ne sont pas courants. La plupart du temps, les personnes suivent des séances de rééducation et, après, elles doivent se débrouiller toutes seules, on les renvoie chez elles en espérant qu'elles redeviendront comme avant. C'est de la folie pure. En plus, il faut des moyens pour être pris en charge dans une résidence comme la nôtre. S'ils n'ont pas d'assurance, ils ont intérêt à avoir une famille aisée. Vous imaginez ? Simplement pour mener une vie normale. C'est de la folie pure, répéta-t-elle. Et parce que beaucoup n'ont pas de séquelles physiques de leur accident, l'entourage attend d'eux qu'ils se comportent normalement. Et quand ce n'est pas le cas, les proches sont désemparés. C'est une situation très difficile à laquelle tout le monde doit s'adapter.

— Quelles sont les répercussions de la blessure de Mary, au jour le jour ?

— Son lobe temporal droit a été endommagé. Le lobe temporal correspond à la zone de la mémoire, de la stabilité émotionnelle, de la perception des signaux sociaux – autant d'éléments vitaux pour surmonter le quotidien. Quelqu'un qui a le côté droit abîmé, comme Mary, a de la difficulté à interpréter les expressions faciales, et aurait donc du mal à savoir si vous êtes en colère, triste, etc. Le ton de la voix pose aussi un problème, le leur est assez monocorde et, de même, ils peineront à identifier un sarcasme ou une pointe d'ironie. Ces personnes n'ont plus un sens de l'humour très développé. Les visages, la musique, les formes… c'est compliqué pour elles. Une grande partie de la mémoire à long terme de Mary est intacte. Sa mémoire à court terme est plus fluctuante. Ainsi, elle peut se rappeler avoir reçu une visite un matin, mais pas l'objet de cette visite.

— Et en ce qui concerne l'écriture ? interrogea Joe.

— Elle fait de l'épilepsie temporale, ce qui peut aller de pair avec l'hypergraphie. En gros, elle a besoin d'écrire. Elle ne peut s'en empêcher. La longueur de ce qu'elle écrit varie, la qualité aussi. Dostoïevski était hypergraphique. Edgar Poe aussi. Et Lewis Carroll... vous connaissez *Alice au pays des Merveilles* ? Apparemment, il a puisé son inspiration dans ce qui se passe au cours de la période diffuse d'une crise, alors que les objets semblent devenir plus gros ou plus petits. Vous pouvez aller dans la chambre de Mary et vous trouverez des écrits partout. Elle aime le beau papier, elle en a de toutes sortes. Mais elle écrit aussi sur du papier hygiénique, le dos des récépissés, des boîtes de céréales, et même une fois sur le mur.

Elle sourit avec indulgence.

— Vous lisez ce qu'elle écrit ?

— Non, ce n'est pas parce qu'elle a des lésions cérébrales qu'on peut entrer chez elle et faire comme chez soi. Elle a un appartement, c'est son espace, ce qu'elle y fait, c'est son affaire. Dans la limite du raisonnable. Manifestement, nous devons rester vigilants.

— Pourquoi pensez-vous qu'elle nous a écrit ?

— Je n'en sais rien. Vous pouvez lui poser la question directement. Je lui ai dit que vous veniez. Sachez que cette nouvelle l'a affolée. En plus, elle est un peu déboussolée en ce moment, parce que son AT est absente.

— Un AT ?

— Oui, excusez-moi. Je parle d'accompagnateur ou d'accompagnatrice thérapeutique. Dans son cas, il s'agit de Magda Oleszak, mais celle-ci est en congé. Quelqu'un d'autre la remplace, ce qui déstabilise toujours Mary.

— Entendu, dit Joe. On gardera ça en tête. Revenons-en à la raison pour laquelle Mary a pris contact avec nous.

— Elle a pu vous voir aux informations, dans le journal. Il est courant que quelqu'un comme Mary se sente responsable de tous les maux de la terre. Nous pouvons, vous et moi, regarder un reportage sur un meurtre ou une catastrophe naturelle et nous sentir affreusement malheureux pour les victimes et leurs proches, mais Mary éprouvera une culpabilité réelle et cherchera à intervenir. L'élément religieux dans son état provient aussi de là. Elle veut aller vers les autres, les aider. Les gens qui souffrent de lésions cérébrales sont très égocentriques. Mary n'est pas différente. Mais elle s'inquiète à sa manière du bien-être d'autrui. Elle est très gentille avec nos autres patients.

— Mary suit-elle un traitement ?

— Comme toujours, je suis tiraillée entre ce que je peux vous dire et ce que je ne peux pas. Mais je veux vous aider. Laissez-moi vérifier son dossier. (Elle le parcourut.) Quand elle est entrée ici, Mary prenait 300 mg de Dilantin – un antiépileptique – mais ça ne lui convenait pas. Les médecins lui ont donc prescrit 500 mg de Sodium Valproate trois fois par jour, mais elle s'est mise à perdre ses cheveux. Quand ils sont tombés par poignées, ça l'a beaucoup contrariée et elle a tout arrêté. Et elle allait bien. Jusqu'à il y a trois mois, où à nouveau elle a eu une première crise.

— Sa première lettre nous est parvenue il y a un mois.

— C'est cela. Et elle a eu d'autres crises depuis.

On frappa à la porte.

— Oui, répondit Julia. Ce doit être elle… Entrez, Mary.

Mary Burig se glissa par l'entrebâillement de la porte, qu'elle referma derrière elle. Elle portait un gilet rose clair trop grand, un débardeur en soie bleu, un jean et des tongs. Comme elle avait la tête penchée, ses cheveux – noirs et brillants, séparés par une raie au milieu – lui retombaient sur le visage.

— Bonjour, Mary. Entrez, asseyez-vous.

Mary leva lentement la tête et considéra d'abord Danny. La poitrine de celui-ci se serra.

— Salut, Mary. Je suis l'inspecteur Joe Lucchesi.

— Oh, bonjour, fit-elle en lui serrant la main.

— Et moi, l'inspecteur Danny Markey, ajouta Danny en se levant à demi.

— Prenez un siège, Mary, dit Julia.

— On a fait la connaissance de Stanley Frayte, expliqua Joe. Il postait une de vos lettres. On vous a apporté les autres. C'est vous qui les avez écrites ?

— Oui... dit-elle après quelques secondes de réflexion. Vous en avez combien, là ?

— Trois.

— Ah bon ? Mais j'en ai envoyé quinze.

— Quinze, répéta Danny. Vous avez drôlement trimé.

Elle lui adressa un sourire.

— Puis-je voir celles que vous avez ?

Mary prit la pochette en plastique avec la serviette en papier et, les yeux fixés dessus, la lut attentivement, tête penchée, ses cheveux tombant sur ses joues. Elle changea de position, repoussa les pieds sous sa chaise, croisa les chevilles. Plusieurs minutes s'écoulèrent en silence. Joe dévisagea Julia Embry, qui haussa imperceptiblement les épaules. Des voyants clignotèrent sur le téléphone de Julia, qui les ignora. Le visage de Mary était quasi masqué par ses cheveux. Puis elle les ramena derrière une oreille et, là, ils virent les larmes qui inondaient son visage. Quand elle regarda Julia et Joe, ses yeux pâles qui avaient semblé si clairs, si brillants, étaient emplis de peur et de confusion.

— Mary, est-ce que cette lettre a un sens pour vous ? interrogea Joe.

— Non, fit-elle entre deux sanglots. Je suis navrée.

# Chapitre 15

Quelqu'un avait apporté à Stanley Frayte un Coca-Cola et une barre de chocolat. La cannette était écrasée, tassée en une boule serrée, et le papier du chocolat formait un tortillon bien serré, planté dans le Coca. Il bondit sur ses pieds quand Danny et Joe rentrèrent dans la salle.

— Ça va, Stanley, on a parlé à Mary. Elle a confirmé ce que vous nous avez dit. On en a donc fini avec vous pour le moment. Vous pouvez rentrer chez vous.

— Merci.

— Eh, et si on vous raccompagnait ?

— Vous êtes sûr ?

— Pas de problème, dit Joe. On vous ramène à Tuckahoe ?

— Non, ma camionnette est au centre.

— D'accord, pas de souci.

Il arrivait souvent à Joe de proposer aux gens de les raccompagner chez eux après quelques heures passées à les cuisiner dans la petite salle d'interrogatoire. Ils acceptaient souvent, parce qu'ils pensaient que c'était une mise à l'épreuve. Ils craignaient qu'un refus ne donne l'impression qu'ils avaient quelque chose à cacher. Parfois, ils déclinaient cette offre parce que, innocents ou coupables, ils voulaient juste quitter au plus vite le poste de police. Stan pour sa part semblait envisager la question sous l'angle de la mise à l'épreuve. Quand ils parvinrent à la voiture de patrouille, Stan considéra la tache de milk-shake sur le toit.

— Ce n'est rien, déclara Joe en lançant les clés à Danny.

Ils effectuèrent le court trajet jusqu'à la 21e Rue. Joe se tourna sur son siège pour bavarder avec Stan.

— Alors ça fait combien de temps que vous êtes électricien ?

— Huit ans, répondit Stan.

— Vraiment ? Ça vous plaît ?

— Oui. Tout à fait.

— Vous faisiez quoi avant ?

— J'étais routier.

— Tiens, mon père était chauffeur routier. Vous alliez où ?

— Je livrais à Riker's Island[1].

— Sans blague. Pour quelle maison ?

— Les transports Barbizan.

— Est-ce que vous avez laissé tomber à cause des jeux de mots sur votre nom ? Entre Frayte et le fret ?

Il eut l'air amusé.

— Plus ou moins.

Ils s'arrêtèrent devant la clinique.

— Nous y voilà, annonça Joe. Tenez, prenez ma carte. Si vous pensez à autre chose ou simplement en cas de besoin, appelez-moi.

— Je n'y manquerai pas, affirma Stan. Merci de m'avoir raccompagné.

— Merci pour votre aide aujourd'hui.

Stan s'approcha de la camionnette. Dans le rétroviseur, Joe vit Julia Embry debout devant la porte, qui adressait de grands gestes à Stan.

---

1. La plus grande prison de New York, située sur une île de l'East River, entre le Queens et le Bronx. *(N.d.T.)*

— Ton père était chauffeur routier, s'esclaffa Danny en tournant à droite, à la sortie du centre. Combien de métiers tu as attribués à Giulio au fil des ans ?

— Eh, c'est seulement comme ça que j'arrive à le rendre humain.

— Putain, ce que t'es dur.

— Alors qu'est-ce qu'on fait pour Mary ? demanda Joe.

— Ah ! Ces yeux, souffla Danny.

— Ceux de Mary ?

— Oui. C'est comme ceux de ces chiens. Comment on les appelle ? Ces chiens esquimaux.

— Les samoyèdes.

— C'est ça.

— Bas les pattes, mon vieux.

— Je parlais seulement de ses yeux. Tu dois le reconnaître, ils sont étonnants. Enfin, c'est pas que le reste soit…

— Tu te trompes, Danny. Cette fille a l'air d'avoir besoin d'être mise dans du coton, et surtout pas qu'un mec comme toi l'approche.

David Burig était assis avec sa sœur sur un petit banc de bois dans la propriété de Colt-Embry. Les jambes ramenées sous elle, Mary avait les yeux rouges et fatigués.

— Ah, Mary, Mary, Mary, soupira David. Qu'est-ce que je vais faire de toi ?

— M'emmener au cinéma ? proposa-t-elle.

David sourit et la serra contre lui.

— Envoyer des lettres aux flics ! Tu as vraiment cru que tu pourrais les aider ?

Elle hocha la tête contre sa poitrine.

— Tu as un cœur d'or, murmura-t-il en lui caressant la tête. Allez, rappelle-toi le petit gamin au coin de la rue qui pleurait tout le temps, et je lui disais « Est-ce qu'avec une glace, ça ira mieux ? », et il répondait

« oui », et je lui disais : « Alors quand tu iras en acheter, tu peux m'en prendre une pour moi aussi ? » Ta petite frimousse... Tu riais, mais en même temps tu avais de la peine pour lui.

Elle se blottit affectueusement contre lui.

— Je me rappelle. Tu étais ignoble.

David l'écarta doucement et la regarda.

— Tu as envie de parler de tout ça ? Je ne sais pas si tu en as envie. Je ne sais pas si je te cause du chagrin.

— J'en ai envie, dit Mary. Parce que je m'en souviens. Ça veut dire que j'avais une belle vie. Et des gens qui m'aimaient. Et que je faisais des choses par moi-même. (Elle fixa le sol.) Je sais que je ne suis plus très intelligente.

— Seigneur ! C'est déchirant d'entendre ça.

— Mais c'est vrai, insista-t-elle.

— Regarde-toi. Tu es si jolie, et tu as l'air... (Sa voix resta en suspens.) Tu me faisais tellement rire, Mary...

— Et maintenant, c'est fini.

— Ne dis pas ça, tu me fais toujours rire. Tu me remontes le moral. Tu me rappelles que le monde est bon et pur...

Il s'arrêta, parce que parfois elle lui rappelait que le monde était également très cruel.

— Regarde ta chemise, dit-elle.

Il baissa les yeux.

— Quoi ?

— Elle tremble. Est-ce que ton cœur bat vite ?

Elle eut l'air préoccupé et avança la main.

— Non, dit-il en l'arrêtant. C'est le vent.

— Tu en as assez de venir me voir ?

— Non, non, non. Ne va surtout pas croire une chose pareille. C'est toi et moi, Mary. Ça a toujours été comme ça. Ce sera toujours comme ça, d'accord ?

Elle secoua vigoureusement la tête.

— Merci. (Elle se tut un instant.) Je m'excuse pour les lettres.

Joe et Danny s'arrêtaient à une station de lavage sur Columbus Avenue quand le téléphone de Joe retentit.

— Allô, Joe ? C'est Rencher. Cette fille, Mary Burig ? Elle a été admise au Downtown Hospital il y a onze mois, pour une blessure à la tête causée par une arme à feu… Un automatique, calibre 22.

Julia Embry avait été appelée à la réception de la maison de santé avant le retour de Joe et Danny. Elle se pencha par-dessus le bureau de la réceptionniste.

— Envoyez Magda à la cafétéria dès son arrivée. Merci.

Ils s'installèrent à une table tranquille dans un coin et commandèrent un café.

— Vous savez sûrement que les urgences signalent à la police chaque blessure par balle. Donc, quand on a entré le nom de Mary dans l'ordinateur, c'est ressorti.

Julia acquiesça en silence.

— Je ne savais pas que c'était important.

— Vous n'avez peut-être pas regardé les informations ou lu les journaux, mais le Visiteur tue ses victimes à l'aide d'une arme similaire…

— Oh, mon Dieu !

— Oui, il se pourrait que Mary ait été l'une de ses victimes.

— Mais toutes les victimes ne sont-elles pas des hommes ?

— On l'a cru jusqu'ici. Mais le fait que Mary nous ait envoyé ces lettres ne peut pas être une simple coïncidence. Elle semblait détenir des informations sur ces crimes, et nous apprenons à présent qu'elle a été blessée par une arme identique.

— Je suppose que vous avez besoin de vous entretenir de nouveau avec elle.

— Bien sûr, répondit Joe. Comment était-elle après notre départ ?

— Elle était très malheureuse de ne pouvoir se rendre utile. Et elle avait peur aussi. Elle a déjà regagné son appartement. Je peux vous y conduire.

— On ne veut surtout pas la bouleverser, expliqua Danny. On pense seulement qu'elle en sait peut-être davantage. Si on peut lui rafraîchir la mémoire d'une manière ou d'une autre...

— Entendu. D'abord, vous pouvez parler à Magda. Tenez, la voilà. Je l'ai appelée au moment où il y a eu ce problème avec Stanley tout à l'heure. Elle a insisté pour venir.

Magda avançait vers eux, un fourre-tout en toile bleue plaqué sur son estomac. Elle prit place en face d'eux et tira le sac sur ses genoux.

— Bonjour, dit Joe. Comment allez-vous ?

— Tenez, dit-elle en plongeant la main dans son sac dont elle ressortit une grosse enveloppe marron. Elles sont de Mary.

— Elle vous a demandé de nous les remettre ? s'enquit Joe en prenant le pli.

— Non, expliqua Magda. Je poste parfois son courrier. Mais elle écrit tellement de lettres que je ne peux pas tout envoyer. Comme celle qu'elle a écrite en l'honneur du nouveau pape. Ou celles rédigées à votre intention. Elle a vu la conférence de presse à la télé. Des tas de gens l'ont vue, mais ils n'envoient pas de lettres. J'ai appris qu'elle disait vous avoir envoyé quinze lettres. Ce n'est pas vrai. Elle a des problèmes de mémoire. Mais elle a écrit ces textes, que je vous remets maintenant. Elle écrit parfois juste avant d'avoir une crise. Stan peut vous le dire. Il est arrivé un jour après une crise et ses feuilles étaient par terre, tout autour d'elle.

Quand Joe eut coupé l'enveloppe, son contenu se répandit : des tickets, des Post-it, des pages de journaux, du papier toilette, des revues, des cartes-lettres, des fiches de Rolodex[1], des cartes de vœux, des cartons arrachés à des boîtes de céréales. Chaque surface qui lui tombait sous la main, Mary la couvrait de mots et la fourrait dans des enveloppes.

— Ça l'a beaucoup troublée, poursuivit Magda. Elle essaie de démêler ce qu'elle écrit et elle n'y parvient pas toujours. Je l'ai vue pleurer. J'ai compris que je pouvais la soulager en emportant tout ça et je l'ai fait. Pour elle. Mais Stan n'était pas au courant. Alors, il vous a posté ses lettres. Et maintenant... Vous n'y comprenez rien, vous non plus.

— Vous les avez relues ? demanda Joe.

— Je ne les ai jamais lues. Je n'aime pas trop lire en anglais.

— Ça dérange quelqu'un si je jette un œil sur ces lettres ? s'enquit Julia.

Joe les lui tendit.

— Hum, dit-elle. Je vois combien elles sont difficiles à comprendre. Mary a un mode de pensée dissocié... on s'en aperçoit à sa manière d'écrire. Ça devait lui paraître logique sur le moment, mais l'ordre est chamboulé.

— Il y a beaucoup de choses à déchiffrer là-dedans.

— N'oubliez pas que Mary a une excellente mémoire à long terme, souligna Julia. Elle a du mal à accepter justement que, depuis l'agression, elle n'arrive plus à se fabriquer de nouveaux souvenirs. Elle se rend compte qu'elle n'est plus en mesure de faire tout ce dont elle était capable. Je souhaiterais pouvoir vous être plus utile, mais en fin de compte, vous seul savez ce que vous cherchez. Le mieux que

1. Fichier rotatif à fiches amovibles utilisé (principalement dans les entreprises) comme fichier d'adresses.

je puisse vous proposer, c'est d'examiner de nouveau ces papiers et de voir si quelque chose pourrait se rapporter à votre enquête. Pour moi, le fait que Mary parle de ses cours de natation à Astoria Park n'a pas d'intérêt, mais si vous saviez que le tueur nageait cinquante longueurs par jour au même endroit, ça changerait tout.

— J'ai regardé quelques-uns des dessins, signala Magda en levant une main. Mais ils sont vraiment bizarres. (Elle indiqua la boîte de céréales.) Là-dessus.

Joe ouvrit la boîte et se trouva face à des bouches noires furibondes, certaines grandes, d'autres petites, toutes grandes ouvertes sur des dents déchiquetées. Il passa la boîte à Danny.

— Vous a-t-elle parlé de celui-là ?

Magda fit signe que non.

— C'était après une crise. Je l'ai trouvé sur son bureau. Je ne peux pas le lui montrer. C'est effrayant.

— Merci de nous avoir montré tout cela, dit Danny. On va y jeter un œil, ça ne veut peut-être rien dire, mais on ne va rien négliger.

— D'accord, approuva Magda. Mais puisque vous êtes là, on pourrait peut-être aller voir si Mary peut vous aider.

— Si ça ne vous ennuie pas, s'excusa Julia, je vais vous laisser. Nous sommes en train de monter une deuxième structure dans le nord de l'État et je suis terriblement sous pression.

— Pas de souci, lui assura Joe.

Mary étala les pages devant elle sur son lit. Une main sur son bras, Magda se tenait à ses côtés. Joe et Danny attendaient patiemment. La jeune femme n'avait pas bougé depuis un quart d'heure. Personne ne parlait.

Finalement Mary leva les yeux.

— Il s'agit de la bouche des gens, de la bouche qui fait mal. Je ne crois pas qu'il puisse s'en empêcher.

Elle indiqua le carton portant ses dessins et l'endroit où l'encre était tellement épaisse et noire qu'elle avait traversé le carton.

Joe trouva de la lumière allumée en rentrant chez lui. Anna était venue à sa rencontre dès qu'elle avait entendu la voiture. Elle était blême.

— Que se passe-t-il ? demanda-t-elle.

Joe fonça dans la cuisine et ouvrit le réfrigérateur.

— À quel sujet ? L'enquête ?

— Je viens de recevoir un appel de Paris. La police est venue à la maison.

Joe resta immobile.

— Hein ?

— Chez mes parents. Trois flics ont sonné à la porte. Ma mère a flippé. Elle a cru qu'on avait eu un accident ou Dieu sait quoi. Ils lui ont demandé : « Tout va bien ? » Puis ils ont fait le tour du jardin. Et ils ont demandé à entrer pour inspecter l'intérieur. Elle a soixante-quinze ans. Elle ne savait pas quoi faire. Je ne pense pas qu'elle leur ait même demandé leurs papiers...

Joe se retourna vers elle.

— J'ai bien dit à tes parents d'exiger une carte d'identité si des gens venaient sonner à leur porte.

— C'est tout ? s'emporta-t-elle. Tu leur as dit ça. Parfait. Et tu n'aurais pas pu leur dire que la police risquait de leur rendre une petite visite ? Qu'est-ce qu'ils voulaient ?

Il s'approcha de sa femme.

— Après tout ce qui s'est passé l'an dernier, je leur ai demandé de faire une ronde de temps à autre chez tes parents. C'est tout.

— Mais qu'est-ce que mes parents ont à voir dans ces histoires ?

— Ils font partie de notre famille. Duke Rawlins s'en est pris à ma famille. Tu n'avais rien à voir avec ce qui s'était passé entre lui, Riggs et moi, mais il s'en moquait.

— Je ne comprends pas. Tu croyais vraiment que mes parents ne m'en parleraient pas ?

— Je ne croyais pas que les flics allaient frapper à leur porte. Je croyais qu'ils iraient jeter un œil dans le coin sans éveiller les soupçons.

— Giulio et Pam reçoivent aussi ce genre de visites ?

— Laisse-moi m'occuper de ça, tu veux ? Je vis dans le même pays. Mais oui, j'ai passé un appel à la police de Rye pour leur faire connaître notre situation.

Anna eut l'air accablé.

— On n'en sera donc jamais débarrassés.

— On en est débarrassés, affirma-t-il en la prenant dans ses bras. C'est fini. Je ne le laisserai pas nous empoisonner la vie. Il ne reviendra pas nous chercher de sitôt. Le risque est trop grand. Pour lui, on n'aurait pas pu choisir pire endroit que New York.

— Je ne crois pas que rien puisse arrêter cet homme.

— Ma chérie, murmura-t-il en la serrant plus fort, écoute-moi. Il ne reviendra pas.

# Chapitre 16

Le docteur Pashwar conduisit Joe dans son bureau. Il lui offrit un siège puis, debout près du mur, balança son club pour envoyer une balle de golf fluorescente dans un engin vert qui le recracha immédiatement.

— De l'art de la précision, dit-il.

Il s'agenouilla sur un tabouret ergonomique derrière son bureau.

— Que puis-je pour vous ?

— J'ai une question à vous poser, dit Joe. Qu'est-ce qui vous empêcherait de vous faire arranger les dents si elles étaient cassées ou abîmées ?

Le stomatologue haussa les épaules.

— Ça dépend.

Joe lui tendit une enveloppe marron.

— Pourriez-vous regarder ces quelques clichés pris par nos techniciens de labo ? Je pense que l'assassin a passé du temps à travailler sur les dents ou la bouche des victimes avant de les tuer. Attention, c'est gore.

— Rien ne me choque, affirma le dentiste en les lui prenant. (Il survola les clichés, les yeux exorbités.) En tout cas, c'est ce que je croyais. Bon sang ! Ça, c'est du hard. Ça m'a plu quand vous avez dit qu'il avait « travaillé » sur leurs dents et leur bouche. Moi, je travaille sur la denture. Mais ce type… Oh là là ! Mon petit déjeuner va avoir du mal à passer.

Il se servit de l'eau dans un gobelet en plastique.

— Je sais, dit Joe. Alors, votre avis ?

— Je n'en sais rien, mais votre bonhomme doit avoir une raison pour leur fracasser les dents de cette façon. Ce n'est pas un rigolo. Vous croyez que c'est une forme de torture, pour faire parler les gens ? Ou, au contraire, que les victimes ont peut-être révélé des choses qu'elles n'auraient pas dû savoir ?

Joe eut un geste d'impuissance.

— Ça peut être n'importe quoi.

Pashwar scruta de nouveau les photographies.

— Indiscutablement, il cherchait à produire un fort impact psychologique. On a un rapport primaire aux dents. C'est la raison pour laquelle on panique quand on rêve qu'elles tombent. Ça vous est déjà arrivé, non ? Imaginer sa vie sans dents, c'est apocalyptique… Vous savez pourquoi s'attaquer aux dents ou à la bouche des gens est si atroce ? Eh bien, si vous ne guérissez pas complètement, vous souffrirez toute votre vie – chaque fois que vous allez mâcher, embrasser, fumer, sortir dans le froid, tout. Ça n'arrête pas. Vous vous repasserez le film sans cesse dans votre tête. Encore que, pour vos victimes, le film soit fini.

— Dites-moi, les dentistes n'ont-ils pas le boulot le plus stressant et le plus fort taux de suicides ?

Pashwar reposa les documents.

— Je vous vois venir. Certainement. Et si vous saviez le nombre de tueurs en série qui sont sortis de l'école dentaire au fil des ans !

— D'accord, mais vous croyez que celui qui fait ça pourrait être un dentiste ?

— Je n'en sais rien. Mais je dirais que si un type dans cet état ne se fait pas soigner les dents (il indiqua la photo de Preston Blake), c'est qu'il refuse de confier de nouveau sa bouche à quelqu'un. Regardez-moi ces yeux. Ce sont ceux d'un homme démoli. (Il se tourna vers Joe.) Et j'en connais d'autres.

— Vous êtes trop dur avec moi, docteur. Bref, je vous suis très reconnaissant pour tout. Merci pour votre aide.

— Cela dit, ajouta le praticien en soulevant les photos, j'ai une bonne nouvelle pour vous. J'ai eu un coup de fil d'un médecin de mes amis qui attend justement le passage d'un des meilleurs spécialistes en arthroscopie à la clinique des Douleurs faciales la semaine prochaine, et il m'a offert une plage horaire pour le patient de mon choix. Et j'aimerais que ce soit vous.

Joe le fixa d'un air absent.

— Et vous attendez des remerciements, peut-être ?

— Vous me vexez. Qu'est-ce que vous voulez que je fasse ? Votre visage paraît si… rigide. C'est fou. Vous ne pouvez pas regarder ce genre de choses… (Il désigna les photos.) Vous ne pouvez pas mener cette vie sans que ça vous bouffe. Vous bernez votre monde, mais pas moi. Vous voulez vraiment passer le reste de votre vie à souffrir comme une bête ?

— Non. Mais je ne peux pas passer sur le billard.

— Et moi je vous soutiens le contraire.

— C'est quand ?

— Vendredi… dans dix jours.

Joe soupira.

— D'accord, inscrivez-moi. Mais j'aimerais qu'il soit spécifié sur le dossier…

— Je ne tiens pas de dossiers pour les bébés. Ni pour les poules mouillées.

Quand Joe rentra au poste, tout le monde était rassemblé autour du bureau de Danny, et il régnait une atmosphère qu'il ne parvint pas à définir, jusqu'à ce que Martinez ouvre la bouche.

— T'as bien raison de prendre ton temps, le matin !

— Je suis allé consulter un stomato pour lui soumettre cette histoire de dents, expliqua Joe. À 7 heures. Quand t'étais encore au fond de ton lit.

Martinez détourna les yeux.

— Bon, reprit Rencher. Mary Burig, vingt-neuf ans, célibataire, originaire de Boulder, dans le Colorado, diplôme de psychologie, arrivée à New York il y a juste un an, a pris un appartement dans le quartier de l'East Village, où elle a été agressée.

— Elle bossait ? interrogea Joe.

— Elle avait un boulot à temps partiel dans une cafétéria.

— Elle avait un petit ami ? s'enquit Bobby.

— Non. Pas depuis son arrivée à New York, répondit Joe.

— Et vous dites qu'elle n'a aucun souvenir de ce qui s'est passé.

— Non. Et on n'y peut rien pour le moment. Elle se souvient d'une histoire de dents. J'ai donc entré ce mot sur le télétype et mis à jour notre fiche dans la base de données VICAP. Mais quoi qu'il arrive, maintenant nous savons qu'elle existe, ce qui change tout. Une victime femme, environ la trentaine, agressée après William Aneto et Gary Ortis, mais avant Preston Blake et Ethan Lowry. Donc Mary est la troisième victime visée dont nous ayons connaissance. Et elle aussi s'en est tirée. De même que Preston Blake. Comment deux victimes ont-elles pu s'en tirer ? Qu'est-ce que l'assassin a fait de différent ? Qu'est-ce que les victimes ont fait de différent ? C'était physique, la victime a une poussée d'adrénaline et maîtrise l'assassin ? Ou psychologique, la victime dit ou fait quelque chose qui arrête l'assassin ? Ou peut-être a-t-il été interrompu. Quelqu'un qui sonne à la porte, une alarme qui se déclenche, la police qui débarque. Il faut qu'on trouve à quoi Mary Burig et Preston Blake doivent leur salut.

— Tu parles d'une veine, dit Danny. Je donnerais mon bras gauche pour vivre dans ce centre de réadaptation ou en reclus dans une…

— Une baraque somptueuse, compléta Martinez.

— Peut-être que l'assassin a voulu qu'ils s'en tirent, supposa Danny.

— Mais Blake a vu son visage. Il avait sûrement prévu de l'assassiner.

— J'imagine. Et Mary a reçu une balle dans la tête... Putain, j'ai besoin de dormir.

— William Aneto, Gary Ortis, Mary Burig, Preston Blake, Ethan Lowry, énuméra Joe. Quel rapport ? Y a-t-il seulement un rapport ?

— On en revient à la façon dont ils se sont échappés, dit Rencher. Il n'y a rien qui permette d'affirmer que Mary Burig s'en soit tirée en maîtrisant le type. Il a dû être arrêté dans son élan par une intervention extérieure, ou à cause d'un élément psychologique.

— Peut-être que le fait que ce soit une femme a fait la différence, émit Rencher.

Joe cassa son stylo en deux. Tous les regards se braquèrent vers lui. Il haussa les épaules. Danny se gratta rêveusement la mâchoire.

— Bon, dit Joe. Martinez et Rencher, chargez-vous d'interroger les habitants de l'ancien immeuble de Mary Burig au cas où, en effet, il aurait été interrompu. De même pour la rue de Preston Blake, vérifiez si quelqu'un a vu ou entendu quelque chose.

— Blake va se plaindre à Rufo, objecta Danny.

— Je l'emmerde, dit Joe. De toute façon, on va devoir retourner lui parler. Il va être obligé de faire avec.

— Est-ce que Mary a passé un coup de fil, le soir où elle a été agressée ?

— Cullen s'en occupe.

— Ça pourrait être la clé.

— Et si les gens que les victimes appellent avaient un rapport entre eux ? avança Bobby.

— Qui sait ? admit Joe. Allons, repassons en revue ce qu'on sait des appels téléphoniques. Aneto appelle sa mère pour dire qu'il est coupable de la mort de son frère. Gary Ortis appelle son ancien associé juste pour tailler une bavette. Mary Burig, on n'en sait rien. Preston Blake... pas d'appel. Et Ethan Lowry... appelle son ex-copine pour lui déclarer qu'il est toujours amoureux d'elle.

— Ça nous fait deux aveux, souligna Danny. C'est peut-être ça, la clé.

— Ça pourrait être un fou de Dieu, un illuminé, supposa Joe. Il les écoute se confesser. Enfin quoi, il a dû assister aux conversations, sinon les victimes auraient pu glisser une allusion tout en parlant, mais aucune ne l'a fait.

— Peut-être que notre tueur est de la partie. Je veux dire un prêtre... un prêtre défroqué ou un type qui se ferait passer pour un religieux, suggéra Rencher.

— Bien vu, dit Bobby. Et je ne crois pas qu'Ortis ait appelé son associé uniquement pour causer. Il devait avoir autre chose à lui dire.

— Parfait, conclut Joe. Creusez encore un peu de ce côté-là, retournez le voir.

— Pas de problème.

Joe prit une liasse de feuilles et les étala devant lui.

— Points communs et différences. Regardez-moi ça. (Il disposa des gros plans des visages de chacune des victimes par ordre chronologique : Gary Ortis, William Aneto, Mary Burig, Ethan Lowry.) Le visage de Gary Ortis est le plus abîmé. L'orbite droite était complètement enfoncée. Son père l'a identifié grâce à une cicatrice en bas du dos qui datait d'une opération dans son enfance. Le tueur lui a frappé la tête contre le coin du comptoir de la cuisine. Pour ce qui concerne William Aneto, la plupart des blessures faciales étaient localisées autour de la bouche, mais il avait le nez cassé. Les blessures d'Ethan Lowry se situaient autour de la bouche, mais le nez était intact.

Il scruta un instant les clichés rassemblés sur son bureau.

— Je ne crois pas que l'assassin veuille apposer sa signature comme un mode opératoire identifiable pour chaque crime, rectifia Joe. Je pense qu'il décide au fur et à mesure, et il essaie de faire au mieux. Sa technique a évolué avec le temps. Donc, il a commencé par cogner la tête des gars sur le coin du comptoir. Mais c'est dur à faire, non ?

Les policiers approuvèrent.

— D'après les empreintes de mains et les taches de sang sur le lieu du crime, Aneto a résisté autant que possible. L'assassin a réitéré l'opération avec Ortis. Mais ensuite Mary Burig, une femme, lui échappe. Et Preston Blake aussi. Le tueur remet ça avec Ethan Lowry et nous voyons qu'il a finalement mis au point un scénario. Il a un marteau. Cette fois, il fait les choses exactement à son idée. C'est presque plus propre. Plus concentré. Ethan Lowry est sans doute un bon exemple de ce qu'il avait en tête. Mais quel est son fantasme ? Que cherche-t-il vraiment ?

— Leur fracasser la figure est un point important, rappela Danny. Parce que ça ne les tue pas. Alors ça doit représenter un enjeu pour lui. Quant à l'asphyxie…

— Je ne crois pas qu'il réalisait, au début, qu'il leur comprimait les poumons, rectifia Joe. À partir d'un certain moment, il plane, il est ailleurs…

— Sans doute, dit Rencher.

— Il faut qu'on discute avec David, le frère de Mary Burig. J'espère qu'il nous en apprendra un peu plus sur sa sœur, et qu'on saisira comment il a pu lui arriver une chose pareille.

Il était 20 heures et David Burig se trouvait dans la cuisine de son appartement de Chambers Street. Un chili mijotait dans une cocotte, à côté de laquelle était ouvert un bocal de haricots, ainsi qu'un pot de crème aigre. Il considéra le désordre qu'il avait mis dans la pièce en préparant le repas et hésitait à faire le ménage avant de dîner quand le téléphone sonna.

— Monsieur Burig ? L'inspecteur Lucchesi est ici, qui veut vous voir. Je le fais monter ?

David inspira profondément.

— Bon, d'accord.

Il raccrocha.

— Merde !

Il alla dans la cuisine et retira le chili de la plaque, qu'il remplaça par la bouilloire. Il sortit un paquet de café du placard.

La sonnette retentit. Il s'approcha de la porte d'entrée. Il n'apercevait que le sommet d'un crâne recouvert d'un bonnet noir. David ouvrit la porte. Ce n'était pas un bonnet, mais un masque. Et l'inconnu le rabattait sur son visage. Il fit un pas de plus et se jeta de tout son poids contre la poitrine de David, qui, hébété, recula en trébuchant. La porte se referma. Un pistolet était braqué à deux centimètres de son visage.

— J'ai changé d'avis, annonça le Visiteur.

Danny conduisit la Gran Fury dans Chambers Street. Les voitures s'alignaient des deux côtés de la rue.

— Trouve-moi une place.

— Là, dit Joe en montrant du doigt.

— Trop petit.

— Tu vas y arriver, dit Joe. Allez ! Je meurs de faim. Faut que je mange.

— Avant qu'on aille chez Burig ?

Joe haussa les épaules.

— Je peux attendre.

Dans sa cuisine, complètement nu, David essayait de contrôler les tremblements de son corps. Le Visiteur regardait. David pensait qu'il voyait des tendons saillants dans le cou, mais les sillons étaient réguliérement espacés et il comprit que le masque de l'homme, qui épousait parfaitement son cou, avait été confectionné sur mesure.

— Qu'est-ce que vous allez me faire ? articula David.

Mais il connaissait la réponse. Le pire pour une victime n'était pas tant de savoir que quelqu'un s'apprêtait à lui donner la mort. Non, se dit-il, le pire, c'est de savoir en détail à l'avance comment cela allait se passer. La peur grandissante de David était que la peur même ait raison de lui avant même qu'on ne lui porte le premier coup. Plus le Visiteur le regardait, plus son corps se convulsait.

— Que voulez-vous ? répéta David.

— Te montrer pourquoi ce que tu as fait était mal. Tu vas avoir le plaisir de subir exactement ce que les autres ont subi.

— Non… Je vous en supplie… non. Ne faites pas ça, je vous en prie.

— Prends tes responsabilités.

— Je ne suis pas responsable…

— Avoue-moi ton plus gros mensonge, ordonna le Visiteur.

— Hein ?

— Avoue. Tout le monde ment.

— De quoi parlez-vous ? Je ne vous ai jamais menti. Je vous ai aidé…

— Tu ne m'as pas aidé, trancha le Visiteur. J'ai l'air de quelqu'un qu'on aide ?

— Je ne sais pas.

Le Visiteur le fusilla du regard, puis il secoua la tête.

— Tu m'as menti, David Burig. Oui. Réfléchis bien. Tu n'as jamais commis d'infraction en connaissance de cause ? Tu n'as jamais transgressé la loi ? Trahi la confiance d'autrui ?

Une sueur froide coula sur les flancs de David tandis qu'il cherchait une réponse. Il opta pour le silence.

— Je veux que tu me révèles toute la merde, la pourriture qu'a sécrétée ton esprit malade.

— Il n'y a rien.

— Il s'y trouve beaucoup de morts.

Les battements du cœur de David étaient sourds et irréguliers.

De nouveau, le Visiteur le dévisagea fixement. Cette fois, quelque chose d'indéfinissable s'anima dans ses yeux, une flamme sombre sur fond blanc. Et il sourit.

— Viens avec moi. Ouvre ton placard. (Il fit un geste en direction de la chambre et pressa son visage contre celui de David.) Qu'est-ce que tu caches sous ton lit ? Quels sont les joujoux que tu sors dans le noir quand il n'y a personne pour te voir ?

— Putain, gémit David. C'est ça, ce que vous faites aux gens ? Vous les humiliez ? Je ne sais pas où ça vous mène, mais…

— Je m'en moque.

— Aidez-moi à comprendre.

— Pourquoi ?

— Je pourrais vous aider.

— Crois-moi, tu m'aides. Tu m'as aidé à pénétrer chez toi. Tu m'as aidé à pénétrer dans ton âme. (Il leva la tête et fixa le plafond.) Tu m'as aidé à affirmer mes convictions. Tu m'as aidé, David. Tu peux emporter ça avec toi. (Il passa une main sur son masque.) Et tu vas continuer à m'aider.

Joe et Danny franchirent la porte ouverte de l'immeuble. Il n'y avait pas de concierge dans l'entrée.

— Il y a quelqu'un ? cria Joe.

— Ces gens paient des sommes folles pour se sentir en sécurité chez eux et ce type part en goguette, remarqua Danny. Allons-y.

David était allongé sur le dos, par terre, la tête à quelques centimètres de la porte d'entrée. Plaquant ses genoux de part et d'autre de sa poitrine, le Visiteur le tenait cloué au sol.

— Si tu gardes le silence, tu peux me faire confiance, je finirai par m'arrêter. Et tu auras la vie sauve.

Au bruit de la sirène d'une voiture de pompier, David tourna la tête vers la fenêtre. La vitre brillait dans la pluie silencieuse et le reflet des lampadaires. Huit étages plus bas, les passants se hâtaient sur le pavé mouillé. Des voitures roulaient. Et personne ne savait ce qui se passait à l'intérieur de son appartement.

Arrivés au huitième étage, Joe et sonnèrent à la porte. Aucune réponse. Danny sonna de nouveau. Toujours pas de réponse.

— Tu as son numéro de téléphone ?

— Oui, répondit Joe en faisant défiler les numéros sur l'écran. (Il composa et attendit.) Rien.

— Allons bouffer. On reviendra dans un moment. Il est peut-être à la gym, va savoir.

Le tintement de la sonnette semblait être un lointain souvenir quand David Burig sentit le métal du canon s'enfoncer dans son orbite. Il s'écrasa contre le sol, relevant le menton autant que possible. Puis l'arme disparut. Un marteau s'abattit sur lui. Une poussée d'énergie le traversa, son corps voulut encore tenter de résister à l'attaque, fût-ce par des gestes infimes, dérisoires. Il ferma les yeux. Il souleva imperceptiblement la tête, la rejetant de gauche à droite, se démenant de façon folle et désespérée. Les veines saillaient sur ses tempes. Ses mâchoires étaient contractées, les muscles de son visage et de son cou tendus. Ses jambes battaient l'air, seuls membres restés libres sans l'être vraiment. Ses pieds nus cherchaient une prise sur le sol, mais la transpiration les en empêchait, ils collaient sur le sol verni, ses talons le brûlaient. Jambes écartées, nues, impuissantes, ruant et se débattant pour sauver sa vie. Il attendit, tournant toujours la tête d'un côté et de l'autre, étourdi, abruti. Un bref instant, fatigué, il s'arrêta. Il souffla soudain, cracha de la salive. Les secondes s'écoulèrent dans l'attente tranquille, sinistre de la douleur.

D'abord rien. Puis il la sentit. Lentement d'abord. Les cuisses musclées de part et d'autre de sa cage thoracique. Qui serraient. Le martèlement sous son crâne était sourd et régulier. Il avait les yeux clos, le souffle défaillant, il était troublé par la sensation d'étranglement. Il soulagea la pression sur son cou, reposa la tête sur le sol, toute son attention concentrée sur ses poumons. Il les imaginait remplis d'air, dilatés au maximum, en chargeant son corps d'oxygène, le transportant vers ses cellules, le maintenant en vie. Il toussa et suffoqua sous la pression.

Lui broyant la poitrine, les muscles des cuisses du Visiteur tressaillirent, puis tremblèrent violemment, ses spasmes et sa chaleur se transmettant au corps qu'il écrasait. Il se souleva un instant sur les genoux et l'air empesta l'ammoniaque et les épices, une sorte de bain de vapeur rance.

David sentait l'humidité sur sa poitrine. Un mince filet de sueur lui coulait dessus. La tête lui tournait, lui picotait. Il avait le crâne froid et moite. Au moment où il allait souffler, la pression s'atténua. Il ouvrit la bouche, puis les yeux. Erreur. C'étaient précisément les réflexes que le Visiteur attendait pour abattre le marteau sur ses dents.

Les coups pleuvaient, encore et encore, qui écrasaient, broyaient, déchiquetaient, disloquaient et fracassaient les os, les chairs et les dents. Les bruits que produisait le marteau, dans l'air, sur son visage, contre la chair tuméfiée, déchiraient le silence comme une autre blessure. Il était sûr du résultat. David avait créé un vide capable de contenir tous les cris qui voulaient jaillir de sa gorge et soulager la douleur. Puis tout s'arrêta. Les larmes baignaient son visage, les sanglots s'étranglaient dans sa gorge, son estomac se soulevait, il était parcouru de spasmes. Quand il souleva lentement les paupières, des gouttelettes de sang s'accrochèrent à ses cils.

Le Visiteur plongea la main dans son sac et en sortit deux porte-empreintes dentaires. Il les posa sur le sol à côté de lui. Il garnit la partie supérieure d'un épais liquide bleu.

— Ouvre bien grand, ordonna-t-il. (La bouche de David tremblait.) Arrête.

David hocha la tête, ferma les yeux et obéit. Le visiteur glissa le plateau et pressa fermement contre le palais ensanglanté, recouvrant toute la surface et remplissant chaque espace d'une couche de silicone glacé. Un frisson traversa les os brisés de David et déclencha une douleur fulgurante.

— Quatre minutes pour que ça prenne, l'informa le Visiteur.

Les yeux de David s'ouvrirent brusquement. Il déglutissait de façon incontrôlable. Le Visiteur se pencha sur lui, le fixa dans les yeux en essayant de l'obliger à se calmer. Il resta ainsi, puis empoigna le porte-empreintes et le détacha, s'arrêtant pour l'examiner avant de le poser près de lui. Il essuya la bouche de David avec un torchon en papier.

— Je vous en supplie, bafouilla David en postillonnant un mélange de sang et de salive. Je dois m'occuper de ma sœur. Vous ne pouvez pas…

Le Visiteur parut considérer sa supplique.

— Entendu. Maintenant, les dents du bas. Même chose.

David ferma les yeux et renversa la tête en arrière. Il voulait entendre une autre sirène plus forte que la première, une qui amènerait des policiers cognant à sa porte. Il était entravé, étroitement ligoté, les mains et les poignets engourdis. Et les coups se remirent à pleuvoir, durs, rapides et brutaux.

David ouvrit lentement les yeux et, à travers le sang qui lui brouillait la vue, il perçut le Visiteur et – venue du tréfonds de son être et brusquement libérée – l'intensité de sa rage. Comme les cuisses du Visiteur se resserraient, inflexibles, son torse oscilla d'un côté à l'autre, et le marteau… Implacable, sans merci. Le Visiteur arracha son masque de sa main libre, le tira par-dessus sa tête et le jeta par terre. Son visage, rempli de rage, les yeux clos et enchâssés dans les orbites, la mâchoire mobile, la bouche ouverte, les lèvres formant chaque mot qu'il voulait rugir. Aucun son ne s'en échappa. Le message était silence.

Désormais, David ne pouvait plus que s'en aller. Sa vaste entrée devint le lieu le plus petit qu'il eût jamais connu, mais un lieu aussi haut, aussi grand et aussi profond que sa plus grande terreur.

# Chapitre 17

— Nom de Dieu ! s'exclama Rufo.

Les mains nouées derrière la nuque, il regardait par la fenêtre de David Burig, tournant le dos au corps massacré près de la porte.

— Ce salaud était là pendant qu'on était sur le palier ! répéta Joe, hébété. Je n'arrive pas à le croire.

— Comment auriez-vous pu le savoir ? Comment ?

— Mais...

— Mais rien, coupa John Rufo. Il faut qu'on coince ce malade, c'est tout. On doit tout faire pour que Burig soit le dernier.

— C'est exactement comme pour Ethan Lowry... sans le téléphone, remarqua Joe.

— Mary Burig n'avait pas téléphoné non plus, rappela Danny, Cullen vient de le dire.

— On dirait qu'un appel a été passé à partir d'ici, signala Martinez en s'approchant. Burig a appelé le rez-de-chaussée pour demander au portier d'aller chez le traiteur lui chercher quelque chose. Il s'entendait bien avec Burig.

— Ce sera le dernier service qu'il rendra à un de ses locataires, assura Joe. S'il s'était trouvé ici lorsque le tueur...

— Oui, vous pourriez être morts tous les deux, vous aussi, ajouta le sergent Rufo. Ça suffit.

— Qu'est-ce que vous dites de ça ? Ça y est, Henry s'envoie en l'air ces jours-ci, annonça Martinez en désignant un petit technicien de labo occupé à relever les empreintes de la poignée de la porte de la cuisine.

— Je ne sais pas qui est Henry et sa vie amoureuse ne m'intéresse pas, répliqua Joe, la voix tendue.

— Mais si, c'est l'effet *Les Experts* ! Depuis la série télé, les nanas l'adorent, elles trouvent son boulot super glamour.

— Tant mieux, lâcha Joe. Pendant ce temps, il est là comme une cruche à demander : « Pourquoi vous voulez que je vous relève les empreintes sur ce truc ? Pourquoi vous voulez une photo ? » Parce que le tueur l'a peut-être touché, espèce de tête de nœud.

— En attendant, j'aimerais bien avoir un des techniciens d'une série télé pour mes enquêtes, déclara Bobby.

— C'est ça, et ils iraient interroger tous les témoins à ta place, dit Danny.

— Et ils examineraient toutes les preuves dans un beau labo tout neuf, renchérit Martinez.

— Et ils résoudraient l'affaire en moins de deux.

— Cela dit, moi, je voudrais bien quelqu'un avec une vraie cervelle, pour réfléchir à cette affaire, s'exclama Joe.

— Un canon, susurra Danny.

— Allez, fit Joe. Il est 3 heures du matin. On remballe.

Le téléphone sonna.

— Inspecteur Lucchesi ?

— C'est moi.

— Ici, l'inspecteur Scott Dolan, de la police de Philadelphie. Je sais qu'il est tard... Je voulais seulement vous laisser un message. On a reçu votre demande d'information concernant des dentistes qui auraient pu avoir des ennuis, etc. Voilà, il ne s'agit pas de dentistes en tant que tels, mais est-ce que le nom de Trahorne Affinage vous dit quelque chose ?

— Pas du tout.

— C'est une société qui fait beaucoup d'interventions avec des laboratoires dentaires... mais pas directement avec les dentistes. Je n'en sais pas plus moi-même. C'est juste qu'on a eu la visite d'un certain Curtis Walston il y a quelques semaines, un jeune du coin qui a été viré par Trahorne, quinze jours après son embauche. Il en avait gros sur la patate. Bref, il n'avait pas de preuve, parce qu'il disait que tout avait été brûlé, mais il prétend qu'il a trouvé plusieurs vêtements tachés de sang qui avaient été envoyés à la société pour incinération.

— Je ne vous suis pas.

— C'est un peu compliqué. Le travail de Trahorne consiste à décaper les traces de métaux précieux sur les blouses et autres accessoires que les prothésistes dentaires enfilent quand ils fabriquent les parties métalliques des couronnes ou des appareils dentaires. Bref, on a donné suite en prenant contact avec le patron, Bob Trahorne, lequel nous a ri au nez. On n'avait aucune preuve tangible et en gros, il nous a répondu : « Vous faites passer la parole d'une petite racaille avant la mienne ? » On ne pouvait rien faire de plus. Mais quand j'ai vu votre rapport, j'ai pensé que ça pouvait avoir un intérêt. Certes, Curtis Walston a une dent contre son ancien employeur, c'est le cas de le dire, mais il est venu nous trouver, alors je ne sais pas quoi en penser. Enfin, vous voudrez peut-être venir ici pour lui parler vous-même.

L'autopsie de David Burig dura six heures, et fut en tout point conforme à celle d'Ethan Lowry, jusqu'à l'arrivée de l'odontologue. Walter Dreux était spécialiste du service de l'identification dentaire, rattaché à l'Institut médico-légal. On faisait appel à lui pour toute affaire concernant des victimes non identifiées, des blessures à la tête, des marques de morsures, et en cas de décomposition ou d'incendie.

— Salut, Walter, ô toi le dentiste des décédés, l'apostropha Danny.

— À partir de ce jour, c'est le titre qui va figurer sur ma carte de visite, rétorqua Walter.

— Comment va ? s'enquit Joe.

— Ça va, et vous, les mecs ? Ne vous approchez plus de moi pour l'instant, vu ?

— Il faudra bien que tu arrives à récupérer, répliqua Danny.

En effet, Walter avait été mis en difficulté lors d'une affaire importante. C'était un inspecteur de la Criminelle qui avait pris des notes pendant qu'il travaillait, et le procureur avait refusé que Walter modifie sa version a posteriori. Il avait eu du fil à retordre au tribunal, ce jour-là.

— Dans une demi-heure je suis à vous, dit-il. Vous allez nous laisser faire notre boulot, ma charmante assistante et moi. Je ferai une pause, puis je vous livrerai le tout.

Il se mit au travail et, quarante minutes plus tard, il ressortit pour retrouver Danny, Joe et le docteur Huland.

— J'ai un cadeau pour vous. Entre la deuxième prémolaire supérieure droite et la première molaire.

— Une feuille d'épinard, avança Danny.

— Plus éloquent. Du matériau d'empreinte dentaire à base de silicone.

— Hein ? s'exclama Joe.

— Quelqu'un a relevé une empreinte des dents de cette victime avant sa mort.

— Quoi ? Seulement de celle-là ? demanda Danny.

— Non, des autres aussi, toutes. Je ne vous l'ai pas dit jusque-là pour ne pas vous inquiéter. J'attendais que vous soyez à court d'éléments, ou que vous ayez davantage de cadavres sur les bras. Pour ménager mes effets.

— C'est bon, t'énerve pas, dit Danny.

— Je continue, reprit Walter. La victime a-t-elle été chez son dentiste ce jour-là ? Ça expliquerait tout.

— Non à l'hypothèse du dentiste... on a vérifié pour chacune des autres victimes.

— Je peux identifier la marque du matériel, mais ça ne vous mènera pas loin, c'est d'un usage très répandu. Et personne ne sera assez stupide pour utiliser le produit le plus récent sur le marché, réduisant ainsi votre champ d'investigation. Je vous signale seulement que ce type prend l'empreinte des dents de ses victimes.

— Pourquoi diable prendre des empreintes dentaires ?

— Pourquoi diable bousiller la figure d'un pauvre type à coups de marteau ?

— Parce qu'il le peut, avança Danny.

— L'assassin pourrait être dentiste ? demanda Joe.

— Flic, plutôt.

— Ah ! s'exclama Danny.

— C'est facile de relever des empreintes dentaires, expliqua Walter, on n'a pas besoin d'être dentiste. Mais je dois dire que ce serait logique.

— Et on sait que vous autres, dentistes, vous êtes toujours hyper stressés, argumenta Joe.

— C'est ça. On est sur les dents.

— Qu'est-ce qu'on fait des empreintes quand elles sont relevées ? demanda Joe. Par exemple dans le cabinet du dentiste. Où est-ce qu'on les envoie ?

— À un laboratoire de prothèse dentaire.

Joe et Danny échangèrent un regard.

— Putain de merde ! articula Danny.

— Ce sont les prothésistes qui fabriquent les couronnes, les couronnes à incrustation vestibulaire, les bridges, dit Walter. Certains dentistes se fournissent toujours auprès des mêmes. D'autres varient les plaisirs.

— Ces gens sont-ils regroupés à l'intérieur d'un organisme professionnel ? demanda Joe.

— Il y a une formation d'apprenti, un CAP professionnel, des filières en fac, aussi. Mais le secteur n'est pas réglementé. Vous pourriez vous établir comme prothésiste du jour au lendemain.

Curtis Walston était un rappeur noir piégé dans un corps famélique de petit Blanc. Avachi en travers d'une banquette marron râpée, il étendait le bras sur le dos de la banquette. Tout dans son univers était démesuré, la casquette de base-ball et la chemise, le jean, la montre, les baskets immaculées, l'écran de télévision, et même ses yeux dans son long visage exsangue. Joe et Danny se tenaient près de la cheminée en face de lui. Curtis marmonnait tout bas, la tête penchée.

— Que Bob Trahorne aille se faire mettre, mec. J'ai pris ce boulot chez lui parce qu'il a un bon labo, et qu'on y touche de bonnes commissions. La seule différence, c'est que là où je travaillais avant, on vérifiait les ballots, les tambours, tout ce qui entrait. On séparait les choses, les rebuts, les solides, les déchets. Je me suis fait virer parce que je faisais ce qu'on m'a appris à faire.

— Curtis, l'arrêta Danny, t'es un peu trop technique pour mon ami, là, l'inspecteur Lucchesi. Il a besoin que tu lui expliques ce qui s'est passé chez Trahorne Affinage, ce qu'on y fait et comment ça marche.

Curtis dévisagea Joe d'un air soupçonneux.

— Cool. Trahorne fournit du métal aux prothésistes : de l'or, du platine, du palladium, de l'argent. Les prothésistes travaillent pour les dentistes, ils fabriquent des implants, des bridges, des couronnes, est-ce que je sais ? Ceux-là prennent une empreinte des dents, qu'ils envoient au prothésiste, qui réalise un moulage à partir duquel il fabrique des fausses dents ou des CIV[1], ou autre chose à la taille exacte.

— Parle-nous des ballots qu'ils reçoivent.

— Quand le prothésiste fabrique des fausses dents, la base est en métal, puis on place la porcelaine par-dessus. Les métaux sont injectés dans des moules qui vont au four, mais quand ils sortent, ce n'est pas parfait, il y a des mini-résidus qui pointent, il faut limer et polir. On utilise une meule à polir qui tourne très vite. Des petits bouts de métal se projettent partout. Comme j'ai dit, des rebuts qui sont comme des copeaux. Le « solide », ce sont des petits morceaux de métal, des bouts de feuille métallique. Les « déchets », c'est de la limaille que le prothésiste peut récolter en essuyant son bureau, ou même en secouant ses cheveux sur une feuille de papier. Ce truc se colle partout. Et cette saloperie, l'or et le reste, ça coûte du pognon. Donc ce que le technicien va faire, c'est prendre une grosse enveloppe et tout fourrer dedans : le bout de papier, la blouse de labo quand elle est usagée, le chiffon qu'il a sur ses genoux, un bout de tapis qui peut se trouver sous son banc, le pull qu'il portait, enfin n'importe quoi. Ou peut-être il va tout jeter dans un de ces tambours de deux cents litres. Parce que le boulot de Trahorne, c'est l'affinage et l'analyse d'échantillons. L'analyse d'échantillons consiste à établir le pourcentage de métal dans le ballot, et l'affinage consiste à séparer un métal de l'autre. Comme ça, pas de gaspi. Je reçois le ballot, je vérifie la paperasse, puis je mets le paquet sur un plateau, qui va dans l'incinérateur qui pulvérise tout, une vraie bombe atomique. Tout ce qui reste, c'est le métal. On le pèse, puis on envoie un chèque au labo en fonction de la quantité récupérée, on les paie en monnaie ou en métal... comme ils veulent.

1. Couronnes à incrustation vestibulaire.

— C'est un commerce qui repose sur la confiance, nota Danny.

— Si on veut, approuva Curtis. Enfin quoi, certains prothésistes pèsent le paquet avant de nous l'expédier, avec, quoi, une balance de salle de bains, ce qui n'est pas très précis. Alors, il y a de la marge.

— Si j'ai bien compris, intervint Joe, chez Trahorne Affinage, quand un paquet arrivait, il allait directement dans l'incinérateur sans être inspecté.

— C'est exact.

— Mais dans le labo où tu travaillais avant, tu séparais ces rebuts, ces solides et ces déchets.

— Tout à fait.

— Explique-moi ce qui est arrivé avec ce paquet que tu as ouvert.

— Le paquet venait du labo de Dean Valtry à New York. C'était un tambour de deux cents litres environ, soixante-quinze centimètres de haut sur dix-huit de diamètre. Je l'ai pesé. Puis je l'ai ouvert près de l'incinérateur. On n'a qu'une seule raison pour regarder à l'intérieur, c'est de sortir des produits solides qui s'y trouveraient, pour ne pas tout traiter en même temps. J'ai tout posé sur un grand plateau métallique qui va dans l'incinérateur. J'ai sorti un tas de vêtements noirs et j'ai trouvé des solides du genre que je vous ai dit, des limailles, quelques feuilles de papier sur lesquelles il y avait des déchets, un bout de carpette. J'étais en train de secouer les vêtements et c'est là que j'ai vu les taches. Et je sais que c'étaient des taches de sang.

— Alors, qu'est-ce que tu as fait ?

— J'ai tout laissé et je suis allé dans le bureau de M. Trahorne avec un des vêtements, un haut noir avec une fermeture à glissière, pour le lui montrer. D'abord, j'ai dû attendre un bout de temps, il était en réunion. Alors, je suis resté assis devant son bureau en lisant une revue. Environ une demi-heure plus tard, sa secrétaire est venue me chercher. Elle m'a dit en gros de ne pas embêter le patron trop longtemps. Alors j'entre, et M. Trahorne me demande ce que je glande là depuis une demi-heure. Je ne réponds même pas, mais je lui parle de mon ballot. Il m'écoute et m'explique que les prothésistes peuvent avoir des taches de sang s'ils se coupent les doigts, avec les scalpels ou d'autres trucs. Comme si j'étais débile. Je lui fais : « Mais il y a beaucoup de sang. » Et j'étale les fringues sur son bureau, ce qui visiblement le pompe. Alors, il me prend le haut, me raccompagne à mon poste de travail, comme il l'appelle, et jette tout sur le plateau qu'il pousse dans l'incinérateur. Il me regarde dans les yeux après ça, et me dit : « Je ne te paie pas pour trier. Ni prendre du temps à m'emmerder. » Moi, je lui fais : « Y a peut-être un type qui a été blessé. » Trahorne me lorgne comme si j'étais une telle raclure qu'il en avait rien à péter. Ça m'a vraiment gonflé. Après ça, la semaine suivante, il me fout dehors. Pfft, fit-il avec un geste désinvolte. Je trouverai un autre job, je le sais. Mais vous savez, j'essaie seulement de faire ce que j'ai à faire.

— M. Trahorne dit que vous avez volé le labo.

Curtis leva les yeux.

— Cool, c'est vrai. Un peu de feuille de platine. Une fois.

— Et il dit que vous en avez après lui parce qu'il vous a viré.

— Et même ?

Danny sourit.

— Je lui en veux, confirma Curtis. Ça ne veut pas dire que je mens.

— Exact.

— Et puis, ajouta Curtis, j'ai rien contre ce labo, Valtry. Je les connais pas. Pourquoi j'inventerais des craques, pourquoi je leur imputerais un crime irréfragable ?

— On n'a jamais dit que tu cherchais à les accuser d'un crime irréfutable.

Curtis leva lentement la tête et toisa Danny.

— J'ai dit « irréfragable ». Ce mot existe. Vérifiez dans le dico.

Danny siffla entre ses dents.

Joe arriva chez lui à 20 h 30. Il se rua aussitôt dans la salle de bains, décidé à s'attaquer à sa barbe naissante. Il ôta la lame usée de son rasoir et la lança en direction de la poubelle. Elle heurta le mur, puis rebondit sur le sol. Il se pencha pour la ramasser et aperçut un ticket de caisse du drugstore roulé en boule. Deux articles étaient mentionnés dessus, le Splash Bronze, le spray autobronzant de Tara, et quelque chose qui lui tordit l'estomac – un test de grossesse. Il passa les doigts dans le fond de la poubelle, cherchant la boîte et le reste. Il repéra le capuchon en plastique bleu marine et le retira. Les tests avaient changé. Désormais, on avait droit à un résultat en toutes lettres, plus besoin de comparer les symboles sur une brochure. Plus besoin de deviner. Celui-là disait simplement le résultat : ENCEINTE. Toute l'existence de Shaun défila devant ses yeux ; Joe vérifia la date du reçu. Il avait une semaine. Il reposa son rasoir et se précipita dans la chambre de Shaun.

— Écoute, fiston, je vais aller droit au but, dit-il en s'asseyant sur le lit de son fils.

Shaun pivota sur sa chaise de bureau.

— C'est quoi ?

— J'espère que tu… bon, tu sais… avec Tara… que vous prenez des précautions ?

— Bon sang ! marmonna Shaun.

— Je suis sérieux, il faut être prudent.

— Qu'est-ce qui te fait croire que je ne le suis pas ?

— Oh, rien, c'est seulement que…

— Est-ce qu'on n'a pas déjà eu cette conversation, il y a quoi, quelques années ?

— Avec tout ce qui est arrivé... je veux juste être sûr que tu... tu restes raisonnable.

— Je suis raisonnable.

— Bien. Parce que si tu as des rapports sexuels...

Sa voix resta en suspens. Ils se turent.

— Je n'en ai pas, prononça enfin Shaun.

— Quoi ?

— Je n'en ai pas. On n'en a pas, vu ? En ce moment, il m'est difficile de... d'être proche de... quelqu'un.

— Oh. Je croyais...

Il regardait fixement le sol. Shaun aussi.

— La première fois avec Katie, j'y suis pas... Enfin, tu sais, ça ne s'est pas vraiment fait. Et c'est mon dernier souvenir de... rapports sexuels. Dès que je m'en approche, je suis paralysé. Comme manifestement j'arrive à... tu sais... mais je ne peux pas aller plus loin.

— Très bien. Merde. Entendu... Tu crois... je veux dire... Tu es vraiment prêt, Shaun ?

Celui-ci réfléchit un instant.

— Tu es jeune, tu n'as que dix-huit ans, reprit Joe. Et si les choses avaient tourné différemment, je te donnerais un autre avis. Tu sais, tu ne peux pas toujours séparer le sexe des émotions, quoi que tu en penses. Tu as des choses à résoudre et je ne suis pas sûr que de foncer tête baissée avec une autre fille soit le bon moyen d'y arriver.

— Les gens vont croire que je suis une espèce d'extraterrestre. Je n'arrive pas à me sortir Katie de la tête. Tout ce qui me rappelle ce que j'ai éprouvé ce soir-là, je suis incapable de le faire. Je continue de faire ce rêve, où je la rencontre dans la rue ou dans un café, ou n'importe, elle est toujours avec un type et il y a cette sensation de haine qui émane d'elle. J'essaie d'être gentil. Puis tout devient blanc et quand j'essaie de faire un pas vers elle, elle recule dans ce brouillard et je n'arrive pas à la toucher. Et son visage est toujours inexpressif. Elle ne me sourit pas. Je n'arrête pas de me dire qu'elle est morte en me haïssant.

— Ce n'est pas vrai, elle t'aimait. Tu le sais. Vous vous étiez disputés ce soir-là, mais elle t'aimait tellement. Si cela avait été possible, vous vous seriez réconciliés le lendemain. Elle croyait que c'était la première fois pour toi aussi... On ne déteste pas quelqu'un pour ça. On peut se sentir bête, mais sans plus.

— Si elle n'était pas rentrée chez elle toute seule...

— Non, arrête. Tu vas tout ressasser jusqu'à ce que ça te rende fou. Tu n'avais aucun pouvoir sur ce qui s'est passé. C'est le plus dur, dans la vie... Tu ne sais pas ce qui t'attend.

Ils restèrent assis en silence. Joe se demanda à quel jeu Tara jouait.

— Shaun, est-ce que toi et Tara, vous voyez des gens chacun de votre côté ?

— Putain, papa, c'est déjà pénible de te raconter ma vie sexuelle, alors celle de Tara... qui est inexistante par ma faute, merci de m'enfoncer.

Anna frappa à la porte et entra.

— Qu'est-ce que vous en pensez ? C'est une nouvelle robe.

— Cool, fit Shaun.

— Puisque tu sors demain soir, déclara Anna, j'invite ton père à un dîner spécial fait maison.

— Tu es magnifique, dit Joe. Tu as l'air... en pleine forme.

Elle surprit le regard de son mari braqué sur ses seins.

— Merci, répondit Anna. Et merci à Tara, ajouta-t-elle à l'adresse de Shaun. J'ai suivi son conseil et acheté son Splash Bronze.

# Chapitre 18

Joe étudiait son reflet dans la glace jaspée, dans le sous-sol frais d'Augie, situé à l'angle de la 34ᵉ Rue et de la IXᵉ Avenue. Il portait la chemise gris clair et la cravate anthracite qu'il avait au travail ce matin-là, mais sous un smoking qu'Anna lui avait acheté à Paris deux ans plus tôt. Le vieux Nic avait découvert Augie Penrose dans les années 1970. Il était l'un des meilleurs tailleurs de New York. Pendant quarante ans, son sous-sol n'avait été ouvert qu'à une bande de vieux aficionados, Joe, Danny, Nic et Bobby, même Giulio Lucchesi, tous avaient commandé des retouches ou des costumes à Augie.

— Splendide smoking, remarqua Augie. Splendide.

Joe hocha la tête.

— Ma femme…

— J'ai remarqué que l'étiquette n'était pas d'ici. Quel chic ! Les autres vous cherchent des poux à cause de vos costumes européens ?

— Ils sont jaloux, déclara Joe en tirant soigneusement chaque manche. Ça n'est rien d'autre, Augie.

Augie rigola et s'approcha de lui.

— Le pantalon. (Il tira sur la ceinture lâche.) D'habitude, quand vous venez me voir, c'est pour que je donne un peu de jeu au pantalon.

— Je cours, maintenant, expliqua Joe. Je me remets en forme.

— Oui. Je vois ça tout le temps chez les types de votre âge.

— Vraiment, Augie, c'est mon âge qui me fait courir ?

— Sauve qui peut. Vous êtes beau gosse, Joe, mais vous voyez peut-être vos cheveux gris, quelques rides autour des yeux, et vous vous demandez : « Est-ce que je suis encore dans la course ? Est-ce que les petites nanas craquent encore pour moi ? ».

Joe considéra Augie, soixante-sept ans, ses bras blancs maigres et poilus, son crâne poudreux. Il s'imagina avec vingt-cinq ans de plus, puis reporta son regard sur le miroir pour se rassurer.

— Je ne suis pas encore fini. C'est évident que je fais encore craquer les filles !

Son sourire s'évanouit rapidement. Partout où son regard se posait ce matin-là, il voyait des femmes enceintes poussant des poussettes, se débattant avec des enfants et des sacs à provisions et des sièges de voiture et des crises de colère. Des ondes de panique le gagnèrent. Il attendit d'avoir repris son calme. C'était à se demander si l'année passée lui avait fait perdre le contact avec la vie.

Augie prit quelques épingles dans une poche sur sa hanche et s'attaqua à la ceinture.

— Vous voulez un peu de place pour la brioche ?

— Non. Dites-moi quelque chose qui me fasse rêver.

Plus rien ne paraissait normal. À la naissance de Shaun, Joe avait vingt-trois ans et des trésors d'énergie qu'il déversait dans son travail. Lorsque le bébé viendrait au monde, il en aurait quarante-deux et il se voyait fatigué, privé de toute réserve de tonus. Il tenta de s'imaginer poussant un landau dans Owl's Head Park, mais en vain. Il avait l'estomac noué par la culpabilité et la peur.

Augie, agenouillé à la hauteur de l'ourlet de son pantalon, se redressa.

— Je n'ai plus d'épingles, dit-il, et il disparut dans son arrière-boutique pour donner le temps au luxueux tissu noir de se mettre en place.

Les mains manucurées de Dean Valtry étaient posées à plat sur son bureau. Dans des cadres identiques d'un noir brillant, sur le mur derrière lui, se trouvait une rangée de photos montrant huit sourires hollywoodiens éblouissants.

— Superbe, déclara Valtry. (Il pointa le doigt sur un des plus célèbres mythes.) D'après son dentiste ? Elle avait la pire denture qu'il ait jamais vue. C'était une de ces beautés du Sud à vous couper le souffle... tant qu'elle n'ouvrait pas la bouche. Elle avait les dents pourries. Enfant, elle avait été mannequin, se faisait vomir après chaque repas, s'était gavée de boissons gazeuses et de saloperies. Maintenant, regardez-moi ce sourire. Cent mille volts. C'est ce qui lui vaut son succès. Et c'est grâce à nous. Nous lui avons donné sa carrière.

Joe hocha la tête. Il avait l'habitude des énergumènes comme Valtry. Même s'ils considéraient les flics comme de la merde, ils cherchaient malgré tout à les impressionner. Valtry continua à pérorer.

— Bien sûr, les dentistes récoltent toute la gloire. Nous créons la perfection. On voit leur visage partout, sur les publicités des journaux, à la télévision, ils se congratulent pour le boulot que je fais. Ils se contentent de faire la culbute sur les prix, de facturer au patient cinq fois ce qu'ils me paient... et de se faire lécher le cul par les célébrités. Ce que je fais, moi, c'est de l'art. Vous savez à quoi ressemble une dent : isolée, sillonnée, dentelée, recourbée... nous reproduisons chacune d'elles avec précision. Dans ma branche, c'est du cent pour cent, pas moins. Quand je fais une couronne, un implant dentaire, un bridge, il doit aller à la perfection, comme si Dieu lui-même l'avait mis là. La perfection ne s'embarrasse pas de pourcentages.

— C'est certain, approuva Danny.

— Voilà comment ça marche, insista Valtry. Alors, à quoi puis-je vous être utile ?

— Monsieur Valtry, est-ce que vous utilisez les services de Trahorne Affinage à Philly ? demanda Joe.

— Oui. Pourquoi ?

— Nous avons reçu un rapport signalant la présence d'une blouse de labo tachée de sang, qui a été trouvée dans un ballot envoyé par votre laboratoire.

Valtry réfléchit un instant.

— Ma foi, ça peut arriver.

Danny et Joe échangèrent un regard.

— Bien sûr, expliqua le patron. Mes techniciens utilisent des meules. Elles sont montées sur un tour à l'établi, et c'est avec cela qu'ils liment les métaux. Ces machines peuvent se casser, ça explose carrément, en fait. On peut sûrement se faire couper au passage par un débris.

— Ça ne correspond pas à la quantité de sang qu'on a trouvée, signala Joe.

— Montrez-moi la blouse, je vous le dirai.

— Nous ne l'avons pas en notre possession.

— Quoi ?

— Elle a été incinérée.

— Je n'y comprends rien, messieurs.

— Par accident, déclara Danny. Elle a échoué dans l'incinérateur.

Valtry émit un grognement, puis considéra un instant l'attitude des deux hommes devant lui.

— Elle était tachée comment, au juste, cette blouse ?

Joe se pencha en avant.

— Suffisamment pour que deux inspecteurs de la Criminelle prennent le temps de vous rendre visite.

Valtry fit une pause. Joe connaissait ça. La personne absorbe l'information qu'on vient de lui donner, passe en revue ce qu'elle sait, pèse le pour et le contre, puis décide comment jouer la partie. Valtry leva les mains.

— Vous entrez dans mon bureau avec une histoire de blouse de labo tachée de sang… non, attendez, une blouse tachée de sang imaginaire, et je suis censé éclairer votre lanterne ?

— Attendez, répondit Danny. On a le type qui a trouvé la blouse. Nous avons de bonnes raisons de croire que c'est lié à une enquête sur laquelle nous travaillons. Nous vous demandons votre aide.

— C'est dingue. Vous avez déjà parlé à Bob Trahorne ? Il faut absolument parler à Bob. Il peut se porter garant pour moi, mon caractère, ma réputation, tout ce que vous voudrez. (Il indiqua les photos sur le mur.) Vous croyez que quelqu'un comme moi, qui ai un rapport professionnel avec les meilleurs dentistes de Park Avenue à New York, va risquer ses revenus et sa situation sociale ? Ou employer quelqu'un qui serait impliqué dans un meurtre ? N'en jetez plus. Je suis au top, messieurs, demandez à n'importe qui. Je gagne une fortune grâce à mon travail, je ne dupe pas les gens, je fais des dents superbes. C'est ça. Parlez-en à Bob. Ça fait quinze ans que je traite avec lui. Je ne sais pas du tout comment cette blouse de labo a échoué là, ni si elle existe.

— Ah oui ? demanda Danny. Vous comprendrez qu'on ne peut pas se contenter de ça. Pour commencer, vous pouvez nous dire ce que vous avez fait le 17 mai dernier ?

Valtry s'arrêta net, puis il se pencha sur son ordinateur et chargea son agenda. Il retourna quatre mois en arrière.

— Le 17 mai ? J'étais chez moi à cuver une super cuite. La veille au soir, mon ex-femme et moi avions dîné chez Gordy, au coin de la 63e et de la 8e Rue. Gordy est un pote, et il n'y va pas de main morte avec l'alcool. Il faut ça, quand on dîne avec une folle furieuse. Vous pouvez appeler Gordy au...

— Mais le soir du 17 vous étiez chez vous. Seul ?

— Seul.

— Qu'est-ce que vous faisiez ?

— J'ai regardé la télévision. Je me suis couché tôt.

— Et le 19 août dernier ?

Valtry eut un large sourire.

— Pour celui-là, j'ai la meilleure des réponses. Avec animation audiovisuelle.

Il attrapa une télécommande sur son bureau et la pointa sur un écran plasma fixé au mur. L'écran s'éclaira, montrant Valtry sur une estrade en costume gris acier avec cravate argent et bleu marine.

— Me voici, annonça Valtry en haussant le volume de la télévision.

Danny et Joe le regardèrent parler à son auditoire de CIV en céramique ou en porcelaine, tout en projetant des diapos sur le mur de la salle de conférence dans son dos.

— C'était où ? demanda Danny.

— Au Congrès international de la dentisterie esthétique, à Las Vegas. Du 17 au 21 août. Et ce soir-là, c'était, comme vous pouvez le voir sur la banderole, le 19 août.

— Et combien de fois vous vous êtes repassé ce film ? s'enquit Danny.

Valtry le dévisagea, interloqué.

— J'aime tirer les leçons de ce que je fais, inspecteur.

— La perfection, c'est ça ? railla Danny en se penchant pour éteindre le poste.

— On va avoir besoin de parler à tous vos employés, monsieur Valtry, dit Joe d'un ton calme. Pourriez-vous faxer à ce numéro une liste de leurs noms à mon collègue, l'inspecteur Fred Rencher, s'il vous plaît ?

— Pas de souci, messieurs. Un homme qui n'a rien à cacher ne cache rien.

— Et on aimerait revenir demain matin pour discuter avec eux, enchaîna Joe. Vous pouvez nous mettre un local à disposition ?

Valtry soupira.

— Si ça vous paraît nécessaire.

— Tout ce qu'on fait nous paraît nécessaire, monsieur Valtry. C'est pour ça qu'on le fait, rétorqua Danny.

— C'est bon à savoir. Je vais vous envoyer cette liste. J'ai quinze employés de confiance, ça ne devrait donc pas être insurmontable.

Il fit un geste en direction de la porte. Joe et Danny se levèrent comme un seul homme.

— Nous vous serons reconnaissants pour toute l'aide que vous nous apporterez, conclut Joe.

Et ils s'apprêtèrent à sortir.

— Oh, une dernière chose, dit Valtry. Mon labo fait du travail bénévole pour une œuvre de bienfaisance, spécialisée dans la chirurgie faciale. J'aime aider les gens, ça fait partie de mes activités, et là je veux vraiment vous aider. Enfin, vous devez être prêts à tout, non, si vous allez jusqu'à suivre la piste d'une preuve invisible ? Mais qu'une chose soit bien claire. Si le nom de mon laboratoire est jeté en pâture à la presse à cause de votre enquête, je vous jure que je traînerai le cul de la police de New York en justice !

Joe et Danny s'arrêtèrent pour boire de l'eau au rez-de-chaussée, puis remontèrent en voiture.

— Tu as déjà remarqué que les gens qui sont en rogne adorent articuler chaque mot ? demanda Danny. Ils… aiment… articuler… chaque… mot : La. Police. De. New. York.

— Qu'est-ce qui se passe avec cette blouse de labo ?

— Ce type doit être pédé pour croire que cette actrice doit son succès à son putain de sourire. Ce sont ses deux airbags qui l'ont propulsée au sommet, il ne s'en est pas rendu compte ? Putain, il m'a fallu dix minutes pour remonter jusqu'à sa bouche quand il nous l'a montrée. Bref, peu importe par où on le prend, ce type est un branleur.

— Le genre qui doit avoir mécontenté au moins un employé, convint Joe. Et si c'était le sang de l'employé, sur la blouse ? Peut-être qu'il a voulu jouer un sale tour à Valtry, effacer ce sourire suffisant de son visage.

— Tu m'as écouté ? demanda Danny.

— Non.

Joe arriva chez lui à 23 heures, le corps tendu. Pelotonnée sur la banquette, en pyjama, Anna ne leva pas les yeux quand il entra.

— Salut, dit Joe, tout en s'asseyant à côté de sa femme et en posant ses jambes sur ses cuisses.

Elle lui jeta un coup d'œil, puis reporta son regard vers la télévision. Il remarqua alors de minuscules traces de mascara sous ses yeux. Elle portait un maquillage de prix, et il fallait un œil exercé pour remarquer qu'elle avait pleuré. Il la dévisagea un instant, tandis que les lueurs émanant de l'écran dansaient sur son visage. Elle avait l'air abattu, las. Ce soir-là avait représenté le meilleur et le pire de leur vie de couple.

— Je suis navré, dit-il enfin. On a été débordés.

— Tu aurais dû me prévenir.

— Je sais. Tu as dîné ?

— Non. Et toi ?

— Oui.

Elle fronça les sourcils.

— Et pendant que tu attendais qu'on te serve ton repas, tu n'as pas pensé à me téléphoner ? Tu savais bien que j'avais prévu quelque chose de particulier pour ce soir.

— Je suis fatigué, soupira-t-il. Je te demande pardon. Je ne sais plus où donner de la tête.

— J'ai mis les petits plats dans les grands, ce soir. (Les larmes brillèrent de nouveau dans ses yeux. Puis la tristesse céda à la colère.) Je ne sais pas pourquoi je pleure.

— Moi, je sais, lâcha-t-il.

Elle leva les yeux.

— Ah, bon ?

— Je suis au courant.

Elle scruta son visage.

— Oh ! fit-elle, et l'ombre d'un sourire apparut au coin de ses lèvres.

— J'espérais que tu allais me dire que j'avais mal compris, déclara-t-il en se frottant les joues.

— Non, dit-elle. C'est vrai. Je suis enceinte.

— Comment c'est arrivé ?

— C'est ce qui arrive quand on ne prend pas de précautions.

— Mais tu prends…

— Pas depuis le… Pas depuis l'Irlande.

— Et tu n'as pas pensé à m'en parler ?

— Comment pouvais-tu ne pas le savoir ? se récria-t-elle d'une voix aiguë.

— Quoi, tu croyais que je savais et que je prenais des risques en connaissance de cause ? Que je me disais : « Advienne que pourra, et ça serait super de mettre un autre enfant au monde » ?

L'intensité de sa colère le prit au dépourvu. Et Anna davantage encore.

— Oh, non, dit-il. Tu en avais envie, c'est ça ?

La panique fusa dans les yeux de sa femme.

— Ce soir-là avec ton petit short, et… tu étais…

— Je voulais être avec toi.

— Tu voulais tomber enceinte.

— Tu crois que j'ai tout calculé ?

— C'est marrant qu'on n'ait fait l'amour qu'une fois le mois dernier – super pour les statistiques, cela dit – et que tu arrives à tomber enceinte.

— Pourquoi es-tu si cruel ? demanda-t-elle, les yeux embués.

— Oh, Anna, Anna, qu'est-ce qui t'a traversé l'esprit ?

— En te regardant maintenant, je ne sais plus.

Sur ce, elle fit mine de quitter la pièce.

— Attends, dit Joe en lui barrant la route. Je t'en prie, attends. Je regrette, je suis déboussolé. C'est un choc pour moi… J'y ai pensé toute la journée. Je ne sais pas.

Il la prit par les épaules.

— Je me fais un sang d'encre, chuchota-t-il. Je ne comprends pas pourquoi tu as décidé de faire un enfant. Et je pourrais te prouver de mille manières que c'est irresponsable. Ta santé, ton âge, ton état d'esprit en ce… Ma chérie ?

Elle pleurait à chaudes larmes, incapable de soutenir le regard de son mari.

— J'ai tellement peur. Qu'est-ce que j'ai fait ? Avoir un enfant est tellement… C'est terrifiant. Le monde est affreux. Je le déteste. J'ai changé. Mais même sans ce qui nous est arrivé, je crois que j'éprouverais ce même écœurement. On ne trouve plus de répit nulle part. Tu comprends ce que je veux dire ? S'échapper ou espérer trouver un refuge ailleurs est inutile. Le mal est partout.

— Non, ma chérie, tu te trompes, crois-moi, répondit Joe d'une voix douce. Tu as seulement de la difficulté à voir ce qu'il y a de bon en ce bas monde. Et tes hormo…

— Tais-toi ! ordonna-t-elle en riant à demi à travers ses larmes.

— Viens dans mes bras, ma chérie. Tout finira par s'arranger.

Il l'attira contre sa poitrine, se rassit sur le canapé, puis guida la tête de son épouse vers un coussin calé sur ses cuisses, pour la rassurer, à bonne distance de son cœur qui battait trop vite et trop fort.

# Chapitre 19

Mary ouvrit les yeux et vit Magda assise sur le rebord de son lit.

— Bonjour, belle endormie. Comment vous sentez-vous ?

Des larmes ruisselèrent sur le visage de Mary.

— Vous vous souvenez de quelque chose ? demanda Magda.

— David est mort, non ?

— Oui, mon petit.

Mary se redressa sur le lit et se frotta le front.

— Je suis tellement navrée, reprit Magda. Vous vous souvenez de votre crise ?

— Non, répliqua Mary.

— Ça ne fait rien, ne vous inquiétez pas. Ça peut encore vous revenir.

— Qu'est-ce qui s'est passé ?

— Vous étiez ici, toute seule. Vous avez eu une crise... Je suis arrivée à la porte et je vous ai trouvée couchée par terre. J'ai fait venir le médecin.

Mary s'essuya les yeux.

— Qu'est-ce que je faisais ?

— Vous étiez bouleversée, vous déglutissiez beaucoup. Voilà tout.

— C'est bizarre. J'ai dit quelque chose ?

— Pas un mot. Par contre, j'ai trouvé ceci sur votre bureau quand je suis entrée ici.

Elle tendit à Mary une feuille blanche. Mary plissa les yeux. Elle considéra son écriture – une écriture d'étudiante qui note fiévreusement, tiraillée entre la volonté d'absorber le cours et de le consigner sur le papier. Gros pâtés d'encre noire, les mots étaient disséminés au bas de la page. *Ombre. Absence. Perte. Peux pas bouger. Seule. Peux pas bouger. Rouge. Froid.*

Elle se tourna vers Magda pour calmer son effroi.

— Vous avez lu ça ?

Magda acquiesça.

— C'est flippant. Ça veut dire quoi ?

Elle relut la page.

— C'est seulement un mauvais rêve, ma chérie. Vous avez probablement écrit ça juste avant de tomber dans les pommes.

— *Ombre. Peux pas bouger. Seule*. C'est bizarre. Ça sonne faux.

Elle avait la gorge nouée.

— C'était un mauvais rêve, sûrement, répéta Magda. C'est tout.

— J'ai besoin de comprendre, insista Mary d'une voix perçante.

— Ce n'est pas la peine. Ces idées effrayantes vous sont venues juste avant la crise. Ne vous rongez pas les sangs.

Elle se retourna, quand une autre feuille de papier attira son regard. Mary s'en empara d'un geste sec. Quatre mots s'étalaient au milieu de la page : *Tout. Est. Ma. Faute.* Et en bas, le prénom de David, écrit comme à son habitude, la barre du D minuscule se prolongeant en direction du D majuscule.

Elle fut prise de tremblements. Magda essaya de lui retirer la feuille des mains.

— Non, cria Mary en la serrant contre elle. Non.

Julia Embry avait convoqué les dix-neuf résidents de Colt-Embry Homes.

— Bonjour à tous, dit-elle d'une voix forte. Merci d'avoir répondu présent. Je suis au regret de vous annoncer une bien triste nouvelle. Mary Burig a perdu son frère, David. Il est mort lundi. Certains d'entre vous l'ont peut-être appris dans la presse. Il a été... assassiné.

L'assistance ne sembla pas étonnée.

— Si je vous en parle, c'est parce que certains parmi vous connaissaient David, et aussi parce qu'il est capital que Mary se sente soutenue dans cette épreuve. Elle a énormément de chagrin. Elle se sent mal. Elle est dans sa chambre ce matin. Nous devons lui donner les moyens de faire son deuil.

Quelques personnes hochaient la tête, d'autres pleuraient.

— Je sais ce que c'est de perdre un être cher, poursuivit Julia. Il y a dix ans, mon fils Robin est mort. Je l'aimais de toutes mes forces. Il n'avait que dix-sept ans. J'ai cru que je ne pourrais jamais m'en remettre. Mais j'ai surmonté ce drame, et je suis toujours là. Et vous aussi, vous êtes là. Les uns ont perdu des proches au cours de l'accident qui les a conduits ici. Les autres, hélas, ont perdu un compagnon, une fiancée, un mari ou une femme, ou des membres de leur famille, du fait de... ma foi, d'un manque de compréhension. Je ne sais que trop bien la peine que vous endurez. Tout peut basculer d'un instant à l'autre. Peut-être devez-vous votre sort à un homme ou à une femme qui a trop bu avant de prendre le volant. Nous ne pouvons pas tout contrôler, mais nous sommes réunis ici parce que nous sommes solidaires. Je sais combien vous êtes occupés, mais nous devons tendre la main à Mary, parce que aujourd'hui elle souffre atrocement.

« Néanmoins, je tiens à vous rappeler que les malheurs qui nous frappent ne font pas de nous ce que nous sommes. Vous ne voulez pas qu'on vous réduise à votre traumatisme cérébral, de même que je refuse d'inspirer de la pitié parce que j'ai perdu un fils. Nous avons infiniment plus à offrir que cela. La mort de Robin m'a anéantie, mais elle m'a amenée à créer ce centre, ce qui est quand même positif.

« Bref, je voulais juste vous demander d'entourer Mary, de la soutenir dans ces moments difficiles et de l'aider à remonter la pente lorsqu'elle le souhaitera.

Joe et Danny cueillirent Julia à la sortie.

— Bonjour, madame. On peut échanger deux mots avec Mary ? demanda Joe.

La directrice du centre parut hésiter.

— À quel sujet ? Elle a eu une crise ce matin, elle se repose.

— Ça ne prendra pas longtemps. On a des questions à lui poser à propos de David et de certaines transactions financières.

— C'est-à-dire ? s'enquit Julia.

— Nous préférerions voir cela avec Mary, répondit Joe.

— D'accord, allez-y. Je ne voulais pas être indiscrète.

Le portable de Joe sonna.

— Excusez-moi, dit-il en laissant Danny et Julia s'avancer dans le couloir.

— Inspecteur Lucchesi ? C'est de nouveau Scott Dolan à l'appareil, de la police de Philadelphie. Vous n'allez pas me croire : un des copains de Curtis Walston à Trahorne Affinage a mis de côté un joli haut noir taché de sang, provenant d'un autre ballot des laboratoires Valtry.

— Un autre ? s'étonna Joe.

— Oui, il est arrivé peu après le premier.

— Vous déconnez !

— On l'a mis sous scellés. Le gars l'a sauvé de la fournaise. Il déteste le patron, lui aussi, il croit que Walston a été viré pour des conneries.

— C'est super, dit Joe.
— Ouais, je vous l'envoie tout de suite.

Recroquevillée dans son lit, Mary fixait le portrait de David posé sur sa table de chevet. Elle ne pouvait pas croire qu'il était mort. Elle n'avait plus personne. Plus de famille. Puis son regard se porta sur une photo d'elle-même entourée de Julia et de Magda, et elle réalisa qu'on tenait encore à elle. Désormais, ce lieu était son foyer. D'ailleurs, elle en avait été persuadée dès la première semaine après son arrivée à Colt-Embry. Elle ne voulait pas que cela change. Elle se leva pour aller répondre à la porte.

— Bonjour, Mary, lança Joe. C'est encore nous, les inspecteurs Lucchesi et Markey.

— Entrez, dit-elle.

— Asseyez-vous, lui suggéra Joe avec sollicitude. Nous avons quelque chose à éclaircir avec vous. Nous avons épluché les relevés bancaires de votre frère. Nous savons qu'il payait pour votre séjour ici, mais avant votre agression, il vous versait des sommes très importantes par chèque. Vous vous souvenez pourquoi ?

Mary plissa le front.

— Eh bien, c'était mon grand frère, il m'a toujours dépannée…

Elle eut un geste d'impuissance.

— Ces chèques se montaient à cinq mille dollars par mois.

— Oh là là ! s'écria Mary. C'est beaucoup d'argent.

— En effet. Vous pourriez peut-être y réfléchir et voir si quelque chose vous revient, ou si vous vous rappelez comment vous avez dépensé cet argent.

— Certainement, promit Mary. Mais ça ne me dit rien. Vraiment rien. Voyons, je m'en souviendrais forcément !

Magda Oleszak entra dans la bibliothèque. Stan Frayte se tenait dans le coin, les yeux braqués sur une grande photographie accrochée au mur. Elle représentait un adolescent aux cheveux blonds qui souriait à l'objectif. Un panneau de bois indiquant *Galerie* était fixé tout en haut.

Six mois plus tôt, Magda avait dégagé un mur pour permettre aux résidents d'y suspendre les photographies de leurs proches. Cette initiative n'avait pas de visée esthétique, elle faisait partie intégrante du traitement. Il s'agissait de ramener des visages familiers et des souvenirs des sombres recoins où ils étaient cachés. On avait encouragé chacun à y ajouter des photos. Mary en avait apporté une de David.

Magda indiqua du menton celle qui intéressait Stan.

— C'est la première photo qu'on a accrochée. Robin Embry, le fils de Julia.

— Ah bon ? dit Stan.

— Oui. Le pauvre garçon. Il est mort des suites d'un accident de voiture.

— Et comment va Mary ? demanda Stan.

— Elle va bien. C'est terrible pour elle. Pas seulement la disparition de David, mais le fait qu'il était lié aux souvenirs de l'époque où elle allait bien. Et maintenant, il n'est plus là. Elle doit se dire qu'il n'y a plus personne qui la connaissait quand elle était plus forte, qu'il n'y a plus personne ayant connu la vraie Mary.

# Chapitre 20

La réceptionniste bipa Dean Valtry et proposa un siège à Danny et Joe, qui refusèrent. Valtry apparut presque immédiatement, le sourire plaqué, la main tendue.

— Bonjour, inspecteurs. Il y a une salle de réunion au premier étage, dit-il. Vous pouvez l'utiliser, tout est prêt. Il y a de l'eau, une machine à café. J'ai fait livrer des beignets… Je veux dire, avec des viennoiseries, des petits pains…

— Merci, coupa Danny. C'est fort aimable.

— Comment voulez-vous qu'on procède ? s'enquit Valtry.

— Envoyez-les-nous les uns après les autres, dans l'ordre que vous nous avez communiqué. Inutile de leur en dire plus.

Valtry inclina la tête et s'éclipsa.

— Satanés beignets ! pesta Danny quand ils entrèrent dans l'ascenseur.

— Qu'est-ce que tu me chantes là ? Tu adores les beignets ! rétorqua Joe en poussant le bouton du premier.

— Absolument. Et une fois que les gens ont vu se confirmer le rapport flic beignet, ils croient que tous les clichés sur les flics sont justes. Et voilà qu'on est catalogués gros, cons, paresseux et racistes.

— Tu as oublié volages.

— Il faut bien une contrepartie au fait de risquer sa peau tous les jours.

— C'est ça. J'ai vraiment l'impression de courir un danger imminent, répliqua Joe.

— Eh, n'importe qui pourrait entrer dans cette salle de réunion aujourd'hui pour...

— ... nous voir engloutir une boîte de graisse et de sucre en un temps record.

— Ce n'est pas ça qui me donnera de la brioche, dit Danny en tapotant son ventre plat.

— Tu es super excitante, ma poule...

En descendant de l'ascenseur, ils s'aperçurent qu'on les avait devancés. Une petite femme au type asiatique les attendait déjà devant la salle de réunion. Elle avait l'air studieux, avec ses lunettes sans monture, ses longs cheveux brillants ramassés en queue-de-cheval et sa grande blouse blanche de labo. Elle portait de vilaines chaussures marron sur des collants chair.

— Voilà notre homme, chuchota Danny à mi-voix.

Joe s'esclaffa. La femme sursauta.

— Excusez-moi, dit Joe. Je vous ai fait peur ? Entrez donc.

Il ouvrit la porte.

— Je suis désolée, bafouilla-t-elle. J'étais à des années-lumière. Et je déteste avoir affaire à... hum, aux autorités.

— Je ne pense pas que vous ayez à vous faire de souci, dit Danny.

Elle attendit tranquillement, les mains sur ses genoux, que les deux policiers se soient versé du café.

— Quel est votre nom ? demanda Danny.

— Ushi Gahr.

— Très bien, mademoiselle Gahr...

— Appelez-moi Ushi.

— Ushi, un incident a été porté à notre attention et nous espérons que vous pourrez nous aider à y voir clair.

— Je vais faire de mon mieux.

— Avez-vous remarqué quoi que ce soit de suspect au travail, au cours des semaines passées ?

— Quelque chose de suspect ? répéta-t-elle, songeuse. Non, dit-elle en secouant vigoureusement la tête.

— Quelque chose qui sortait de l'ordinaire, alors ?

— Comme quoi ?

— Eh bien, une chose ou un événement qui vous aura changée de la routine, qui vous aura étonnée ou surprise…

— Je ne vois rien du tout.

— Quelque chose qui vous aurait mise mal à l'aise ?

— Non.

— Est-ce que l'un de vos collègues s'est comporté de façon étrange ?

— J'aurais bien aimé, répliqua-t-elle avec un sourire. En fait, ils ne sont pas marrants. Ils bossent dur, en silence, et ils ne font pas souvent la bringue. On est des polards, quoi. Je suis la plus délurée de la bande. Ça vous éclaire sur les autres.

Joe eut l'air amusé.

— Entendu. Est-ce qu'il y a une bonne entente ?

— J'en ai l'impression. Tant que vous ne chipez pas la gamelle de votre voisin dans le frigo, l'entente règne.

— M. Valtry… C'est quel genre de patron ?

— Il est juste. Au moins il adore son métier. Il ne recrute ses employés que parmi les meilleurs de leur classe. Je n'aimerais pas avoir une longue conversation avec lui ni même l'écouter parler pendant des heures, mais il n'est pas désagréable. J'espère que je ne me montre pas trop négative.

— Je dirais que la majorité des gens pensent ça de leur patron, nota Danny.

— Donc, reprit Joe, ce M. Valtry est très doué ?

— Le travail qu'il nous montre est superbement exécuté.

— Est-il très exigeant ?

— Oui, mais on s'en rend compte surtout en cours de recrutement. Il n'engagera pas quelqu'un de la précision duquel il n'est pas sûr à cent pour cent. Une fois qu'il a trouvé la perle rare, il ne surveille plus ses faits et gestes.

— Bon, je crois que c'est tout. Merci de nous avoir consacré votre temps.

Ushi s'apprêtait à refermer la porte derrière elle lorsqu'elle se ravisa.

— Demandez à M. Valtry de vous montrer comment fonctionnent les machines, dit-elle. C'est très intéressant.

Elle adressa aux deux hommes un petit sourire et tourna les talons.

Trois heures durant, quatorze employés se succédèrent dans la salle de réunion ; aucun n'avait rien vu ni entendu de particulier.

— Alors ? remarqua Danny en feuilletant son bloc. Pourquoi voudrais-je voir Dean Valtry me montrer comment on fabrique des dents ?

— Ma foi, Ushi m'a paru être une jeune femme très maligne. Soit elle adore son boulot, soit elle essayait de nous faire passer un message.

— Et on peut exclure la première option, parce que sinon elle nous aurait proposé de la rejoindre à son poste de travail, conclut Danny.

Joe composa le numéro de la réception.

— Bonjour, ici l'inspecteur Lucchesi dans la… Oui, c'est ça, merci… presque… Pourriez-vous me passer M. Valtry, s'il vous plaît ? Merci. Oh, oui, ils étaient délicieux.

Il tendit le doigt vers les beignets. Danny prit cela pour une invite.

— Bonjour, monsieur Valtry. Ça y est, on a vu tout le monde. Mais on aimerait… Enfin, auriez-vous l'amabilité de nous faire visiter le laboratoire avant qu'on s'en aille, pour qu'on comprenne mieux de quoi il retourne ? Et puis on ne sait jamais, on est peut-être passés à côté de quelque chose. Super. On arrive.

Trois rangées de paillasses et trois techniciens affectés à chacune s'entassaient dans le petit laboratoire. Au fond se trouvait un plan de travail commun doté de la plupart des grosses machines.

— Bon, dit Valtry d'une voix forte, Je réclame votre attention. Vous avez déjà rencontré nos deux enquêteurs, les inspecteurs Lucchesi et Markey. Je vais leur donner un bref aperçu de ce qu'on fait ici au labo, donc si ça ne vous ennuie pas, je vais m'arrêter à différents postes au passage. Est-ce que quelqu'un fait un *wax up* ? C'est un montage en cire, précisa-t-il à l'adresse des policiers.

Une jeune femme au fond du labo leva la main.

— Allons-y, dit Valtry en se dirigeant vers elle, Danny et Joe sur ses talons. Voici comment ça marche. Quand vous êtes dans le fauteuil du dentiste, il prend une empreinte de vos dents qu'il nous envoie. On verse du plâtre à l'intérieur et on le laisse prendre afin d'obtenir la réplique exacte de votre bouche. (Il souleva une mâchoire inférieure en plâtre gris.) Il manque une dent ici et j'ai besoin d'en faire une nouvelle, donc je commence par en fabriquer une en cire. On utilise un injecteur thermique pour que la cire reste bien liquide, on chauffe une spatule à la flamme et on façonne la forme en cire désirée.

« Ensuite, on place la dent en cire là-dedans, enchaîna-t-il en soulevant un petit récipient en plastique transparent. Puis on remplit ce godet d'une sorte de plâtre et on laisse durcir. On démonte la base, puis on place le plâtre dans le four. On monte la température à plus de 400 °C. La cire fond et quand on regarde à l'intérieur du plâtre, il y a un petit trou de la forme de la dent à la place de la cire.

— Je vais mouler, maintenant, annonça un homme assis derrière Danny. Si vous voulez regarder.

Il avait parlé un peu trop bas.

— Quelqu'un a dit quelque chose ? demanda Valtry.

L'employé rougit violemment.

— Ce monsieur est prêt, répondit Danny en désignant l'intéressé.

— Ah, Kelvin. Entendu. Montrez-nous ce que vous faites.

— Et si vous le faisiez vous-même ? hasarda Joe.

Valtry parut interloqué.

— Pardon ?

— Pourquoi ne pas nous faire une démonstration ?

— Kelvin est un excellent…

— On n'en doute pas, renchérit Danny, mais quoi, c'est vous qui avez tous ces diplômes sur le mur, on veut vous voir à l'œuvre. Après cette séquence vidéo que j'ai vue, je suis prêt à parier…

— Très bien, bougonna Valtry.

Il les conduisit à une paillasse située au fond du labo, tout près des deux fours. À côté se trouvait une machine vers laquelle il se pencha pour remonter une grosse centrifugeuse en métal.

— C'est quoi ? s'enquit Joe.

— Un four à récupération. Vous le verrez en action dans une minute. Je viens de remonter la centrifugeuse et de verrouiller la sécurité.

Il enfila des gants et se saisit d'une paire de pinces, ouvrit le four et en retira un petit cylindre en plâtre au cœur en forme de dent. Il le posa sur le plan de travail.

Kelvin passa à côté et se pencha vers le four à récupération.

— Je l'ai déjà remonté, signala Valtry.

Kelvin fronça les sourcils.

— Il y a une vis par terre qui en a été délogée, alors… vous le saviez, monsieur Valtry ? J'espère que vous le saviez, dit-il en profitant de la présence des deux étrangers pour brocarder son patron.

Valtry piqua un fard.

— Évidemment que je le sais ! Je vous mettais à l'épreuve. (Il émit un rire forcé.) Vous pourriez peut-être remettre la vis en place. Et remonter l'appareil.

Kelvin s'exécuta en souriant. Valtry décrocha un chalumeau, ouvrit la porte du four et alluma le chalumeau à la lumière orangée qui diffusait à l'intérieur.

— Cette flamme-là n'est pas assez chaude pour fondre l'or, mais une fois mêlée à l'oxygène... (Il tourna la valve de la bouteille cylindrique verte qui se dressait à côté de lui, et une fine flamme bleue jaillit du chalumeau.) J'obtiens une flamme à très forte chaleur, dans les 800 °C. Ensuite, on va projeter le métal en fusion dans le trou, afin de produire une couronne en métal et non plus en cire.

— Il vaudrait peut-être mieux qu'ils enfilent des lunettes de sécurité, remarqua Kelvin.

— C'est juste, convint Valtry. Pouvez-vous en donner à nos amis ?

Kelvin leur tendit des protections oculaires.

— Détournez les yeux au bout d'une ou deux secondes. Ne fixez pas trop longtemps[1].

— Aujourd'hui, Kelvin utilise de l'or, reprit Valtry. On met les lingots dans ce creuset-là, je prends l'anneau...

Kelvin indiqua le creuset.

— Hum ! N'oubliez pas de préchauffer le...

— Décidément, Kelvin, merci, poursuivit Valtry avec une gaieté forcée. Alors, je prends mon chalumeau et je commence par préchauffer le creuset jusqu'à ce qu'il rougisse. Puis j'introduis mes lingots dans le creuset. Avec mon chalumeau, je liquéfie l'or, ce qui prend une minute environ. Je retire l'anneau,

1. La flamme des chalumeaux oxhydriques est très intense et dangereuse pour la vue.

le place devant le creuset. Une fois le couvercle refermé, ça va se mettre à tourner et l'action centrifuge va projeter de l'or dans mon moule. Un, deux, trois...

Il referma le couvercle en verre et un cercle lumineux tourbillonna avec la centrifugeuse.

— On devrait peut-être couper le gaz, avança Kelvin. Je vais le faire.

— Merci, prononça Valtry.

Kelvin éteignit la torche, retira le tuyau d'arrivée du gaz et ferma l'oxygène.

— Très bien, voilà qui est fait, approuva Valtry.

Il poussa une manette au milieu de la machine, appuya sur un bouton rouge, souleva le couvercle et prit des pinces pour extraire l'anneau en plâtre.

— Je vais laisser ça une heure, le temps que ça redescende à la température ambiante. Quand je l'ouvrirai, on trouvera une dent en or. Ensuite, il faudra encore limer et polir. Après quoi on s'occupera de l'habillage cosmétique, autrement dit on va ajouter la céramique ou la porcelaine, etc. Mais c'est la base de métal qui garantit la solidité du produit fini.

— Ce sont donc les chutes de ce travail à la lime et les résidus de polissage qui sont envoyés à l'affinage, conclut Joe.

— Tout à fait.

— Entendu. Merci de nous avoir expliqué les ficelles du métier.

— Oui, merci, renchérit Danny.

Ushi Gahr leur décocha un large sourire quand ils passèrent à sa hauteur. Une fois dans le couloir, Joe se tourna vers Danny.

— Du gaz, des chalumeaux, des flammes, du métal en fusion... Le rêve, pour un psychopathe qui a envie de faire joujou.

# Chapitre 21

Une bouteille de bière dans une main et un paquet de tortillas sur les genoux, Shaun Lucchesi était affalé devant la télévision.

— Nom d'une pipe ! s'écria Joe. Il est 19 heures, on est lundi… Shaun, crois-tu qu'il soit bien raisonnable de biberonner de la bière ?

— Hmm, fit son fils sans quitter l'écran des yeux, avant de porter la bouteille à ses lèvres.

Joe l'observa encore une minute, avant de décider que la coupe était pleine.

— Ça ne va pas du tout, gronda-t-il en s'approchant de son fils et en lui arrachant la bière des mains.

— Qu'est-ce qui te prend ? protesta Shaun en se redressant.

— J'en ai marre, cria Joe. Ton attitude est détestable.

— Rien à battre.

— Arrête, cria Joe. Ferme ta putain de gueule !

Shaun resta sans voix.

Joe se laissa choir dans le fauteuil en se pétrissant le front.

— Excuse-moi, dit-il d'une voix radoucie.

Il jeta un regard à Shaun. Il avait l'air perdu. C'était compréhensible, en un an tout avait changé dans sa vie. Et son père ne s'en était guère préoccupé.

— Écoute, Shaun, reprit Joe plus calmement, pardonne-moi. Je me fais du souci pour toi. Et ta mère aussi.

— Je vais bien, soupira le garçon.

— C'est faux. Et je sais que tu le sens au fond de toi.

Shaun haussa les épaules. Joe se revoyait à dix-huit ans, infligeant à son père la même indifférence morose. Il ne parvenait pas à déterminer si cela faciliterait les choses ou augmenterait son mécontentement.

— Boire aujourd'hui ou boire à l'époque où j'avais ton âge, eh bien, ce n'est pas pareil, déclara Joe.

— C'est ça. Toi, tu portais des pattes d'eph en picolant.

— Ça se peut. Mais sérieusement, les choses étaient différentes. On ne buvait pas autant, et pas si jeunes.

— Je ne suis pas alcoolique, rétorqua Shaun.

— Belle épitaphe, riposta Joe.

L'adolescent haussa les épaules.

— Écoute, Shaun, tu bois, et tu bois beaucoup, quatre soirs par semaine. Ça ne présage rien de bon. Pourquoi tu bois autant ?

— Ce n'est pas vrai. Aucun de mes copains ne se fait engueuler par ses parents pour ça.

— Peut-être qu'aucun de ces parents ne tient autant à ses gamins.

Shaun leva les yeux au ciel.

— Allez, reprit Joe. Je te parle calmement. On n'est pas en train de s'engueuler. Mais si ça continue, ce sera le cas.

Shaun fixa le plancher.

— Si tu bois pour oublier... certaines choses, dit Joe, eh bien, c'est justement ce qui nous inquiète, ta mère et moi. Nous savons mieux que quiconque ce que tu as traversé. Mieux que tes amis. Tu es juste un élément du groupe. Personne ne pense à chacun séparément. Ils s'en foutent.

— Pas du tout.

— Mais si. Est-ce que quelqu'un a discuté avec toi de ce qui s'est passé ?

— Je ne veux pas en parler. Ils sont un peu au courant, mais pas grâce à moi.

— Et ils croient quand même que tu fais bien de te soûler tous les soirs.

— Ça n'a aucun rapport avec eux, riposta Shaun. J'ai un cerveau. Je décide tout seul.

— Eh bien, tu décides mal. Et on ne va pas rester les bras ballants à te regarder faire des conneries. Alors, voilà le marché : tu peux faire la fête le samedi soir. Le vendredi soir, ciné avec Tara ou qui tu veux, mais pas d'alcool. Le reste de la semaine, tu rentres gentiment ici avant 22 h 30.

— Pas question, fulmina Shaun en écarquillant les yeux. Pas question, papa. Hors de question.

— C'est comme ça, rétorqua Joe. Je t'en parle avant que ta mère ne le fasse. Elle remonte la pente, mais je veux qu'elle n'ait à s'inquiéter de rien, alors je préfère mettre les choses au clair tout de suite, c'est vu ? Tu vas bientôt comprendre pourquoi on a besoin que tu coopères, pourquoi on n'a pas envie de voir notre fils finir en désintox.

— Ce que t'es bête.

Anna entra dans la pièce.

— Salut ! lança-t-elle.

Elle s'approcha du lit et s'assit à côté de Shaun. Celui-ci afficha un air soupçonneux.

— Qu'est-ce qui se passe ?

— Tout va bien, dit-elle. On a seulement une nouvelle à t'apprendre.

Il se tut.

— Nous allons avoir un bébé, annonça-t-elle.

— Qui ? s'exclama Shaun. Vous ? Quoi ? Oh, putain de merde, vous êtes sérieux !

— On est ravis que ça te réjouisse autant, lâcha Joe d'une voix morne.

— Merci, ajouta Anna.

— Pardon, maman, dit-il en se penchant pour la serrer vaguement contre lui. Félicitations.

Il adressa un demi-sourire à Joe.

— Ta mère et moi... nous sommes très heureux.

— C'est un peu tôt pour te l'annoncer, mais ton père pensait que, bon, il valait mieux m'éviter le stress. J'espère que je pourrai compter sur toi.

Shaun décocha un regard noir à son père, mais arbora une expression plus affable en se tournant vers Anna.

— Bien sûr, maman, désolé. Je suis content pour vous. Enfin bon, ça fait bizarre, quoi, mais...

Joe le fusilla du regard.

— Ben quoi, c'est bizarre, insista Shaun. Mais je suppose que ça peut être sympa d'être un grand frère, ajouta-t-il.

Le portable de Joe sonna.

— Je dois répondre, dit-il tout en s'éloignant vers la fenêtre. Oui ?

— Joe, ici Tom Blazkow. Deux choses : les résultats du labo sont arrivés pour le deuxième vêtement du labo Trahorne... Ça correspond au sang d'Ethan Lowry. Et... on a un autre cadavre sur les bras.

Dean Valtry avait vécu et péri dans un loft de TriBeCa, situé sur Duane Street. Vivant, il s'accordait bien avec ce domaine d'un blanc polaire, au mobilier anguleux et aux toiles minutieusement disposées. Mort, son front éclaté et son cadavre rigide transformaient les lieux en un assemblage narcissique. On l'avait retrouvé affalé contre le dossier de la longue banquette, habillé de pied en cap : costume rayé bleu marine, chemise azur à col et poignets blancs, cravate dorée et boutons de manchettes en or. Il avait la mâchoire béante.

Danny et Joe contemplèrent le tableau.

— La mort ne s'embarrasse pas de pourcentages.

— Une balle dans la tête pendant qu'il était assis sur sa banquette, constata Joe.

Le docteur Hyland leva les yeux.

— Il devait être trop absorbé à se mater lui-même à la télé pour remarquer l'arrivée du tueur, nota Danny.

— Le 1er District n'est plus aussi sûr qu'autrefois.

— Sans blague !

— Qu'est-ce qui s'est passé ? demanda Joe.

— On dirait encore un calibre 22, mais manifestement celui-là n'a pas le visage en compote.

— Quelqu'un est allé parler aux voisins ?

— Beaucoup d'appartements sont vides, expliqua Bobby. Des proprios rupins, qui viennent en ville deux ou trois fois l'an, des acteurs, des investisseurs, etc. Les deux personnes qui étaient chez elles n'ont rien entendu. L'isolation phonique est bonne, et les apparts sont tellement gigantesques que c'est comme s'ils étaient situés dans des immeubles différents.

— Allons faire un tour, proposa Joe.

— Au moins, on n'a aucun mal à se repérer ici. Il ne manque plus que les petits-fours et le pinard, et on se croirait à un vernissage.

— Oui, intervint Hyland, et Valtry est l'œuvre d'un petit jeune plein d'avenir, avec un goût appuyé pour le macabre.

Joe leva une main.

— Je reviens.

Il poursuivit l'exploration du loft, évitant d'importuner les techniciens des lieux du crime.

— Le jour où on trouve un lien incontestable entre Trahorne Affinage et le labo de Valtry, celui-ci se fait descendre, grommela Joe.

— Ouais, gouailla Danny qui l'avait rejoint. Tu penses qu'il était de mèche avec…

— Je pense surtout qu'il connaissait son identité. Et je pense que l'autre lui a rendu une petite visite ce soir.

— Peut-être qu'on devrait aller fouiller plus loin, voir les fournisseurs, quiconque devait entrer dans le bâtiment, quiconque aurait pu avoir accès aux tambours et aux ballots qui entrent et qui sortent.

— Mais on a parlé à tout le personnel, y compris aux membres de l'équipe d'entretien.

— Alors, on a loupé quelqu'un.

Aussi propre que le labo, aussi ordonné que le bureau de Valtry, l'appartement ne semblait pas recéler de secrets.

— Il n'exagérait pas concernant son goût du détail, releva Joe. Regarde... Ses CD, ses livres sont classés par ordre alphabétique. Qui se donne autant de mal, de nos jours ?

— Toi, espèce de débile.

— Pas à ce point-là, non.

Danny le dévisagea comme s'il avait perdu l'esprit.

— Joe, tu es le type le plus maniaque que je connaisse. (Il considéra la pièce autour de lui.) Ça va nous faciliter le boulot. Pas besoin de remuer ciel et terre. Je dirais que chaque papier rangé dans chaque dossier de ces placards est à sa place.

Joe enfila un gant avant d'ouvrir les portes. Les étiquettes respectaient un code couleur, les titres étaient imprimés. Danny eut un mouvement d'humeur.

— Il n'y a pas assez de vingt-quatre heures par jour pour ce rangement de merde.

— Mais si tu organises ta merde au départ, ça te fait gagner du temps tous les jours, parce que tu n'en perds plus à chercher tes affaires.

— Seigneur, faut vivre un peu.

Joe s'approcha du comptoir de la cuisine et s'empara du téléphone. Il fit défiler les numéros enregistrés dans le journal d'appels. Il renouvela l'opération avec le portable de Valtry.

— Dernier numéro composé à 18 h 30, signala Joe.

— Sans doute quand il est rentré du boulot.

Ils entrèrent dans la chambre, séparée du living par un muret de brique blanc. Et il y avait un lit à courtines immense, fabriqué sur mesure, avec de la mousseline blanche drapée autour des quatre colonnes.

— Il vivait seul ici ? questionna Danny.

— Oui.

La pièce intacte respirait la sérénité, isolée qu'elle était de la scène qui s'était déroulée un peu plus loin.

— OK, conclut Joe. Il manque quelque chose dans cet appartement.

— De l'amour.

— Et à part ça ?

— Des meubles.

Joe balaya la réponse d'un signe de tête.

— Non, du matériel. Des machines, toutes ces conneries qu'on a vues au labo.

— Mais il travaille au labo, non ?

— Quand il nous a fait visiter son entreprise, tu l'as trouvé vraiment à son aise, toi ? Tu l'as senti chez lui dans cet environnement ? Pendant qu'il se regardait sur son écran de télévision, j'ai jeté un œil sur son agenda, et chaque soir ou presque il avait un rendez-vous. Et il ne fait pas de travail de technicien dans la journée. Il n'en fait pas le soir. Peut-être qu'il en fait pendant le week-end, mais maintenant on sait que non. Il n'y a rien ici.

— C'est sûr, mais c'est le patron. Il ne veut pas s'emmerder avec les fours et les petits scalpels, ces conneries. Quand il nous dit : « Je fais du grand art », ça veut dire : « Mes larbins font du grand art. »

Joe n'était pas convaincu.

— Rappelle-toi la jeune Asiatique, qui a dit qu'on devrait demander à Valtry de nous faire faire le tour du propriétaire... Je crois qu'elle a levé un lièvre.

Ils allèrent dans l'entrée.

— D'accord, il s'attribue le mérite de ses ouvriers. C'est ce que font tous les chefs, dit Danny. Quand on tiendra le salopard qui a fait ça, tu crois que c'est à nous qu'on décernera une médaille ?

— Compte là-dessus ! Mais Valtry faisait plus que ça. Il assurait des prestations qui persuadaient ses rats de laboratoire qu'il était génial.

— Oui, et alors... ?

— Eh bien, je pense que le prestataire, c'était quelqu'un d'autre, acheva Joe.

Ils allèrent rejoindre Bobby.

— Où est le portier ? demanda Joe.

— On l'a laissé au rez-de-chaussée, complètement chamboulé. C'est un dénommé Cliff.

— Allons lui parler, dit Joe en se tournant vers Danny.

Ils prirent l'ascenseur pour descendre. Livide et en sueur, Cliff était assis sur une banquette orange et gris.

— Je n'ai vu entrer personne, affirma-t-il en se tenant le bras gauche. Je suis navré, j'ai des problèmes cardiaques.

— Ça va ? dit Joe. Vous voulez un verre d'eau ?

— Non, ça va aller.

— Vous étiez là toute la soirée ?

— Oui. Je ne quitte jamais mon poste.

— C'est bien. Et personne n'est venu rendre visite à M. Valtry ?

— Personne n'a franchi la porte d'entrée. Mais il y a une entrée de service. On a un tas de personnalités qui habitent ici, du monde du spectacle, de la mode, du monde des affaires, et ils tiennent à leur vie privée.

— Il n'y a pas de gardien à l'arrière ?

— Non, et ils tiennent à ce que ce soit comme ça.

— Donc si j'ai un visiteur, je pourrai lui indiquer l'emplacement de cette porte et il entrera sans problème.

— Cela dit, il aurait besoin de votre code confidentiel, chaque appartement en a un, mais bien sûr il pourrait entrer tranquille, on n'en saurait rien.

— Vous avez un code ?

— J'ai un seul code, le mien. Les résidents changent régulièrement le leur. Votre voisin ne connaît pas le vôtre, à moins que vous ne le lui révéliez, mais ce serait bizarre. En cas d'incident, on vérifie le dernier code introduit et on remonte jusqu'au résident à qui il correspond. Mais ce n'est pas encore arrivé jusqu'ici... Et malheureusement celui dont on a utilisé le code n'est plus là pour nous en parler.

— Mais Valtry connaissait sûrement la personne qu'il a laissée entrer.

— Manifestement pas assez bien. Valtry était un brave homme, il faisait confiance à n'importe qui. Nous déplorons tous ce qui s'est passé.

— Et nous de même, Cliff.

— Alors, quoi de neuf ? demanda Danny comme ils retournaient à la voiture.

— Qu'est-ce que tu veux dire par là ?

— Tu es tout drôle en ce moment.

— Ce qu'il y a de neuf, c'est que ma femme est enceinte.

Danny s'arrêta net.

— Mon Dieu ! Félicitations. C'est formidable, non ?

— Si j'étais quelqu'un de bien, sans doute, soupira Joe.

— Les gonzesses adorent les mecs avec des bébés.

Joe éclata de rire, puis porta une main à sa mâchoire.

— Et merde.

— J'emmènerai le gosse au parc pour vous, promit Danny. Ça ne me pose pas de problème. Je lui chuchoterai à l'oreille, mais assez fort quand même pour que les nénettes autour entendent, que sa maman est au ciel avec les anges.

Joe gloussa de nouveau, malgré la douleur.

— Tu es vraiment givré.

## Chapitre 22

Bobby Nicotero fit irruption au Manhattan North et fonça droit sur le bureau de Joe.

— Je peux te dire deux mots, Joe ?

— Bien sûr.

— Allons dans le couloir, suggéra Bobby.

— Tu peux me parler ici.

Bobby lui planta un doigt sur la poitrine et le fusilla du regard.

— Dans le couloir, gronda-t-il avant de tourner les talons.

Joe se leva lentement et le suivit.

— Tu pourrais m'expliquer ce qui se passe entre toi et mon père ? explosa Bobby.

— Hein ? demanda Joe en fermant la porte derrière lui.

— Je sais que tu trames quelque chose. Il fait quelque chose pour toi, je le sais. Et…

— De quoi tu parles, bon sang ?

— Il me cache quelque chose… Au début j'ai cru qu'il trompait ma mère, mais j'avais tort et…

— Évidemment. J'aurais pu te le dire !

— Ben tiens ! Enculé de Joe Lucchesi qui sait toujours tout !

— Tu vas finir par grandir un jour ?

— Boucle-la, putain !

— Que ça te plaise ou non, Bobby, j'aime beaucoup le vieux Nic. Ton père s'ennuie, le boulot lui manque…

— Je m'en cogne, de mon père, rétorqua Bobby. C'est pour ma mère que je cherche à savoir ce qu'il en est. Elle se ronge les sangs pour lui. Elle est contente qu'il ait tenu jusqu'à l'âge de la retraite en un seul morceau. Elle ne veut pas qu'il se mêle de tes conneries.

— Ce qui se passe entre ton père et moi ne regarde que ton père et moi.

— C'est ça, rien que vous deux ! Comme des amoureux. Mais il a une femme, non ?

— Bon sang, tu t'entends, espèce de cinglé ? J'aide ton père pour son bouquin, ça va ? C'est tout. Je suis grillé. La belle affaire.

— T'es un connard, Lucchesi.

— C'est ça qu'on fait ensemble, Bobby. Pose la question à ton père.

— Dans tes rêves.

— Sans blague.

— Et ça veut dire quoi ?

— Tu l'as dit toi-même, tu t'en cognes, de ton père. Il veut occuper son temps. Je lui file un coup de main…

— Qu'est-ce que tu sais de ce que veut mon père ? Que dalle…

— Déconne pas, ça fait des années que je le connais, on…

— Écoute, l'avertit Bobby, on est obligés de bosser ensemble sur cette affaire, ça va comme ça. Quand on retournera dans le bureau, tout sera réglo. Mais t'approche pas de ma famille.

— Mais c'est quoi, ce délire ? s'emporta Joe. Tire-toi.

Et il claqua la porte.

Devant son bureau, Joe trouva Rufo qui l'attendait en tenant à la main un lait frappé, aromatisé à la banane et à la noix de coco, et garni de chantilly. Joe contempla le gobelet géant puis considéra son chef, mais s'abstint de tout commentaire.

— Tout baigne ? s'enquit le sergent Rufo.

— Ça baigne, affirma Joe en accrochant sa veste avant de s'asseoir à sa place.

— Alors, le plan, c'est… ?

— On a appris que le dernier numéro appelé à partir du téléphone fixe de Dean Valtry était adressé à une certaine Marjorie Ruehling, qui habite dans le Bronx. Je vais me rendre chez elle dans la matinée avec Danny. Ensuite, on a l'autopsie de Valtry cet après-midi.

— Ce petit chéri contient cinq cent cinquante calories, annonça Rufo d'une voix morne.

Danny s'approcha de lui et lui retira le gobelet.

— Vous voulez que je mette fin à vos souffrances ? Que je le retire de votre vue ?

Rufo hocha la tête, tristement.

— Une seule gorgée… commenta Danny en avalant le lait. Et on se croirait en vacances.

— Allez, patron, on viendra vous voir après.

— Dis au revoir à papa, dit Danny au gobelet.

Mais Rufo avait déjà tourné les talons.

Marjorie Ruehling habitait près du Boulevard Sud, dans le Bronx, dans le seul immeuble de la rue qui n'avait pas été rénové, mis en vente ou sur le point d'être rasé. Joe sonna à la porte du 6A. Une voix âgée chevrota dans l'Interphone.

— Oui ?

— Marjorie Ruehling ? demanda Joe.

— Oui. Qui est-ce ?

— Ici l'inspecteur Joe Lucchesi, je suis accompagné de mon coéquipier, l'inspecteur Danny Markey, de la police de New York. Nous aimerions entrer pour vous parler.

— Pourquoi ?

— Vous connaissez M. Dean Valtry ?

— Je descends. Et vous pourrez me montrer vos jolies petites plaques.

— Entendu, madame.

Cinq minutes plus tard, une femme fluette, la soixantaine, coiffée d'une choucroute couleur caramel et vêtue d'un survêtement pêche, ouvrit la porte et examina les deux plaques. Elle ouvrit alors la porte en grand et fit entrer les deux policiers dans un hall carré et gris, tapissé de boîtes aux lettres dont la plupart débordaient.

— Cet homme que vous avez mentionné... Valtry, dit-elle. Il a appelé hier soir.

— Alors vous le connaissez.

— Pas vraiment. C'était un ami de ma fille, Sonia, il y a des lustres de ça. C'est elle que vous devez voir. Elle en saura plus. Il voulait lui parler.

— Vous avez transmis le message à votre fille ?

— Non, ça n'aurait servi à rien. Elle était sortie avec son mari. Et Valtry n'a pas voulu laisser de numéro.

— En effet, je comprends, dit Danny. On pourrait avoir l'adresse de Sonia ?

— Mieux que ça. Montez donc prendre un café, elle ne va pas tarder.

L'appartement de Marjorie Ruehling étalait une palette de dégradés crème, beige et marron qui se déployaient entre les tapis, les fauteuils et les coussins.

— Comment M. Valtry vous a-t-il paru hier soir au téléphone ? demanda Joe.

Mme Ruehling haussa les épaules et rajusta son gilet sur ses épaules.

— Comme je vous le disais, je ne connais pas cet homme, mais... J'ai eu l'impression que... qu'il parlait vite. C'est ce qui m'a frappée. Il a raccroché très vite après m'avoir dit de demander à Sonia de le rappeler.

— Il avait la voix claire ?

— Oui.

— Donnait-il l'impression d'être enrhumé ou essoufflé ? Vous avez remarqué quelque chose de particulier dans sa voix ?

— Il avait l'air impatient, c'est tout.

— Bon.

Ils s'interrompirent en entendant des clés dans la serrure.

— Oma ? cria Sonia depuis l'entrée.

— Nous sommes dans le salon, répondit-elle à sa fille.

— Bonjour, dit la jeune femme. Que se passe-t-il ?

Sa mère sourit.

— Tout va bien. Ces messieurs sont des inspecteurs de police. Rien d'important. C'est au sujet d'hier soir.

Sonia eut l'air perplexe.

— Oui, quelqu'un a appelé chez votre mère pour vous parler, hier soir, expliqua Joe. Dean Valtry.

— Dean Valtry ? Il voulait quoi ?

— Il ne l'a pas dit, répliqua sa mère. Il a seulement demandé que tu le rappelles.

— Il a laissé un numéro ? s'enquit Sonia.

— Non. C'était bizarre. Mais pourquoi vous ne lui posez pas la question, à lui ? suggéra-t-elle.

— Comment le connaissiez-vous ? demanda Joe à Sonia.

— On... Oma, ça ne te dérange pas de nous laisser une minute ? Ce n'est pas la peine qu'on t'embête avec ça.

— Tant que tu m'expliques tout ça plus tard, je vais attendre à la cuisine.

Elle prit une pomme dans le compotier et un couteau pour la peler.

— D'accord, commença Sonia, c'est assez curieux. Je connais Dean Valtry parce que je suis sortie avec un de ses amis. Mais c'était il y a des années, j'avais vingt et un, vingt-deux ans.

— Je suis au regret de vous apprendre que M. Valtry a été assassiné hier soir, dit Joe.

— Ça alors !

— Oui, et il a essayé d'appeler plusieurs fois ici dans la journée. Il vous cherchait. Votre mère n'a pas voulu lui communiquer vos coordonnées. On aimerait bien savoir pourquoi il désirait vous parler.

— Je n'en ai pas la moindre idée. Nous n'étions pas très proches. Pour être franche avec vous, on ne s'entendait pas très bien, que Dieu ait son âme.

— Racontez-nous comment vous vous êtes rencontrés.

— Je travaillais chez Feelers, un bar dans l'East Village. Un des types avec qui je travaillais s'appelait Alan Moder, et on sortait ensemble. Dean Valtry était son copain. C'est comme ça que je l'ai rencontré.

— Quand avez-vous vu Dean pour la dernière fois ?

— Ça remonte à loin. Qu'est-ce qu'il était devenu ?

— Il dirigeait l'un des plus grands laboratoires de prothèses dentaires de New York.

Sonia s'adossa confortablement et sourit.

— Vous avez l'air étonné, remarqua Joe.

— Plutôt. Il était ambitieux, donc de ce point de vue ça se tient. Mais pour autant que je sache, il n'était pas brillant.

— D'où vous vient cette idée ?

— D'Alan. Ils ont fait leurs études ensemble. Et ce qui est drôle, c'est qu'Alan a tout lâché en cours de route, alors que c'est lui qui avait du talent.

— Mais c'est Valtry qui a ouvert un labo.

— Oui, mais c'est grâce à Alan surtout que la société s'est fait remarquer. Alan travaillait pour Dean.

— Alan a son propre labo maintenant ?

— Je ne sais pas où se trouve Alan Moder, ni ce qu'il fait aujourd'hui.

— Ça s'est mal terminé, déduisit Danny.

— Très mal. Disons les choses ainsi. La dernière fois que j'ai vu Alan Moder, il m'a hurlé des obscénités devant mes collègues de travail, dans un magnifique bistro français sur la 29e Rue, sept ans après que je l'ai largué d'une façon absolument dégueulasse, pour qu'il ne s'approche plus jamais de moi.

— Mince !

— Je devrais avoir tourné la page, enfin, bon, j'ai tourné la page, reprit-elle. Mais vous savez, quand on y pense... Quelle conne ! J'avais vingt-deux ans, j'étais follement amoureuse. Je croyais qu'il l'était aussi, quand je l'ai surpris avec une femme qui avait deux fois son âge, de la graisse, du pognon... Une femme dont je savais moi-même qu'il se foutait éperdument. Voilà donc mon histoire avec Alan Moder. Je vous donne beaucoup trop de détails, mais c'est que je n'en ai jamais parlé. Je suis mariée, maintenant. Alan était venu ce soir-là au restaurant pour essayer de me récupérer, après la mort de la vieille peau. Voilà, vous savez tout.

— Revenons-en à Valtry, dit Danny. Selon vous, pour quelle raison aurait-il souhaité vous contacter ?

— Je ne vois pas. On sortait toujours ensemble tous les trois, mais c'était plutôt que, comme il était à peu près le seul copain d'Alan, je devais me le coltiner. Il était... on n'était pas très liés. Je suis quand même bouleversée de savoir qu'il est mort. C'est tellement étrange qu'il ait essayé de m'appeler. Ça va me travailler. Faites-moi savoir si vous apprenez pourquoi.

— Bien sûr. Comment était Valtry ?

— Il n'était pas mal, dit Sonia. Ennuyeux, pour le moins. Pédant, bête. Un cocktail détonnant. Le genre à se donner l'air plus intelligent que le reste du monde...

— Lui est-il arrivé de se montrer violent ? s'enquit Danny.

— Dean ? Non. Pourquoi cette question ?

— Tant qu'on y est…

— Étant donné qu'Alan Moder est, d'après vous, votre seul point commun avec Valtry, intervint Joe, savez-vous comment on pourrait le joindre, au besoin ?

— Je ne serais pas surprise d'apprendre qu'il travaille encore pour Dean.

— Ce n'est pas le cas, dit Danny. On a parcouru tous les dossiers des employés. Il n'y figure pas.

— Alors je ne sais pas. Laissez-moi réfléchir. Il était originaire de Maplewood, dans le New Jersey, mais je crois qu'il n'y est jamais retourné, il était brouillé avec sa famille. C'était une famille à problèmes. Mais vous pourriez les appeler, le prénom de son père est Tony.

— Entendu, merci beaucoup pour votre aide, conclut Joe.

Shaun Lucchesi entra dans la cuisine, se dirigea vers le réfrigérateur sans saluer sa mère, prit la bouteille de jus de fruits, y but directement et remit la bouteille à l'intérieur.

— Ça te fera plaisir d'apprendre qu'entre Tara et moi c'est fini.

— Quoi ? Pourquoi ça me ferait plaisir ?

Il écarquilla les yeux.

— Tu te fiches de moi ?

— Hein ? Je… Elle était mignonne.

— Tiens donc, rétorqua Shaun. Maintenant, tu trouves mignonnes les filles décharnées ?

— Elle avait une jolie tête.

— Sous cinq couches de maquillage.

Anna se tourna vers lui. Il sourit et haussa les épaules.

— Tu veux que je te dise quelque chose de drôle ?

Elle hocha la tête.

— Je lui ai acheté une belle édition de *Roméo et Juliette*, parce qu'elle m'avait dit combien elle avait adoré, et quand je lui ai offert le bouquin, elle s'est écriée « Oh ! C'est le film que j'adore. Leonardo di Caprio est si sexy ! »

— Oh là là ! fit Anna en s'esclaffant.

— Oui, je sais.

Bobby Nicotero était à son bureau du 20e District. Il travaillait. Il devait se tirer du Manhattan North. Son équipe avait fini depuis trois heures, mais il ne voulait pas rentrer chez lui. Il parcourut des pages de dépositions, prit des notes, surligna des passages, procéda à des vérifications croisées. Rien de nouveau. Il se renversa dans son fauteuil et se mit à penser à ses deux fils. Il était libre le lendemain, pour la première fois depuis des semaines. Ils iraient au musée de la Marine, de l'Air et de l'Espace. Il sourit, puis retourna à ses notes, le regard attiré par un passage hâtivement surligné de bleu. Un déclic. Il lui fallait seulement vérifier un dernier point.

Quand Joe rentra, Anna regardait la télévision, tout en feuilletant un catalogue d'échantillons de tissus. Joe fila directement dans leur chambre à l'étage. Elle le suivit.

— Salut, dit-elle. Comment ça va ?

— Très bien. Et toi ?

Il retira sa veste, puis sa cravate et sa chemise.

— Shaun a rompu avec Tara, annonça Anna.

— Vraiment ? Tu vois, c'est comme pour moi, ça n'a jamais tenu avec les filles qui ne revenaient pas à ma maman.

— Elle ne te revenait pas non plus.

— Ça n'a rien à voir. Ça concerne la maman. C'est comme le sifflet du chien. Tu émets un signal de répulsion qui n'est perçu que par les filles qui ont une dégaine de tapineuse. Exactement ce que les garçons recherchent.

Anna administra une claque sur l'épaule de Joe.

— Quoi ? demanda-t-il, l'air innocent. C'est bon, j'ai dépassé ce stade.

— Si on avait un autre garçon, on serait obligés de repasser par tout ça. Ou pire, avoir une fille à visser.

Joe se tut.

— Quoi ? Qu'est-ce qui cloche ?

— Rien, grommela Joe.

— Mais si. On s'est à peine parlé cette semaine…

— Je suis assez occupé, Anna.

— Moi aussi.

— Excuse-moi, marmonna-t-il en retirant la ceinture de son pantalon, si je n'arrive pas toujours à considérer que tu es aussi occupée que moi.

— Tu es injuste.

— La vie est injuste. Les horreurs que je vois… Je m'en tamponne le coquillard que le papier peint rayé revienne à la mode. Tu peux le comprendre, ça, non ?

— C'est ça, t'as gagné, tu gagnes toujours… Espèce de sale arrogant, de…

— Oh ! Je ne suis pas *arrogant*. Mais je ne vis pas dans les nuages…

— Dans les nuages ? cria-t-elle.

Joe se déchaîna.

— Oui, à fabriquer ces petits mondes artificiels où tout est parfait et où chacun est heureux. Et le soleil brille, et tout le monde est assis sur des sofas ou danse dans des putains de cuisines et des chambres à coucher dans des dessous de luxe, avec un corps parfait, un grand sourire sur le visage et…

— Tu vas bien ? s'inquiéta Anna d'une voix plus douce.

— Non ! Je ne vais pas bien.

— Tu as tellement changé.

— Pourquoi faut-il que les femmes la ramènent toujours ? pesta-t-il.

— Quoi ?

— Écoute... Ce n'est pas mal si j'ai changé, Anna. Les gens changent. À quarante balais, tu préférerais être marié à une espèce de connard immature sans le moindre sens des responsabilités, et sans autre ambition que d'aller se soûler la gueule le week-end avec ses potes ? Cesse d'idéaliser le mec que tu as épousé.

— C'est ça, justement, je ne t'ai jamais idéalisé. Ce n'était pas nécessaire. Tu étais...

— Ne me sors pas ces conneries. Je t'ai toujours fait enrager.

— On ne se disputait pas comme ça, avant.

Joe se tut et baissa les yeux.

— Non, c'est juste.

— Qu'est-ce qui ne va pas ? répéta Anna.

— Tu veux le savoir, tu veux vraiment le savoir ? Je suis furieux, je suis hors de moi. Tu sais, j'ai essayé de rester calme, mais je ne peux pas. Il nous restait un an jusqu'à ce que Shaun aille en fac, et je trouvais génial de se retrouver tous les deux. Je ne peux pas croire qu'au moment où je pensais que ma vie allait dans une direction précise, quelqu'un a pressé un bouton, et bing, je retourne dix-huit ans en arrière. J'ai l'impression que je me suis cassé le cul pour rien, Anna.

— Ce n'est pas vrai.

— Si, je me sens paralysé ! Ce bébé m'a l'air d'être un bon prétexte.

— Qu'est-ce que tu veux dire ?

— Un prétexte pour ne pas regarder en face ce qui nous est arrivé. Un prétexte pour t'éviter d'aller affronter le monde, là !

Il pointa le doigt sur la fenêtre.

— Là où ?

— N'importe où ! s'époumona Joe. N'importe où ! Regarde comment tu vis. C'est à peine si tu passes la porte, tu te décomposes dès que tu mets un pied dehors, tu restes là toute la journée, le soir...

— Je suis déprimée ! hurla-t-elle.

— Exactement, répondit-il sans baisser le ton. Et c'est pourquoi on ne devrait pas l'avoir, cet enfant. Qui voudrait mettre un enfant au monde dans un foyer pareil ?

Ses paroles restèrent en suspens.

— Notre foyer est merveilleux, répondit Anna avant d'éclater en sanglots.

Joe s'assit sur le lit.

— Je n'en ai pas l'impression. Ou peut-être que j'ai oublié. Je ne sais plus. Je n'y pense pas. Je ne pense plus à nous.

— Je sais, gémit Anna en pressant sa manche contre ses yeux.

Il la regarda.

— Je… je vous aime tellement, Shaun et toi. Vous êtes tout pour moi. Mais nous ne sommes plus les mêmes. Enfin, les choses ont changé.

— Peut-être que le bébé va…

Joe hocha tristement la tête.

— Putain, tu parles d'un boulot pour un nouveau-né !

# Chapitre 23

Le soleil dardait ses rayons à travers une trouée dans le gris du ciel, au-dessus de Denison, dans l'État du Texas. Wanda Rawlins tendit le bras vers le poste de télévision, les doigts raides et écartés.

— Je n'ai pas touché à la drogue ni à l'alcool depuis…

Le prédicateur télégénique aux cheveux gris, lisses et gominés, marqua une pause pour que son auditoire comble le silence et précise depuis combien de temps il « marche aux côtés de Jésus ».

— Seize ans, trois jours et sept heures, claironna Wanda.

— Avant de marcher aux côtés de Jésus, je…

— Je dansais avec le diable.

La voix de Wanda était aussi exaltée que celle de l'homme au micro qui arpentait la scène sous le chapiteau blanc bondé.

— Je dois mon salut à…

— Vincent Farraday, vociféra Wanda.

Elle parlait de son mari, le chanteur qui l'avait arrachée à un club de strip-tease de Stinger's Creek, l'avait remise d'aplomb et l'avait accueillie dans sa merveilleuse maison à Denison, à une soixantaine de kilomètres plus au sud. Le public du studio avait déjà répondu « Au Seigneur ».

— Ah, oui, le Seigneur, reprit Wanda en écho. Ben tiens ! Je dois mon salut au Seigneur et à Vincent Farraday.

Le télévangéliste se tenait les bras ouverts, le bassin projeté en avant.

— Ma force repose dans…

— Ma sobriété, dit Wanda.

— Mon amour, dit Wanda.

— Mon destin, dit Wanda.

— Mon reniement. Mon détachement. Mon âme glacée.

Duke Rawlins se tenait sur le seuil, les mains accrochées à l'encadrement de la porte au-dessus de sa tête, son long corps mince se balançant d'avant en arrière. L'assemblée poussa des cris de joie.

— Dukey, articula Wanda en se mettant debout tant bien que mal.

Duke regarda la télévision.

— Tu ne t'en souviens sûrement pas, maman, mais c'étaient des feuilletons à l'eau de rose que tu regardais à l'époque. Parfois toute la journée. Je courais partout dans la maison, dans la cour. Je te fonçais dessus, couvert d'égratignures, de bleus et de saleté, juste pour voir, quoi… Toi, tu tournais la tête vers moi, tu te servais de toute ta faiblesse pour me repousser et tu disais : « Maman regarde la vie des autres. » (Il sourit.) Alors maintenant, maman regarde Jésus.

Son visage se tordit sous l'effet de la haine qui sourdait du tréfonds de son être.

Les yeux de Wanda exprimaient l'amour, la peur et seize ans, trois jours et sept heures de repentance.

— Tu as fait de très vilaines choses, Dukey. Un tas de gens veulent te parler. Cet inspecteur à New York… (L'expression qui se peignait sur les traits de son fils l'arrêta net. Elle leva les mains pour le calmer.) Mais je comprends pourquoi maintenant, pourquoi tu as agi ainsi.

Duke pencha la tête sur le côté. Wanda opina vigoureusement.

— Oui, je comprends. Le diable s'est emparé de mon corps à cause de ma conduite de pécheresse. Je lui ai ouvert mon âme et il s'y est infiltré. Il reposait auprès de toi dans mon sein. Et il a grandi avec toi. Et lorsque tu es sorti de mon ventre, il s'en est allé. Le seul endroit où il pouvait...

Un rire haut perché, saccadé, interminable, interrompit ce discours.

— Saloperie de tarée ! vociféra-t-il. Putain, t'es complètement folle. Peut-être que ton timbré de pédé t'a enculée par-derrière et que, pendant qu'il te bourrait d'un côté, le diable te bourrait de l'autre. Peut-être même qu'ils se sont rencontrés au milieu et qu'ils ont fait la nouba. Bordel, si ça se trouve, j'y étais.

Il s'approcha d'elle.

— Je veux t'aider, Dukey. Je veux racheter...

— Ton âme, maman. Comme d'habitude, tu veux sauver ta peau.

— Non, non ! se récria Wanda. Je ferai tout ce que tu voudras. Tu as besoin d'argent ? J'ai de l'argent. (Elle désigna son chéquier.) Je ne dirai à personne que tu es venu. Tu peux même rester ici. Personne ne le saura.

Duke laissa la panique l'envahir.

— Je te... de quoi tu as besoin, Duke ? Je le ferai. Je ferai... tout ce que tu voudras.

Elle déchiffra son regard. Elle recula d'un pas chancelant, attrapa son portable sur l'accoudoir du joli canapé rose. Le pied droit de Duke cingla l'air et projeta le téléphone au loin. Wanda hurla.

— Tu as cassé quelque chose.

— Toi aussi, répliqua Duke.

Wanda avait le dos plaqué contre la poitrine de son fils, qui avait replié les jambes autour d'elle pour la clouer au sol. Avec une habileté acquise durant son enfance, il enroula promptement le garrot autour du bras gauche de sa mère, sortit une seringue et lui injecta la dose d'héroïne la plus pure qui ait jamais coulé dans ses veines. Il vit peu à peu disparaître l'effarement sur ses traits au profit d'un autre visage, que Duke connaissait bien : c'était le visage atone qui s'entortillait autour de poteaux rutilants, le visage qui l'attendait à la sortie de l'école, le visage qui brûlait les biscuits, le visage qui ouvrait la porte de sa chambre d'enfant à des michetons qu'aucune femme ne pouvait satisfaire.

Une heure plus tard, Vincent Farraday rentra de l'épicerie pour trouver Wanda le corps flasque, les yeux vitreux. Elle lui adressa un demi-sourire, puis se retourna vers la télévision.

Vincent s'adressa aux deux adolescentes, leurs jumelles, qui se tenaient derrière lui.

— Votre maman ne se sent pas bien. Je crois qu'on va partir en vacances un jour plus tôt. Allez faire vos sacs.

Vincent Farraday retira son chapeau et se frotta la tête à plusieurs reprises. Il sortit un mouchoir et le pressa au coin de ses yeux.

Les accents enflammés du télévangéliste s'élevèrent dans le silence.

— Toute maison divisée contre elle-même ne peut subsister.

La foule l'acclama.

— Et chez celui qui rend le mal pour le bien, le mal ne quittera point la maison.

# Chapitre 24

Joe avait ouvert le fichier informatique baptisé VICS. La dernière fois qu'il avait lancé l'application, c'était pour y importer la photo de David Burig. À présent, il ajoutait celle de Dean Valtry. Les visages des cinq hommes assassinés le fixaient depuis l'écran. En dessous se trouvait un portrait de Mary Burig. Il déplaça les éléments de manière à constituer deux groupes séparés par un gros trait rouge. À gauche se côtoyaient Gary Ortis, William Aneto, Preston Blake, Ethan Lowry. À droite Mary Burig, David Burig et Dean Valtry. Joe encadra d'une bordure noire Preston Blake et Mary Burig : ceux qui avaient survécu. Puis il s'intéressa aux trois noms à droite de la ligne rouge marquant un changement de mobile. Oui, le tueur connaissait Mary Burig, David Burig et Dean Valtry. Joe devait trouver comment. Et qui était le prochain sur la liste.

Les marches conduisant à la maison de Preston Blake étaient bordées de feuilles mortes, amassées par un vent venu d'on ne savait où en ce bel après-midi. Danny et Joe piétinaient sur le seuil après avoir sonné à la porte.

— Je sens qu'on me scanne la rétine, grommela Danny. À moins que ce ne soit le cul.

— Boucle-la, putain ! lui chuchota Joe à l'oreille. Il peut sans doute t'entendre.

— C'est ça ! De toute façon, il doit lire sur nos lèvres, ricana Danny en articulant exagérément.

Ils sonnèrent de nouveau, puis frappèrent.

Joe sortit son téléphone et composa le numéro de Blake. Il tomba sur le répondeur.

— Monsieur Blake, ici l'inspecteur Joe Lucchesi. On est devant chez vous. On voudrait vous parler. Ça ne prendra pas longtemps.

Une minute plus tard, la porte s'ouvrit et Preston Blake apparut devant eux, le visage impavide. Il se pencha au-dehors, scruta la rue, à droite et à gauche, puis il observa leurs plaques.

— Entrez, lâcha-t-il.

Il les conduisit dans la même pièce que la première fois et leur indiqua le même siège.

— On vous remercie, dit Joe.

Preston Blake haussa les épaules.

— Comment allez-vous ? s'enquit Danny.

— Super, répondit-il d'une voix éteinte. Comment progresse l'enquête ?

— C'est la raison de notre venue, reprit Joe. On a des renseignements supplémentaires à vous demander.

— Allez-y. Pour ce que ça change.

— Connaissez-vous un certain David Burig ?

— Pourquoi cette question ?

— J'essaie seulement d'établir des correspondances.

— Non. Je ne connais pas de David Burig.

— Et un dénommé Dean Valtry ?

— Non. Ces types sont des suspects ?

— Comme je vous le disais, leur nom a surgi, alors on fait des recoupements. On voulait savoir si vous les connaissiez ou si vous vous rappeliez autre chose.

— Pour me rappeler quelque chose, c'est non, vu ? Je vous l'ai déjà dit. Je me suis repassé le film sans arrêt dans ma tête. Ce n'est pas maintenant que ça va me revenir. Ce n'est pas comme ça que ça se passe.

— Pour certains, si, affirma Danny.

— Pas pour moi.

— Vous avez lu les journaux ?

Blake les regarda fixement.

— Non, merci, rétorqua-t-il. C'est fini. Mon désamour pour la presse remonte probablement à l'époque où ma maison a été assiégée par les caméras.

— On n'a pas filé votre nom à la presse, déclara Joe. On n'a qu'une parole. D'ailleurs ça dessert passablement notre enquête.

— Autrement dit, ça ne vous aurait pas aidés que je me montre… pour appâter le tueur et lui donner l'occasion de m'achever ?

— Il sait bien où vous trouver, si telle est son intention. Mais il ne sert à rien de ressasser tout ça…

— Admettons que je vous croie, inspecteur Lucchesi, reprit Blake. Et vous aussi, ajouta-t-il en s'adressant à Danny. Mais qu'en est-il du reste de vos hommes ? Vous leur faites confiance ? À tous ?

Le portable de Joe sonna.

— Excusez-moi.

Il se leva et se mit à l'écart.

— Joe, ici Denis Cullen. Je suis en train de vérifier ce type, Alan Noder, et…

— Moder, corrigea Joe. M-O-D-E-R.

— Oh, merde, excusez-moi. C'est pour ça que ça ne collait pas, dit-il. Celui qui a écrit ça…

— C'est l'écriture de cochon de Danny. Pas de souci.

Joe retourna s'asseoir.

— Excusez-moi, répéta-t-il. Pour en revenir à l'article… Si ça vous rassure, je peux appeler tout de suite le journaliste pour lui demander de me révéler l'identité de sa source. Mais vous savez bien comment ils réagissent, dans ces cas-là. Ce ne sera pas facile. Et si je parviens à lui délier la langue, s'il crache le morceau, nous prendrons nos responsabilités.

— Pas besoin de l'appeler, ronchonna Blake. J'ai surmonté. C'est fini maintenant. Je suppose que je serai définitivement lié à cette horreur dans chaque article, dans chaque site Internet… Je ne pense pas qu'on puisse se rendre compte du cauchemar que cela représente.

— Moi, je m'en rends compte.

— C'est la raison pour laquelle j'ai fini par me dire que vous n'étiez pas personnellement en cause.

— Monsieur Blake, nous avons besoin de votre aide. Et vous comprenez en quoi vous pouvez nous être utile, j'en suis sûr. Nous interrogeons des témoins et des victimes depuis des années, et l'expérience nous a appris que, chaque fois qu'ils relatent leur histoire, il leur revient un élément, un détail différent…

— Leur histoire, répéta Blake. À vos yeux, ça se résume à ça. Pour la presse, c'est pareil. C'est une jolie petite histoire. Un angle.

— Allons ! Vous savez bien ce que je veux dire. Je ne…

Blake se leva brusquement.

— Je regrette. Auriez-vous l'obligeance de m'excuser ? Je viens de me rappeler. Un client doit passer prendre une pièce. Je vais aller la chercher en bas.

Et il les planta là.

— Il n'est pas aussi remonté que je l'aurais cru, nota Danny, perplexe.

Joe se tut un moment.

— Il est dur à la détente, putain.

— Il faut peser chaque mot.

— Il a l'air dans un sale état.

— Pourquoi il ne se fait pas refaire les dents ?

— Le docteur Pashwar dit qu'il flippe.

— C'est ce qu'il dit de tout le monde…

— Tant qu'on y est, je t'ai réservé la primeur d'une grande nouvelle : j'ai pris rendez-vous pour passer sur le billard. Oui, je me suis décidé.

— Une grosse intervention ?

Joe consentit à sourire.

— C'est sans doute l'intervention la plus microscopique possible.

Danny s'esclaffa.

— Explique un peu.

— Il paraît que c'est hyper efficace et qu'on se remet en un rien de temps. J'arrive à l'hosto, direct en salle d'op, je ressors de l'hosto, et je retourne bosser sans un pli. Je le fais pour toi…

Danny leva une main, comme pour l'arrêter.

— Je suis estomaqué !

— Enfin bon, j'en ai marre de souffrir.

— C'est pour quand ?

— À la fin de la semaine… il avait un créneau.

— Le chef est au courant ?

Joe acquiesça.

— Il aime bien que les gens se prennent en main.

Les deux amis gardèrent le silence un instant.

— Tu sais quoi ? demanda Joe. Il a dit *en bas.*

— Quoi, qui ?

— Blake. Il a dit *Je vais aller la chercher en bas.* La dernière fois qu'on est venus, il nous a dit que l'atelier était à l'étage. Si c'était le cas, il aurait dû dire *Je monte la chercher*.

— Ben quoi ? s'étonna Danny. Il a rangé son bidule en haut, maintenant il va le redescendre.

— Ça fait dix minutes qu'il est parti, s'inquiéta Joe en se levant.

— Putain, relaxe-toi.

Mais Joe tenait déjà son arme à la main. Danny se redressa, puis se leva à son tour.

— Qu'est-ce que tu fous ?

— Je vais le chercher.

— Range ton pétard. Le mec est sans doute allé pisser, il va péter un câble s'il revient et qu'il se trouve nez à nez avec ton engin. On est là pour rétablir les ponts, pas pour les pilonner.

— Il ne reviendra pas.

Joe alla dans le vestibule, passa entre les étagères suspendues. Il inspecta celles qui se balançaient doucement après qu'on les avait heurtées.

— Monsieur Blake ? appela Joe. Monsieur Blake ?

Pas un son ne lui parvint. Son regard croisa celui de Danny. Ce dernier sortit également son arme. Joe indiqua la porte du sous-sol. Danny pointa les marches qui conduisaient au premier. Joe secoua la tête et se dirigea vers la porte du sous-sol. Il tourna lentement la poignée.

Il émanait du sous-sol un silence pesant, une odeur de renfermé. Joe dirigea sa torche électrique vers le plafond, éclairant une grosse poutre en bois entaillée en son centre. Il descendit précautionneusement l'escalier, la torche balayant les marches et les murs gris bétonnés. Danny le suivait à pas lents.

— Monsieur Blake ? Monsieur Blake ?

Silence. Arrivé au pied de l'escalier, Joe promena le faisceau lumineux sur un établi surplombé d'une étagère soutenant des boîtes en plastique emplies de fil de fer, de métal et de fermoirs. Des planches de tendance accrochées sur le mur derrière l'établi avaient inspiré les bijoux qui étaient attachés à un tissu de velours bronze. Des bobines de cuir noir pendaient de l'étagère jusque sur l'établi. Des outils s'alignaient le long du plan de travail : un mandrin, des fraises, des tenailles, des amas de limaille.

— Je t'avais bien dit qu'il travaillait en bas, lâcha Joe.

Il ouvrit un des six petits tiroirs sur le côté droit du bureau. Il était vide.

— Regarde, dit Danny.

Il s'approcha d'une machine haute d'environ un mètre vingt, calée au fond de la pièce, à gauche. La partie supérieure était un carré constitué de plaques métalliques usées, montées sur une base bleue avec des boutons rouges et noirs à l'ancienne, et des cadrans bringuebalants.

— Oakville Gas Appliance Company.

Joe braqua sa lampe sur les boutons massifs gravés sur la porte métallique, dont la couche d'émail avait été dévorée par la forte chaleur dégagée au fil des ans.

— Putain, l'enculé ! gronda Joe. C'est un four. Pour traiter les métaux. Comme celui que Valtry nous a montré.

Il indiqua les cadrans. Celui marqué AIR portait des numéros de 1 à 8 en fonction desquels on augmentait ou réduisait le débit. Juste en dessous, le cadran GAZ pouvait être OUVERT ou FERMÉ, selon une échelle de 1 à 5. À droite une jauge de température indiquait 815 °C au-dessus d'un cadran pourvu de voyants verts et rouges.

— Ben quoi ? Blake fabrique des bijoux, dit Danny. Il fait fondre du métal.

— Blake est notre putain d'assassin, s'écria Joe. On tenait ce putain de mec. C'est lui, le putain d'assassin.

— Bordel de merde ! marmonna-t-il.

— C'est le même système… tu fabriques un moule en cire, tu fais chauffer, tu balances le métal en fusion… Et tu obtiens une bague ou une couronne selon le cas.

— Bordel de merde, répéta Danny. (Il considéra le fourneau de haut en bas, de plus en plus affolé.) C'est éteint, là, non ?

— Oui. Les compteurs sont au point mort, les voyants éteints. De toute façon, on sentirait le gaz ou la chaleur.

— L'enculé ! gronda Danny en regardant Joe. Mais quel fils de pute !

— Profitons-en pour inspecter les lieux.

Danny tendit le bras et poussa l'interrupteur placé sur le mur derrière l'établi. Aucune lumière ne s'alluma. Il se tourna vers Joe et leurs regards se croisèrent.

Rufo avait un dilemme : deux énormes piles de papiers s'amoncelaient sur sa table et il ne savait pas à laquelle s'attaquer.

Denis Cullen résolut la question en frappant à la porte de son bureau.

— On dirait qu'on a un problème. Ça fait une demi-heure que j'essaie d'appeler Joe et je tombe sans arrêt sur sa boîte vocale. D'habitude, son portable est toujours connecté, et...

— Un portable n'est pas toujours connecté, rectifia le sergent. Allons donc !

— Vous savez ce que je veux dire, insista Denis. Et il attendait que je le rappelle. Il était chez Preston Blake avec Danny. Et j'ai vérifié l'adresse : 1890, Willow Street. C'est la même que celle d'un autre type, dont j'étais en train de vérifier les antécédents, Alan Moder.

— C'est qui, ce foutu Moder ?

— Un copain de fac de Dean Valtry. J'ai parcouru son dossier. Sa dernière adresse connue est cette maison de Willow Street.

— D'autres habitants ?

— À la même époque... Ça remonte à 1994... j'ai une Mme Joan Blake.

— Et un M. Blake ? Ou des enfants ?

— C'est bizarre. J'ai trouvé un M. Preston Blake. Mais j'ai fait une recherche, et ce Preston Blake-là est mort en 1994. Et il avait quoi ? Soixante-sept ans à l'époque.

— Et la dernière adresse d'Alan Moder, c'était là ?

— Ouais. Il a donc disparu sans laisser de traces à peu près à la même époque où ce Preston Blake est mort.

— Ça m'en a l'air.

— Bref, c'est trop beau pour être vrai, non ? Laissez-moi essayer encore une fois de joindre Lucchesi.

Il composa le numéro de Joe, puis celui de Danny. Tous deux étaient sur messagerie.

Joe et Danny se figèrent lorsque le ronflement sourd venant d'en haut s'amplifia d'un grondement qui fit vibrer les murs, le sol, tous les objets qui les entouraient. Joe leva les yeux : la poutre entaillée se brisa d'un coup sec sous le poids du plafond qui s'écroulait. Un éclair métallique happa son regard alors que quelque chose plongeait vers lui. Danny lui attrapa le bras, articula des paroles qu'il ne put entendre, tout en pointant désespérément le doigt vers l'établi. Sous les yeux de Joe, le visage de Danny puis son corps furent tout entiers engloutis par un nuage de poussière âcre.

# Chapitre 25

Anna Lucchesi frappa à la porte de la chambre de Shaun. Il ne répondit pas.

— Chéri ? Je sais que tu es là.

Silence.

— Je t'ai apporté quelque chose, claironna Anna.

— Entre, lança le jeune homme d'une voix rauque.

Anna poussa la porte. Shaun était allongé sur le lit en pantalon de survêtement noir et tee-shirt bleu. Il avait les yeux rouges et gonflés. Elle s'assit près de lui et lui caressa la joue.

— Je sais que c'est une sale journée pour toi, dit-elle. Tu tiens le coup ?

Il refusait de la regarder.

— Non. Je veux juste être seul.

— Ce n'est pas forcément la meilleure solution. Katie me manque à moi aussi, tu sais.

— Je ne peux pas croire que ça fasse si longtemps, répondit-il avant de donner libre cours à ses larmes.

— Je sais, murmura-t-elle en lui passant une main dans les cheveux. Je t'ai apporté ça, reprit-elle en posant une bougie parfumée sur sa table de chevet. Je sais que c'est la bougie de Katie que tu aimes, mais bon, comme cette odeur te plaît, je me suis dit…

— Merci, maman. Au moins tu y as pensé, toi.

— Ton père a beaucoup de choses en tête, expliqua Anna. Tu le sais bien.

— Tout ce que je sais, c'est qu'il ne pense pas beaucoup à nous.

— Tu te trompes. Laisse-moi t'expliquer quelque chose que tu ignores peut-être au sujet de ton père. Il est vieux jeu, Shaun. Il a l'air cool, comme ça...

Shaun éclata de rire. Anna l'imita.

— Arrête, il a l'air cool ! reprit-elle. Bon sang, les gamins sont impitoyables de nos jours...

— Ça va, remarqua Shaun. J'admets qu'il n'est pas complètement coincé.

— D'accord, convint Anna. Mais tu comprends, il est de la vieille école. Il se croit obligé de nous protéger de toutes les horreurs qu'il affronte tous les jours. Et il est persuadé de n'avoir pas rempli son rôle l'an dernier. Alors, il se cache la tête dans un trou. Je ne vais pas trop m'appesantir là-dessus, tu n'as pas besoin d'entendre tout ça. Mais tâche de ne pas oublier que ton père est un être humain. Et qu'il tient beaucoup à nous.

Le sous-sol était plongé dans les ténèbres. Le grondement assourdissant s'était tu, on n'entendait plus que des bruits de chute, comme des poids qu'on soulève et qu'on lâche. Un morceau de plâtre du plafond s'était effondré, ce qui avait forcé Joe et Danny à se réfugier sous l'établi, épaule contre épaule, leurs corps tassés, épuisés à force de tousser et d'étouffer.

— C'est quoi, ce bordel ? ahana Danny.

Sa question resta sans réponse.

— Joe ?

Il poussa son coéquipier du coude.

— Ma gorge, réussit à croasser celui-ci.

Une nouvelle quinte de toux, rauque et sèche.

— Tu es blessé ? s'alarma Danny.

— Je ne crois pas. Et toi ?

— Mon cou... (Il avait le menton enfoncé dans sa poitrine.) Tu y vois quelque chose ?

— Non, mais...

Danny réussit à tourner légèrement la tête sur le côté.

— Merde, Joe. Le gaz !

— Quel gaz ?

— La bouteille, là. Pour le four. Elle est tombée juste à côté.

Une plaque de plâtre se détacha du plafond, les aspergeant de poussière et de débris.

— Seigneur, gémit encore Danny.

— Ça va. Tout ce qui devait tomber est tombé et le gaz ne posera un problème que si un feu se déclare. (Il fut pris d'une toux incontrôlable.) Ma gorge, je...

Il tenta désespérément d'aspirer un peu d'air, mais rien n'y fit.

Le hurlement des sirènes retentit dans les rues tranquilles de Brooklyn Heights. Le premier camion des pompiers arriva cinq minutes après l'appel d'un voisin. La porte du sous-sol était logée sous le perron. Les hommes chargés de l'entrée par effraction s'y ruèrent, l'un muni d'un Halligan, l'outil de force pour défoncer la porte, l'autre équipé d'un petit extincteur, afin de parer au plus pressé avant que les lances à incendie ne soient prêtes à passer à l'action.

L'officier qui se tenait à côté d'eux cria :

— Y a quelqu'un ? Y a quelqu'un ? On est les pompiers. Je m'appelle Johnson. Y a quelqu'un ?

— Oui, par ici ! s'égosilla Danny. On est deux. On est de la police.

— Très bien, tenez bon, on va vous tirer de là.

— Grouillez-vous ! Mon coéquipier ne respire plus... (Il s'interrompit, Joe le regardant fixement.)... plus très bien, poursuivit-il. Mon coéquipier ne respire plus très bien.

— Entendu. (Johnson se détourna pour hurler en direction de la rue). Dites au chef qu'on a deux policiers là-dedans. (Il revint vers eux.) C'est quoi, votre nom ?

— Danny Markey et Joe Lucchesi, du Manhattan North Homicide, cria Danny.

— Il y a quelqu'un d'autre dans l'immeuble ?

— Je n'en sais rien, parvint à prononcer Joe d'une voix faible. Je ne crois pas. L'explosion était intentionnelle, clama encore Danny.

— D'accord, répondit Johnson. D'après vous, ça peut encore sauter ?

— Non, il a fichu le camp, c'est sûr, gémit Joe.

— Mais le proprio se sert du gaz pour son boulot, précisa Danny aussi fort qu'il le put.

Un silence lui répondit. Joe et Danny patientèrent. Puis le grésillement d'émetteurs leur parvint du dehors.

— Bon, les gars, reprit Johnson, on a un petit départ de feu près de la porte, qu'il faut éteindre, entendu ? Pas de quoi s'affoler.

— Oh merde, oh merde ! maugréa Danny. Je ne vais pas crever comme ça. Pas question.

Il tenta de se pencher en avant pour pousser un morceau du plafond qui les emprisonnait sous l'établi.

— Danny, Danny, calme-toi, haleta Joe. On ne peut pas bouger ça. Le feu n'est pas près de nous. Tu sens la chaleur ? Non. Tu sens quelque chose ?

— Non. Mais il peut y avoir n'importe quoi dans cette cave de merde... Une autre arrivée de gaz, des produits inflammables, va savoir. Et s'il avait planqué autre chose ? C'est une vieille bâtisse...

— Calme-toi. Ils connaissent leur boulot.

— Putain, c'est mon pire cauchemar, gronda Danny. Mon pire cauchemar.

Il empoigna de nouveau la plaque de plâtre, qu'il poussa des deux mains. Il essaya avec les pieds, le dos arc-bouté contre le mur. Mais cela n'y changea rien, il restait captif. Ses mains s'engourdissaient à force de cogner en vain contre le plâtre. Puis, indifférent à la douleur, il le martela avec les poings, s'écorcha la peau des jointures, tandis que la sueur lui inondait le visage, trempant sa chemise et son pantalon.

Dehors, on évacuait les maisons alentour pour rassembler les habitants au bout de la rue derrière des barricades, appareils photo et téléphones portables dégainés pour immortaliser la catastrophe imminente. Trois voitures de pompiers et deux camions arrivèrent. Une ambulance peina à se garer dans la rue encombrée. Les ambulanciers et les policiers de la première brigade d'intervention suivirent – des équipes d'élite, pourvues de matériel spécialisé. Plus de vingt-cinq soldats du feu se rassemblèrent devant le bâtiment.

Joe y voyait plus clair que Danny. Il y avait un trou béant, assez large pour qu'il puisse suivre la scène. Dans l'obscurité, une petite lueur avait surgi dans le coin près de la porte. À travers le nuage de poussière opaque, elle paraissait anodine, presque rassurante. Quand ses yeux s'adaptèrent, il parvint à distinguer le feu, chaque flamme pareille à un fanal de détresse, puissante et imprévisible. Il tenta de repérer des objets susceptibles d'alimenter le feu, mais il n'aperçut que des silhouettes pêle-mêle. Dans le brouhaha général – les hommes qui s'échinaient à fracturer la porte métal contre métal, les lourdes bottes qui martelaient le ciment, les voix pressantes –, on percevait un bruit qui évoquait une bourrasque. Joe contempla les flammes qui commencèrent à s'élever, avant de retomber et de se propager sur le sol dans sa direction. Maintenant, elles dévoraient ce qui semblait être des tambours en papier. De ceux que Blake avait utilisés pour détruire ses vêtements couverts de sang.

Danny avait les paupières closes, mais il avait compris.

— Non, dit-il simplement. Impossible. Dis-moi que ce n'est pas…

— Ils sont à la porte. Ils viendront nous chercher d'une minute à l'autre.

Dehors, l'émetteur grésilla et ils entendirent Johnson dire aux hommes de s'écarter de la porte.

— Mon Dieu ! gémit Danny.

De minuscules volutes de fumée ondoyaient dans le sous-sol. Le feu se mit à crépiter. Et peu à peu, Joe sentit la chaleur près de son épaule. Danny sursauta. Joe distinguait le blanc de ses yeux dans l'obscurité. Son ami était effondré.

— Danny, exhala Joe. Les pompiers sont juste là, d'accord ? Ils sont derrière la porte et on est leur priorité. Ils préfèrent sortir les gens vivants. Ils vont éteindre l'incendie. Ils doivent d'abord s'assurer qu'ils ne prennent pas de risques inconsidérés. Au pis, si le feu atteint les bonbonnes de gaz, on sautera mais on ne sentira rien. Ce que je veux dire, c'est qu'on ne risque pas de brûler vifs.

— Écoute, mec… gémit Danny. Je ne sais pas. (Puis il prit une profonde inspiration et rugit.) Johnson ? Johnson ? Qu'est-ce que vous foutez dehors, putain ?

Sa voix fut recouverte par le bruit de la porte qui s'écroulait. Les pompiers chargèrent et enrayèrent l'incendie avec leurs extincteurs. L'air était asphyxiant, gorgé de fumée et de cendres, le sol jonché de poutres, de matériel de gymnastique et de lourds morceaux de décors en plâtre provenant du sol du rez-de-chaussée. Les sauveteurs se précipitèrent vers l'établi pour dégager Danny et Joe de leur prison.

— On va débarrasser ces gravats et vous sortir de là, déclara Johnson. Comment ça va ?

— Ça ira, répondit Joe. On tient le choc.

Danny haletait, affalé dans le coin, une main sur le visage, l'autre encore accrochée au bras de son coéquipier.

Johnson parla dans son émetteur.

— Chef, l'arrière du bâtiment est en partie effondré. On vient d'éteindre un petit incendie au seuil du rez-de-chaussée. Les policiers qui sont sur les lieux nous disent qu'il y a eu une explosion alors qu'ils cherchaient un suspect. Il est peut-être encore sur place.

— Je ne pense pas, dit Joe.

Les trois pompiers furent rejoints par d'autres et ils firent la chaîne pour se passer le plâtre brisé, le bois et les gravats qui bloquaient l'établi. Dès que cela leur fut possible, Danny et Joe se faufilèrent et se redressèrent lentement, le visage enduit de poussière grise et les yeux injectés de sang.

— Merci, dit Joe.

— Pas de souci, rétorqua Johnson.

— Oui, merci à vous, les gars, renchérit Danny. Sortons d'ici, bordel !

Joe considéra le plafond crevé. Il secoua lentement la tête.

Les deux hommes se frayèrent un chemin jusqu'à la porte pour retrouver Willow Street et la foule des pompiers, policiers et urgentistes disséminés entre les cinq camions, les voitures de patrouille et les ambulances. On les conduisit à l'arrière d'une ambulance, où une infirmière les examina.

— Vous devriez aller à l'hôpital, remarqua-t-elle.

— Non, merci.

Le capitaine des pompiers s'avança vers eux.

— Je m'appelle Taye Harris. Comment ça va ?

— Ça aurait pu être pire, commenta Danny en secouant la poussière de ses cheveux.

D'autres pompiers se rassemblèrent autour d'eux.

— Que s'est-il passé ? demanda Harris.

Joe fit la grimace.

— On était à l'intérieur en train d'interroger une victime… Le mec s'est éclipsé, et on est allés le récupérer au sous-sol.

— J'ai actionné l'interrupteur, précisa Danny. Et là, boum !

— On dirait que c'était un BLEVE.

— Un quoi ?

— Un BLEVE[1]. Une ébullition-explosion, si vous voulez, dit le capitaine. Un gaz liquéfié sous pression dont le réservoir a pété. On a trafiqué quelque chose là-dedans, on en saura davantage plus tard. Voyez... le troisième étage, là... la fenêtre au-dessus de la porte d'entrée.

— Quoi ? s'enquit Danny.

Harris pointa le doigt pour appuyer ses propos.

— Pour nous, le sous-sol correspond au premier niveau. Donc au-dessus, on a le deuxième niveau ou rez-de-chaussée avec la porte d'entrée, et au-dessus c'est le troisième niveau.

— D'accord, je vous suis, affirma Danny.

— Alors le pompier sur le toit dit que, d'après lui, l'explosion s'est produite dans la pièce correspondant à l'arrière du bâtiment. Vous avez eu de la veine que tout ne parte pas en fumée. Si le feu avait gagné les combles, il serait passé sur l'avant, et là, bonsoir. À mon avis, il y a eu un court-circuit au sous-sol.

Danny souffla bruyamment.

— Vous savez comment on appelle cette pièce ? ajouta Harris. Celle avec la baic vitrée ? Elle est petite, elle n'a généralement qu'une seule issue et, en cas d'incendie, s'il n'y a pas d'accès à un escalier intérieur, on est piégé. On appelle ça la chambre du mort.

Rufo les rejoignit en trottinant, le poing serré.

— Qu'est-ce que vous fichez encore là à faire le con, Lucchesi ? Filez à l'hôpital, tous les deux.

— On ne va pas à l'hosto, répondit Joe. On va bien. Quelques égratignures et des contusions. Je remplirai

1. En anglais : *Boiling Liquid Expanding Vapour Explosion* (BLEVE).

un formulaire pour blessures dans l'exercice de mes fonctions, etc.

— C'est ça, quand vous sortirez de l'hôpital. Vous n'avez pas le choix, coupa Rufo. Regardez-moi ça, vous êtes couverts de merde. Vous ne savez pas ce que ça cache. On n'y voit que dalle.

— Je pense que je le saurais si quelque chose m'avait perforé, affirma Joe.

— Moi aussi, renchérit Rufo. Parce que ça vous aurait mis un peu de plomb dans la cervelle. Maintenant, à l'hosto, fissa !

Joe et Danny se dévisagèrent.

— OK, ça va. Je conduis, décida Joe. Merci, les gars, ajouta-t-il en s'adressant aux pompiers.

— Je vous contacterai quand j'en saurai plus, lui promit Harris.

— Tenez, prenez ma carte.

Et les deux policiers quittèrent les lieux.

Danny et Joe se rendirent aux urgences de l'hôpital de Long Island College, où au bout de dix minutes un médecin certifia qu'ils étaient bons pour le service. Ils se lavèrent la figure aux toilettes et, moins d'une heure et demie après avoir été extirpés du sous-sol de Preston Blake, ils s'accoudaient au comptoir chez Cody sur Court Street.

Joe descendit un verre de vodka.

— C'était quoi cette connerie, demanda-t-il, *mon coéquipier ne respire plus* ?

— Et si ç'avait été vrai ? Et si ce putain de plafond nous était tombé sur la gueule et t'avait tué, et que tu laisses derrière toi un jeune garçon et une femme enceinte ? C'est pas chouette, la vie ?

Joe soutint son regard.

— Avoue un peu que t'étais à deux doigts de la fin, insista Danny. Ça fait quoi, de ne plus respirer ?

— Bon sang, Danny.

Joe considéra son coéquipier. Son visage voilé de sueur était d'une pâleur à faire peur et il promenait un regard fou dans la salle.

— Enfin, bon, reprit Danny en avalant une gorgée de bière. (Il tenait ses doigts presque raides pour soulager la pression dans ses jointures ensanglantées.) Je n'ai pas besoin d'un autre médicament pour aujourd'hui.

Il commanda une autre bière.

— Je pensais à lui. Ou elle. Quand on était là-bas... marmonna Joe.

— Qui ?

— Le bébé.

— Bien, approuva Danny. (Il leva sa bouteille et la choqua contre la deuxième vodka de son ami.) Santé.

— À la tienne.

— Alors, demanda Danny. Tu viens toujours au gala de bienfaisance demain ?

— Je suis fatigué. Mais bon, j'y passerai une ou deux heures. Cullen est un brave type. Et tu sais, j'ai fait retoucher mon smoke.

— T'as relâché la ceinture ?

— Je l'ai fait resserrer, en fait.

— Resserrer ?... (Sa voix s'éteignit. Il porta sa bière à ses lèvres d'une main tremblante.) Tu veux savoir à quoi je pensais quand j'étais dans ce trou ?

— Ouais ?

— À la règle des neuf.

Joe haussa un sourcil.

— Quoi ? Ce truc sur les brûlés ?

— Oui, le schéma du corps pour calculer le... C'est quoi ? Le SVCB ? La surface corporelle brûlée totale. Avec les différentes parties indiquées en pourcentage. Je n'arrivais pas à me la sortir du crâne quand j'étais là-dessous, quand je sentais les flammes. La tête et les bras, c'est neuf pour cent chaque. Le torse et le dos, dix-huit pour cent. Les jambes dix-huit...

— Et alors ? articula Joe lentement.

— Tu sais à combien ça revient ? demanda Danny. Quatre-vingt-dix-neuf pour cent.

Joe se tut un instant, l'air songeur.

— Et alors ? répéta-t-il.

— Tu sais ce que c'est, le un pour cent restant ?

Joe était hilare.

— Ouais. Tes… valseuses. Je suis là, couché là dans le noir et à quoi je pense ? À mes couilles qui risquent de partir en fumée d'un moment à l'autre. Et à l'hosto, on dira que j'étais brûlé à un pour cent – un pour cent alors que ça représente une part aussi énorme de ma vie ! C'est le centre de mon putain d'univers, la source de mes problèmes conjugaux. Et manifestement, une partie de mon bonheur conjugal. Mais je me dis : si ça se trouve, c'est terminé, rideau, ça va partir en fumée. Et j'ai pensé à Gina, et à tout le chagrin causé par ce minuscule un pour cent et…

— Excuse-moi un instant.

Joe traversa la salle en toute hâte en direction des toilettes, poussa la porte, la referma et s'étrangla de rire jusqu'à ce que les larmes lui inondent les joues.

Quand il ressortit, Danny était toujours dans la même position.

— Une phrase. Un pour cent. Un an, et toujours pas de réponse. Une vie. C'est un tout petit mot, un. Et c'est essentiel !

— Un flic philosophe, conclut Joe. À propos, il faut que j'appelle Anna. (Il composa le numéro du portable de sa femme et tomba sur sa boîte vocale.) Ma chérie, c'est moi. Danny et moi on s'est retrouvés sous un immeuble qui s'est effondré. Je t'appelle pour te dire que je vais bien. Je suis passé à l'hosto, je n'ai rien. Navré de te laisser ça sur ta boîte vocale. À tout à l'heure. Je t'aime.

Il se retourna vers Danny en fourrant son portable dans sa poche.

— Ça y est ? Ta vie a fini de se dérouler devant tes yeux ? Cette fois, t'es bon pour le service ?

Danny fit signe que oui et engloutit le fond de la bouteille. Ils restèrent une heure au bureau avant de rentrer chez eux.

# Chapitre 26

Dès son retour, Joe fonça droit dans la salle de séjour. Il retira sa veste, la jeta sur le dossier de la banquette, s'assit, alluma la télévision et posa les pieds sur la table basse. Il zappa d'une chaîne à l'autre jusqu'à ce que toutes les images se brouillent. Anna entra dans la pièce.

— Que s'est-il passé ? demanda-t-elle en s'agenouillant devant lui, posant une main sur le visage de Joe.

Il se redressa difficilement.

— Excuse-moi. Je m'assoupissais. Je vais bien. On est allés inspecter une baraque, le type l'avait piégée…

— Piégée ? Il avait mis une bombe ?

— Non. Ce n'était rien, une petite chose, une bombinette. Ça nous a surtout secoués.

— Je me suis fait tellement de souci, murmura-t-elle en le prenant dans ses bras.

— Tu n'as pas besoin de te faire du souci pour moi, ma chérie, OK ? Tu t'occupes de toi, c'est déjà bien. De vous deux. Et du grand Duduche, là-haut. C'est tout ce qui compte.

Elle l'embrassa.

— Écoute, ma chérie, reprit-il. Je regrette… J'ai vraiment été con.

— Tout va bien.

— Non, affirma Joe. J'ai été un vrai salaud. J'espère que tu pourras me pardonner. Je n'ai pas su assurer.

Elle lui serra la main.

— Moi non plus.

— Reprenons tout de zéro, proposa-t-il. À partir de maintenant. Toi, moi, Shaun et... le petit Giulio.

Ils se regardèrent et pouffèrent de rire.

Danny rentra dans une maison silencieuse. Les jouets des enfants étaient rangés dans leur coffre. Tout était impeccable. Il alla dans la cuisine. Il pressa le bouton du répondeur pour écouter les messages. C'était sa propre voix, étranglée et brisée. *Chérie, si tu entends ce message, c'est moi. J'ai eu un accident... C'était terrible... un incendie... Je t'en supplie, chérie, reviens sur ta décision. Je... les gosses ont besoin de moi... de nous*. Il se foutait d'avoir l'air désespéré. Le plus grave, c'est qu'elle avait entendu son message et qu'elle était partie quand même. Il écouta jusqu'au bout. *J'ai besoin de toi. Je t'aime... On forme une vraie équipe*.

Il se pencha et ouvrit le bahut à alcools. Il en sortit une bouteille de whisky.

— Putain d'enfoiré, s'écria Gina en se jetant sur lui et en lui assénant une violente claque sur l'épaule. Espèce de connard. J'ai eu la peur de ma vie.

Elle le frappa de nouveau. Puis elle le serra dans ses bras, tandis que des larmes ruisselaient sur son visage.

— Enfoiré, va !

Elle l'embrassa sur les lèvres. Il lui rendit son baiser.

— Où sont les gosses ? demanda-t-il en cherchant derrière elle.

— Chez ma mère.

— Tu ne vas pas partir, hein ?

— Non, répondit-elle. Maintenant, sers-moi un verre... Connard !

Le lendemain matin, Danny et Joe se retrouvèrent au bureau à 8 heures tapantes. Joe consulta son bloc-notes pour retrouver le numéro de téléphone de Sonia Ruehling.

— Madame Ruehling, l'inspecteur Joe Lucchesi à l'appareil. On aimerait vous reparler le plus tôt possible.

Il fit un signe de tête à Danny.

— On a juste quelques questions à élucider, c'est tout. Entendu, ça va, très bien. On vous y retrouve.

Ils se rendirent à un café près du bureau de Sonia Ruehling sur la 43e Rue. Elle les attendait dans un coin, trois grandes tasses fumant devant elle.

— Merci, dit Joe. D'abord, on a besoin d'en savoir davantage concernant Alan Moder. On a du mal à retrouver sa piste.

— Alan ? Vous voulez savoir de quoi il a l'air, c'est ça ?

— Tout ce que vous pourrez nous dire nous est précieux.

— D'accord. Cheveux châtain foncé, yeux marron, visage longiligne… le corps aussi. Il avait une carrure de cycliste, car il fait du vélo, du moins il en faisait à l'époque. Il était originaire de Maplewood, dans le New Jersey. Il a, enfin il aurait, j'imagine, trente-trois ans maintenant.

— Trente-cinq, corrigea Joe, les yeux rivés sur son bloc.

— Ah ça ! s'exclama-t-elle en frappant la table du plat de la main. Ce type me gonfle.

— Que voulez-vous dire ?

— C'est un menteur patenté. Il a trente-cinq ans ? Très bien, ce n'est pas ce qui me dérange, mais c'est comme s'il continuait à me mener en bateau avec ses conneries.

— Ben, c'était un con, souligna Danny.

— Non, c'était un mythomane, corrigea Sonia. Je sais que ça fait partie des mots qu'on use à tort et à travers, mais en l'occurrence, c'était un cas pathologique. Il ne pouvait pas s'en empêcher.

— Il mentait à quel sujet ?

— Sur tout, affirma-t-elle. À quelle heure il se levait le matin, ce qu'il prenait au petit déjeuner… Par exemple, si vous trouviez dans la cuisine une poêle avec des restes d'œufs brouillés au fond, il avait l'aplomb de vous dire qu'il avait juste avalé un bagel. Ou si je lui demandais où il avait acheté sa chemise, il m'indiquait une boutique, mais en vérifiant l'étiquette je m'apercevais qu'il s'agissait d'une autre marque.

— Ah, les hommes ! commenta sobrement Danny.

— Ce n'est pas ça. On pourrait croire que c'étaient des broutilles, que ce n'était pas grave, mais ce n'était pas le cas. Je ne savais jamais sur quel pied danser avec lui. Le pire, c'est que je lui trouvais des excuses. S'il y avait des détails qui ne collaient pas, j'attribuais ça à un simple trou de mémoire. Beaucoup de mecs ont des trous de mémoire, non ?

— Tenez, moi, par exemple, affirma Danny. Ça fait enrager ma femme.

Sonia lui lança un coup d'œil amusé.

— Et à force de mentir pour tout et rien, ça devient une seconde nature. Et à force, on peut mentir de façon éhontée, même sur l'essentiel. Ça me rend dingue. Il était toujours là à se défendre. C'était épuisant. Et en fin de compte, ça vous donne l'impression que c'est vous qui êtes tordu. Et ça, c'était affreux.

— Vous avez dit, l'autre jour, que vous vous étiez séparés en mauvais termes, intervint Joe.

— Quand j'ai compris qu'il me trompait, je l'ai quitté. Je m'en doutais depuis longtemps, mais je me croyais parano, bien sûr.

— Vous lui avez demandé de s'expliquer sur le coup ?

— Non. Ce n'est pas mon genre. Je lui ai laissé un mot et je me suis barrée.

— Il a essayé de vous recontacter par la suite ?

— Au cours des semaines qui ont suivi, une ou deux fois, sans trop en faire. Entre-temps…

— Il lui est arrivé de se montrer violent ?

— Quoi ? Non. Vous ne croyez pas... Oh mon Dieu... vous croyez qu'il aurait quelque chose à voir avec ce qui est arrivé à Dean, c'est ça ?

— On discute, c'est tout, répondit Joe. Pour essayer d'y voir plus clair.

— Écoutez, il ne s'est jamais montré violent. Enfin, ce jour-là au restaurant, il a pété les plombs, mais il ne m'a rien fait, physiquement...

Elle s'interrompit, car elle se rendait compte qu'elle leur servait le discours qu'avaient dû leur tenir d'innombrables témoins innocents impliqués dans une enquête criminelle.

— Pardon, je vous ai coupée, reprit Joe. Vous alliez nous dire quoi ?

— Seulement qu'après notre rupture j'ai voulu savoir pourquoi Alan était comme ça. L'obsession a duré quelque temps. C'était surtout pour me convaincre que je n'étais pas folle d'être sortie avec lui...

— Ça paraît logique, concéda Danny.

— J'ai appris que la majeure partie de ce qu'il m'avait dit, c'étaient des conneries. Il avait prétendu que son père était multimillionnaire, que sa famille possédait des propriétés partout dans le monde, que sa mère travaillait comme interprète aux Nations unies. Il avait passé son temps à broder...

— On voit ça sans arrêt, assura Joe. Les mythos sont beaucoup plus prolixes en détails que les gens qui disent la vérité.

— Sauf que certains détails étaient plus ou moins exacts, précisa Sonia. Par exemple, sa famille habitait effectivement dans une immense demeure dans un quartier chic de Maplewood, mais elle ne roulait pas sur l'or. Son père avait bâti la maison, il avait dirigé une entreprise en bâtiment. Laquelle avait fait faillite, de sorte que les parents n'avaient plus rien, à part le toit au-dessus de leur tête. Mais ils faisaient tout pour donner le change. Donc je pense que dès son plus jeune âge, Alan a appris à mentir. Et à mon avis, tout ça vient de là. Il avait, je crois, six frères et sœurs, mais n'était proche que d'une seule de ses sœurs. Et elle est morte. Ce n'était pas sa faute, mais il se sentait responsable, parce qu'il ne l'avait pas dénoncée à ses parents le soir où elle était sortie en cachette. Avec un groupe d'amis qui allaient traîner du côté de la carrière, ce que son père aurait interdit s'il avait été au courant, parce que c'était dangereux. Il y avait eu de fortes pluies, cette semaine-là. Bref, Alan n'a rien dit et elle est tombée dans la carrière, le sol a cédé, je crois. Et elle est morte peu après.

— Comment savez-vous que cette histoire est vraie ?

— Justement, ça a été trop pour ses parents. Ils ont coupé les ponts. Je savais qu'il avait dû se passer quelque chose de grave pour en arriver là. Dean Valtry m'a confirmé cette histoire, il connaissait des amis de la sœur. Et j'ai aussi parlé avec la mère d'Alan, donc tout se tient. J'étais désolée pour lui. Mais vous ne croyez pas qu'il aurait pu arrêter de mentir, après ça ? Non, il était obsédé.

— Vous pensez qu'il a pu changer avec le temps ? demanda Danny. Qu'il pourrait être plus disposé à dire la vérité ?

— À mon avis, ça a dû empirer. On a probablement plus de mal à le percer à jour. Je ne suis pas une imbécile, et pourtant, il m'a bien eue. C'était il y a des années. Entre-temps, c'est devenu un vrai pro. Et vous savez, on ment de diverses façons : tantôt, il vous disait toute la vérité, tantôt, c'est un semblant de vérité qu'il vous servait, assorti d'un tas de salades. Ne soyez pas vexés s'il vous a abusés, vous aussi. Pour Alan, il n'y a pas de différence entre dire le vrai et raconter des bobards, de sorte que, quand il est assis en face de vous, son visage ne tressaille même pas. Il n'a pas de tic révélateur, il ne se touche pas le nez, il ne rougit pas, ne transpire pas, il reste calmement assis en face de vous et il ment comme un arracheur de dents.

— Allô ? aboya Joe en décrochant le combiné du poste de téléphone sur son bureau.

— Inspecteur Lucchesi ? Ici, Taye Harris, le capitaine des pompiers.

— Bonjour, dit-il en se radoucissant. Ravi de vous entendre.

— C'est juste pour vous tenir au courant, on a trouvé trois bouteilles de propane dans les décombres, et des bouts de papier adhésif. Je dirais donc que votre bonhomme a laissé les bouteilles dans une chambre hermétiquement close et qu'il a ouvert le gaz. Vous n'auriez rien senti, même si vous étiez montés à l'étage. Donc la pièce de derrière était bien à l'origine de l'incendie. Elle servait de salle de gym. Vous avez de la veine de ne pas avoir reçu du matériel sur le crâne.

— Qu'est-ce qui a tout déclenché ?

— L'interrupteur que votre coéquipier a pressé. C'est élémentaire pour déclencher une explosion. Votre homme ne s'est pas cassé la tête, il a trafiqué une ampoule. On trempe un peu de bourre dans de l'essence, on enveloppe la base de l'ampoule juste au ras de la vis. On allume, on laisse brûler un instant, puis on la trempe dans l'eau. Ça provoque une fêlure. L'ampoule est intacte, mais en gros, quand on l'allume, on a une torche à la place. Il n'a eu qu'à la relier à l'interrupteur au sous-sol...

— Seigneur.

— Les mecs font ça en prison, expliqua Harris. Quand ils veulent se débarrasser de quelqu'un. On prend une ampoule fêlée et on la remplit de colle piquée à la cordonnerie ou à l'atelier de menuiserie. Quand les portes de la cellule s'ouvrent pour l'heure du repas ou pour la promenade, le gars reste en arrière, s'introduit dans la cellule de l'autre et échange l'ampoule contre celle qu'il a bourrée de colle. Quand le mec regagne sa cellule et qu'il rallume, ça pète, il est couvert de colle inflammable qu'il ne peut pas éteindre et, en gros, il est brûlé vif. Quelquefois, ils ne se fatiguent même pas à mettre l'ampoule, ils balancent la colle sur l'autre taulard, puis jettent une allumette. Peu importe le nombre de tatouages que vous avez, tout le monde est terrifié à l'idée de brûler vif.

Joe resta muet, les yeux rivés sur Danny.

Il pleuvait des cordes sur le vélum vert de Bay Ridge Manor. Denis Cullen accueillit avec un large sourire Joe et Danny, qui arrivaient au pas de course en tenant leur veste au-dessus de leurs têtes.

— Merci d'être venus, les gars, dit-il. Je ne m'attendais pas à vous voir après votre mésaventure d'hier...

— T'en fais pas, va, lui assura Joe en enfilant son frac. C'est un plaisir.

— Je vous présente ma fille, Maddy.

Pâle et menue, de grands yeux clairs, elle s'appuyait légèrement contre son père.

— Tu es magnifique, ma chérie, déclara Danny. Je suis rudement content de faire ta connaissance.

Elle lui adressa un sourire radieux.

— Merci. Moi de même. Qu'est-ce qui vous est arrivé, hier ?

— Quelqu'un a collé une peur bleue à l'inspecteur Lucchesi... expliqua Danny. Il pleurait, tu aurais dû voir ça. Comme un bébé.

Elle s'esclaffa.

— Ton papa nous a fait faire des pas de géant dans l'enquête qu'on est en train de mener, ajouta Joe.

Maddy sourit encore et se serra de nouveau contre Denis.

— Ma femme m'a demandé de t'apporter ça, ajouta Joe en plongeant la main dans sa poche.

Il lui tendit un bracelet de perles roses.

— C'est tellement gentil, merci, s'exclama Maddy. Comment elle a su que j'aimais le rose ?

— Les plus fins limiers, ce sont nos femmes, affirma Cullen. On tient ça de maman, n'est-ce pas, ma puce ?

Il lui pressa doucement l'épaule. Elle rit gaiement.

— Entrez, enchaîna Denis. Allez vous en jeter quelques-uns.

# Chapitre 27

Magda Oleszak leva les yeux de dessous la capuche de sa veste imperméable, dont elle remonta la fermeture Éclair jusque sous son menton.

— On n'est pas fous de sortir sous ce déluge ? demanda-t-elle en se tournant vers les membres du personnel qui se tenaient à côté d'elle dans l'entrée de Colt-Embry Homes.

— Non ! crièrent les résidents.

Magda sourit.

— Très bien. Allons nous faire doucher.

Mary esquissa un pas en direction de la porte. Magda lui prit doucement le bras.

— Vous êtes sûre que vous ne voulez pas dîner avec nous ?

— Non, répondit Mary.

— À moins que je ne vous accompagne ? proposa Magda. On pourrait retrouver les autres avant le film ?

— Ce n'est pas la peine. (Mary brandit son Smartphone, où s'affichaient les itinéraires pour se rendre de la résidence à l'église et de l'église au cinéma.) J'ai envie d'être seule. Mais merci, Magda. Je vous retrouve tous à 20 heures.

Elle fit un petit geste de la main, releva sa capuche et fonça sous la pluie.

Dans l'église Saint-Martin, une poignée de fidèles venus assister aux vêpres étaient dispersés sur les prie-Dieu qui bordaient l'allée centrale, ou rassemblés près de l'autel pour mettre des pièces dans des fentes afin d'allumer des chandelles. L'odeur de l'encens et des parapluies mouillés flottait dans l'air. Mary s'agenouilla sur un prie-Dieu dans le fond, posa son sac sur le siège derrière elle. Elle invoqua chaque statue sur son socle le long des murs. Elle s'absorba dans sa méditation, s'isolant des bruits alentour. Elle se sentait proche de David, proche de ses parents, loin de toutes les horreurs qui lui étaient arrivées. Certes, sa ferveur religieuse était une séquelle de sa blessure, mais au moins celle-ci était bénéfique. Elle était heureuse de réciter les prières de son enfance, qui étaient restées intactes dans sa mémoire, mais elle aimait également découvrir de nouveaux textes, les déchiffrer sur les petites cartes, réconfortée à l'idée de voir briller une lueur au cœur des ténèbres.

Au bout d'une demi-heure, elle reprit son sac et, tout en se dirigeant vers la porte, elle plongea la main dans la poche de devant pour y prendre son téléphone ; il n'y était plus. Elle tâta l'autre poche. Rien. Son cœur s'emballa. Elle regarda autour d'elle pour voir si quelqu'un l'observait, mais, finalement, c'était sans importance. Elle renversa son sac sur les carreaux humides : son maquillage, ses carnets, des feuilles volantes, une brosse à cheveux, du sparadrap, des comprimés contre la migraine... Des objets roulèrent sur le sol, des pages s'envolèrent, mais Mary ne voyait qu'une chose : l'appareil s'était volatilisé. Son téléphone, c'était sa mémoire. Voilà qu'elle ne l'avait plus.

— Non, prononça-t-elle tout haut. Ce n'est pas possible. Je rêve.

Elle examina la doublure de son sac, vérifia si elle était trouée. Elle se mit à pleurer. La panique la gagnait, envahissait tout son corps. Ses doigts tremblaient tandis qu'elle essayait de fourrer ses effets dans sa besace. Elle réussit à descendre les marches de l'église qui conduisaient au portail et à regagner la rue, où elle arrêta le premier passant venu.

— Je cherche la résidence Colt-Embry, dit-elle.

L'individu haussa les épaules et s'éloigna. La quatrième personne à laquelle elle s'adressa pointa le doigt en avant, puis lui dit de tourner à gauche avant d'ajouter d'autres directives que Mary se savait incapable de retenir. Elle sortit son carnet et écrivit tout, sans se soucier de la réaction de la femme. Elle s'éloigna vite, puis courut, les yeux scrutant le trottoir pour le cas où elle aurait fait tomber son téléphone sur le trajet de l'église. Elle arriva enfin au bâtiment, dont le hall était éclairé. Le bâtiment était désert. Elle dut tenir sa clé à deux mains pour ouvrir la porte d'entrée et se précipita à l'intérieur. Elle gagna rapidement les ascenseurs, appuya sur le bouton de son étage, essayant désespérément de se calmer. Son téléphone devait se trouver sur son lit, elle l'avait laissé là, sinon il serait par terre, ou près du lavabo dans la salle de bains, sinon sur le comptoir de la cuisine. Ou il avait disparu. Peut-être avait-il disparu. Il avait définitivement disparu. Mais ne l'avait-elle pas sur elle en passant à la réception ? Elle n'arrivait pas à se rappeler. Ses craintes lui tordaient les entrailles, mais elle marchait d'un pas déterminé. À la voir, nul n'aurait cru qu'elle venait de perdre sa planche de salut et qu'elle allait s'effondrer d'une minute à l'autre. Elle imagina Stan, Magda ou Julia la retrouvant sur le sol, recroquevillée sur elle-même comme une pauvre folle.

Elle réussit à gagner le premier étage, dépassa la bibliothèque. Elle parvint à la porte de son appartement et la poussa avant d'avoir tourné la clé dans la serrure. Elle fonça à l'intérieur et mit l'endroit sens dessus dessous, ouvrit les tiroirs, retourna les coussins, traîna des objets sur le sol, s'agenouilla... Elle s'arrêta brusquement. Elle avait entendu un bruit provenant du fond du couloir. Mais qu'importait ! Il fallait absolument qu'elle retrouve ses listes, ses noms, toute sa vie égarée dans ce minuscule objet argenté.

Elle ne l'entendit pas arriver derrière elle. Il fut prompt. Avant qu'elle n'ait eu le temps de crier, il la tenait dans ses bras et lui pressait la main sur la bouche.

Pour la deuxième fois de sa vie, Preston Blake était assis dans une petite chambre avec Mary Burig. Il avait la peau recouverte d'une pellicule de sueur grasse qui lui pénétrait le crâne, de sorte que ses cheveux pendaient lamentablement sur son front. Il tira un mouchoir de sa poche et se frotta furieusement le visage, puis jeta le Kleenex humide et gris sur le sol quand il eut fini. Il dévisageait Mary, guettant un signe de reconnaissance de sa part.

Mary sentait sa peau tirer là où les larmes avaient séché. Elles avaient inondé ses joues pendant qu'il la transportait dans un appartement vide, l'asseyait sur une chaise. La peinture était fraîche, la moquette couverte de bâches. La majeure partie des meubles manquait ou disparaissait, cachée sous des housses en plastique. Il y avait une échelle et des pots de peinture dans un coin, un appareil qu'elle ne reconnut pas, des pinceaux, des journaux, des tasses, une radio. Une violente odeur d'oignon l'incommoda. Son regard parcourut la pièce et elle en vit un coupé en deux, disposé là pour absorber les odeurs de peinture. Il était desséché et inutile. Elle ne pouvait contrôler ses tremblements. Elle serra son gilet autour d'elle pour se réchauffer, bien qu'elle sût que le froid n'avait rien à y voir.

Les souvenirs de Mary concernant l'homme assis en face d'elle étaient fragmentaires, c'étaient les parcelles désordonnées qu'elle essayait de rassembler avant ses crises. Une lampe enfichable, rougeoyant sur une plinthe, la porte d'un bureau qui s'ouvre, une silhouette élancée qui se dresse, qui pousse. *Aidez-moi, aidez-moi, aidez-moi !* Et elle qui recule devant lui. *Asseyez-vous. Ne faites rien d'autre. Écoutez-moi, bordel, d'accord ? Écoutez-moi, c'est tout. Je cherche de l'aide, merde. Compris ? Je crois que je perds les pédales. J'ai juste besoin que vous m'écoutiez, d'accord ? Écoutez-moi, c'est tout. C'est votre boulot, non, écouter et aider ?* Et elle recule encore. Il devait avoir six ou sept ans de plus qu'elle, mais il en faisait beaucoup plus, avait l'air usé… plus qu'elle n'aurait su le dire. *Vous m'écoutez ? Aidez-moi. Je ne veux pas être ce que je suis. Aidez-moi, je vous en prie. Arrêtez-moi. Ses dents. Menteur ! C'était un sale menteur. Je peux réparer une partie des dégâts. Mais il est parti, il ne reviendra plus. Je vais recommencer. Je vais tuer de nouveau.* Puis David qui entre, furieux, protecteur…

Mary secoua la tête.

— Non, affirma-t-elle. Je ne me souviens de rien.

Blake pencha la tête sur le côté et surprit son air confus.

— Qu'est-ce que vous allez me faire ? dit Mary.

— Je ne sais pas.

— Vous avez tué mon frère ?

— Oui.

— Mais pourquoi ? demanda-t-elle d'une voix suppliante et désespérée.

— J'ai commis une erreur.

— Quoi ?

— Disons que j'ai cru que j'étais prêt. Pour la prison ou pour n'importe quoi. Mais je me suis trompé, c'était une erreur. J'ai essayé. Ça n'a pas marché. Et je n'avais plus qu'une idée en tête, c'était ma liberté. Et je m'arrêterai de tuer… après vous.

— Non, je vous en prie…

Il l'observa un instant

— Je ne suis pas né comme ça. J'ai juste… Il y a eu un déclic. Je voulais une confirmation, c'est tout. J'ai essayé de me faire des amis…

— Vous avez forcément des amis, des gens qui vous aiment.

— Pas moi. Peut-être avant… Mais plus maintenant.

— Vous avez peut-être trop tardé ?

— Hein ?

— À demander de l'aide.

— Ça vous arrangerait de le croire.

Mary ne répondit rien.

— Vous êtes presque normale, hein ? l'interpella-t-il.

Mary acquiesça en silence.

— Ce doit être dur.

Elle leva les yeux.

— On est liés par des mensonges, prononça-t-il.

— Vous et moi ? demanda-t-elle.

Il hocha la tête.

— Non, dit Mary. Ce n'est pas vrai. Les mensonges étaient juste… importants pour vous.

— Ils *sont* moi. Mais ils sont chacun de nous.

— Absolument pas.

Il eut un rire triste.

— Si, justement : la vérité, c'est *ça,* mais personne ne veut le reconnaître. Je suis en train de le prouver. Si on pousse les gens dans leurs retranchements, ils vous disent la vérité. Mais pourquoi faut-il les pousser aussi loin ?

Les mensonges avaient tenu un rôle extraordinaire dans la vie de Mary Burig. C'était ce qui l'avait amenée là et ce qui avait conduit Preston Blake sur sa route. Tout avait commencé un soir avant son dernier partiel. Elle était assise dans l'un des coins tranquilles de Tewkes, le bar le plus sinistre de Boulder. Son manuel de psychobiologie était grand ouvert sur le guéridon devant elle, des notes griffonnées dans la marge, prises durant des cours dont elle se souvenait à peine. Mais elle savait comment son esprit travaillait. Elle n'avait qu'à bachoter avant les examens, c'était payant. Elle se tenait à jour dans la plupart des matières pendant l'année, mais quant à celles sur lesquelles elle avait fait l'impasse, en s'y consacrant à fond douze heures durant, elle décrochait d'excellentes notes. Pendant une heure, elle potassa son bouquin, dans une concentration totale, dopée au café.

Puis Johnny Tewkes, le fils du patron, entra dans le bar, suivi de la majeure partie de ses copains de fac, alléchés par la perspective de boire une bière gratis. Mary ne leva pas la tête. Mais Johnny l'avait repérée. Il s'avança, écarta le tabouret en face d'elle et ferma son manuel.

— Mary Burig. L'heure n'est plus aux révisions, déclara-t-il avec un large sourire.

Elle lui rendit son sourire.

— En effet. Manifestement, il est trop tard.

— C'est quand, ton exam ?

— Demain matin.

— Alors tu as terminé. Ce soir, tu dois te détendre. Pour être en forme.

Mary afficha un air incrédule.

— T'es en psycho, non ? Est-ce qu'il n'est pas prouvé que les rapports sexuels libèrent les endorphines, et qu'après on se sent détendu et heureux ? argumenta-t-il.

— Bref on passe directement à l'action ?

— Mais non, je dois te soûler d'abord.

— Tu doutes trop de ton charme.

— Mais je suis sincère. Je ne peux pas m'empêcher de penser à la semaine dernière.

Elle lui glissa un regard complice.

— Moi non plus.

— C'est quoi, ton problème ?

Elle écarta les pages de son livre.
— C'est ça.
Il fit un signe de refus.
— Écoute, proposa Mary, fixons-nous rendez-vous pour demain soir, ça te va ?
— Je ne peux pas rester dans cet état pendant vingt-quatre heures.
Elle rit tout bas.
— D'après ce que j'ai vu…
Un serveur posa devant eux une bière et un verre de vin blanc.
— À la tienne, dit Johnny.
— Une gorgée seulement, répondit Mary en portant le verre à ses lèvres.

Mary fut recalée. Elle n'obtint pas sa licence. Après des mois à faire la bringue avec Johnny Tewkes, elle s'installa avec lui dans l'appartement au-dessus du bar et travailla comme serveuse. Mais picoler, faire l'amour et parler galipettes, cela ne pouvait la satisfaire qu'un temps. Et Johnny n'avait guère plus à offrir.

Mary partit pour New York. Elle ouvrit un petit cabinet à SoHo, que David finança. La plaque sur le mur disait : Mary Burig, psychologue. Douce musique à ses oreilles. Un ami avait falsifié pour elle un certificat de licence de l'université de Boulder, de même qu'une maîtrise, pour faire bonne mesure. Il savait que c'était une fille intelligente. Elle l'avait aidé à décrocher de la drogue quand il était en deuxième année. Elle était bel et bien capable d'aider les gens. David n'approuvait pas sa conduite, mais il ne l'avait pas dénoncée à l'époque et l'avait toujours protégée, jusqu'à leur première rencontre avec Julia Embry.

Mary regardait fixement Blake. Un mot clignota dans son esprit, CORRUPT. C'était un acrostiche mnémotechnique datant de la fac, et qui regroupait les troubles de la personnalité antisociale en anglais : incapacité à respecter la loi, irresponsabilité persistante, absence de remords, prise de risque inconsidérée pour soi-même et autrui, tendance à tromper par des mensonges répétés, incapacité à planifier à l'avance, irritabilité. Mary nota qu'elle-même correspondait également à certains de ces critères.

Blake éleva la voix.

— Vous m'avez entendu ?

— Désolée, dit Mary. Je réfléchissais.

— Je me demande comment votre cerveau fonctionne maintenant.

— Moi aussi. (Elle détourna les yeux.) Ça a changé quelque chose ?

— Quoi ?

— De tuer ces gens. Cela vous a-t-il prouvé ce que vous vouliez ? Que vous étiez normal, que tous les autres étaient comme vous, que vous n'étiez pas un… un monstre ?

— Tout le monde est comme moi, affirma-t-il. Tout le monde ment. Tous ceux qui m'ont traité de monstre avaient tort.

— Pourquoi suis-je ici ? demanda Mary.

— Parce que je voulais vous voir. Parce que je ne veux pas me faire prendre. Parce que je crains que ce ne soit trop tard.

— Vous ne pouvez pas me reprocher ce que vous avez fait.

— Je veux vous donner quelque chose, dit-il.

Elle se mit à trembler. Elle ne quittait pas des yeux l'arme dans sa main droite.

— Et ce que je vais vous donner, c'est du temps, annonça Blake en se levant.

De sa main gauche, il tira quelque chose de sa poche. Elle vit un éclair argenté, à la clarté de la lune qui entrait par la fenêtre. Il lui rendait son téléphone, sa mémoire. Il lui rendait sa planche de salut. Il la laissait partir. Elle tendit la main pour le reprendre.

À cet instant, la porte derrière lui s'ouvrit brusquement et il pivota sur ses talons. Mary ferma les paupières de toutes ses forces, sachant que la lumière allait brusquement jaillir en même temps que les balles. La fenêtre derrière elle explosa en mille morceaux. Elle se jeta à plat ventre et regagna la porte en se traînant sur le dos. Des cris, d'autres coups de feu, des pas, une odeur épouvantable. Elle sentait quelque chose de chaud sur son visage, qui coulait sur sa joue. Elle l'essuya avant que cela n'atteigne sa bouche. Dès qu'elle fut dans le couloir, elle courut. Elle entendait les bruits habituels du bâtiment qui continuaient jour et nuit, des bruits qu'elle ne remarquait pas d'ordinaire et qui retenaient toute son attention maintenant qu'elle était seule, dans le noir, et qu'elle avait peur. Elle pleura doucement, de désespoir.

Elle parvint à gagner l'ascenseur. Un signal indiquait qu'on ne devait pas le faire fonctionner en cas d'incendie. Elle imagina la vitesse à laquelle il la conduirait au rez-de-chaussée, à la réception, à l'air libre. Puis elle s'imagina prisonnière à l'intérieur de la cabine. Quelqu'un pouvait pousser un bouton à n'importe quel étage et entrer dans le minuscule habitacle. Elle tourna la tête et sut que la seule solution était de regagner l'escalier de secours, de s'engager dans la partie du bâtiment en cours de rénovation. Elle courut sous les ténèbres des carreaux de plâtre du plafond, où les fils étaient à nu, sachant qu'autour d'elle des portes donnaient sur des appartements vides.

Elle déboula sur le palier et décida de monter d'un étage au lieu de descendre. S'accrochant à la rampe, elle se hissa en haut des marches plutôt qu'elle ne les grimpa. Quelqu'un l'appelait d'une voix pressante, encore et encore, et son nom se répercutait dans la cage d'escalier. Elle pressa ses mains contre ses oreilles. *Tais-toi, tais-toi, tais-toi*. Tout se refermait sur elle. Elle ne savait pas ce qu'elle avait vu. Elle pouvait l'ajouter au salmigondis de pensées et d'images que son esprit n'arrivait plus à intégrer. C'était insupportable.

Au deuxième étage, elle trouva un appartement vide et referma doucement la porte derrière elle. Elle avait perdu tout sens de l'orientation ; comme elle s'approchait de la fenêtre, elle ne savait pas quelle vue elle allait découvrir. Mais ce qu'elle vit lui brisa le cœur. La chambre dominait la plate-bande qu'elle avait plantée avec David. Elle ne savait jamais quel souvenir s'ancrerait dans sa mémoire, pourquoi tel souvenir s'éternisait alors que tel autre s'effaçait. Les larmes ruisselèrent sur son visage. Elle les essuya et, dans le noir, elle s'aperçut qu'elles étaient mêlées de sang. Elle resta à la fenêtre, songeant à son frère, à ses yeux rieurs, son...

Une ombre traversa l'herbe humide et Mary se colla contre le mur. La panique lui comprimait la poitrine. Elle se laissa glisser par terre, puis agrippa le rebord de la fenêtre et lentement se releva pour jeter un nouveau coup d'œil.

Il fallait qu'elle fasse quelque chose.

# Chapitre 28

Le salon de réception ressemblait à un océan de ballons roses qui émergeaient du centre des tables rondes couvertes de nappes blanches. Les tables se remplissaient peu à peu de femmes et de jeunes enfants, tandis que les adolescents et les hommes s'agglutinaient au bar.

Le sergent Rufo se tenait seul près du buffet, vêtu d'une queue-de-pie à trois boutons et éclusant de la vodka.

— Patron, lança Danny en lui administrant une claque dans le dos, vous êtes mûr pour poser dans les magazines de régimes amincissants.

Rufo plaça sa main en cornet autour de son oreille.

— Serait-ce un compliment ?

Joe s'approcha à son tour.

— Ciel, sergent ! Jolies frusques ! Et vous avez une nouvelle coupe de cheveux, c'est ça ?

— Vous voyez ? fit remarquer Rufo en se tournant vers Danny. Ça, c'est la classe.

— Un fayot de première, oui ! répliqua Danny.

— Tu dois reconnaître que c'est un super frac, insista Joe.

— Voyez-moi ces tourtereaux, ironisa Danny.

— C'est un Armani, précisa Rufo. Deux mille dollars, je vous jure que je ne plaisante pas. Vous savez, ce type pour qui je fais la sécurité ? Quand il m'a vu perdre tout ce poids, il me l'a offert.

— Ben tiens, fit Danny. Sans retour d'ascenseur ? Drrring drrring, drrring ! (Il fit le geste de porter un téléphone imaginaire à son oreille.) Allô ? Sergent Rufo ? Ouais, salut, bon écoutez, pouvez pas me faire sauter quelques PV, là, plus une inculpation pour homicide volontaire avec...

— Dans votre esprit, aucun être humain n'est capable de grandeur d'âme, déplora Rufo.

— Je vais au bar, décida Danny. Voulez un verre ? C'est pas de la grandeur d'âme, ça, peut-être ?

Joe acquiesça.

— J'ai ce qu'il me faut, indiqua Rufo.

— Maddy est une chouette gamine, murmura Joe. J'espère qu'elle va s'en tirer.

— Il me serait insupportable d'envisager le contraire.

Danny était cerné par de grands dadais brandissant leur carte d'identité, leur sésame pour se soûler. Au moins ces gamins eurent-ils le mérite de le cacher d'une personne qu'il voulait éviter. Il s'empara de ses consommations et quitta précipitamment le bar, la tête rentrée dans les épaules.

— Je viens de voir une de mes ex, souffla-t-il en tendant sa bière à Joe.

— Tiens donc ? demanda Rufo.

— Ça lui arrive tout le temps, observa Joe, goguenard.

— On a eu une histoire à l'époque où Gina et moi avions pris du large, expliqua Danny. Cette fille était cinglée. Chaque fois qu'on sortait, elle finissait la soirée en dansant sur une table, avec un verre dans chaque main. On pouvait être à une veillée funèbre, elle grimpait sur une table pour se tortiller. Le nombre de fois où j'ai dû la porter jusque chez elle ! En fin de compte, j'en ai eu ras le bol et ça lui a brisé le cœur. Je lui ai dit : « Bren... ».

— Brenda, dit Rufo en prenant la main d'une femme moulée dans une robe vert émeraude avant de lui embrasser la joue. Voici ma... compagne, Brenda Stenson. Je te présente Danny Markey. Et tu connais déjà Joe.

Danny ouvrit et ferma la bouche à deux reprises avant de balbutier :

— Oh, enchanté, Brenda.

— Moi de même, Danny, répondit-elle en lui serrant la main trop fort.

— Je peux vous chercher un verre ? proposa Joe.

— C'est mon troisième soda au citron vert, dit Brenda. Et il y a une limite à ce qu'on peut ingurgiter, non ? J'ai arrêté de boire il y a des années et je me demande encore comment j'arrivais à engloutir de telles quantités d'alcool en une nuit.

Elle éclata de rire.

— Brenda a passé des années à s'enfiler des vodkas tandis que j'engloutissais des pâtisseries, plaisanta Rufo. Pas sûr qu'on se serait plu si on s'était connus plus tôt.

— C'est le plus triste de l'histoire, car à l'époque où je passais mes nuits dans les vapes, j'échouais toujours avec les pires tocards.

Joe était plié en deux. Brenda pressa le bras de Rufo.

— Il a fallu que je patiente quelques années pour rencontrer un type bien.

— Joe, si on laissait nos deux tourtereaux roucouler tranquillement ?

— Et toi qui croyais lui avoir brisé le cœur ! chuchota Joe à son ami tout en s'éloignant.

— Putain, qui aurait cru qu'elle sortirait avec Rufo ?

— En fait, moi.

— Il y a trop d'amour dans cette salle ce soir, grommela Danny. Ça me dépasse.

— Allons voir ce qu'il y a de bon à manger, suggéra Joe en s'approchant du buffet.

— Je me sens d'attaque pour une petite tranche de rosbif. Ou carrément un gros pavé.

— T'es surtout bête à bouffer du foin.

Joe et Danny s'installèrent à une table avec deux bières et deux assiettes garnies de nourriture. Danny reluquait Brenda Stenson qui, à en croire sa mine réjouie, passait une merveilleuse soirée avec Rufo.

— Pourquoi elle se marre ? grommela Danny.

— Sans doute parce que tu ne la quittes pas des yeux. Parce que tu l'as traitée comme une merde et que c'est son tour de te faire bisquer. Parce que tu risques d'assister à son mariage avec ton boss... Elle a toutes les raisons de se marrer en ce moment. L'idée que...

— Tu la fermes.

— Imagine un peu, poursuivit Joe. Elle épouse Rufo, et lorsqu'il se plaindra du boulot, elle ne prendra jamais ta défense...

— Il faut que je le prévienne.

— Tu as perdu la tête ?

— C'est ton téléphone ? demanda Danny.

Joe le regarda fixement.

— Je suis sérieux, insista Danny. Il vibre contre ma chaise.

Joe tendit le bras vers la poche de son frac accroché à son dossier. Il sortit l'appareil et répondit.

— Allô ? Allô ? Allô ? (Il fit non à Danny et s'apprêta à raccrocher.) Quoi ?... Mary ? Je ne vous entends pas... vous êtes où ? (Il écouta.) D'accord, votre porte est fermée à clé, oui ? Restez où vous êtes. Ne bougez pas, d'accord ? Et quand vous raccrocherez, appelez immédiatement le 911. Vous pouvez le faire ? Ils vous garderont en ligne... (Il s'interrompit.) Non, non, ils vous enverront une patrouille. Et on arrivera juste après. Raccrochez maintenant, OK ? Tout ira bien. (Joe se tourna vers Danny.) Putain, c'était Mary Burig. L'assassin est dans son immeuble. Et elle est seule.

Les pouces de Mary survolèrent les touches 9 et 1. Dehors dans le couloir, quelqu'un criait son nom. Son cœur s'affola. Elle reposa le téléphone.

Joe et Danny se garèrent sur le parking désert devant Colt-Embry Homes. Il n'y avait aucune voiture de patrouille. L'immeuble était plongé dans le noir.

— Mais putain, où ils sont ? s'exclama Joe.

— Ils sont peut-être garés à l'arrière.

— Mais non. Elle ne les a pas appelés.

Il prit la radio.

— Manhattan North Homicide sur portable au Central K. Sachez qu'on est à Colt-Embry Homes, à Astoria. On a un individu suspecté de meurtres sur les lieux. Il nous faut des renforts.

Ils coururent vers le flanc du bâtiment. La porte d'entrée était entrouverte, l'accueil désert, les lumières éteintes. Joe montra la zone, derrière le bureau, où le plafond du couloir était à nu, les plaques du faux plafond accrochées à des câbles épais des deux côtés du mur. Au fond la porte coupe-feu et les escaliers pouvaient les conduire à l'appartement de Mary, au premier étage.

Joe passa devant en essayant d'étouffer le craquement de ses chaussures neuves. Danny lui emboîta le pas.

— On va directement chez elle ? chuchota Danny.

— Oui.

Ils parvinrent au palier du premier. Joe s'arrêta pour renouer le lacet de sa chaussure gauche.

— Quelle saloperie.

Ils longèrent le couloir. Par deux fois, le pied droit de Joe dérapa, mais il parvint à garder l'équilibre. Il avait oublié de donner ses chaussures à Anna avant de sortir. Elle aurait gratté la semelle au couteau ou l'aurait frottée à la toile émeri. Il s'obligea à se concentrer sur ce qu'il faisait. Les seuls bruits qu'il entendait étaient les pas de Danny derrière lui et le bourdonnement du néon au-dessus de leurs têtes.

Mary entendit des pas approcher depuis l'autre extrémité du couloir et le cliquetis des clés de Stan. Elle ouvrit lentement la porte et posa un pied nu sur un carreau qu'elle s'attendait à trouver froid. Il était chaud et humide. Son pied glissa. Quand sa tête heurta le sol froid, la dernière chose qu'elle vit fut la ceinture porte-outils de Stan couverte de sang.

Joe et Danny inspectèrent toutes les pièces vides donnant sur le couloir du premier étage, sans succès. La porte de l'appartement de Mary était grande ouverte et ses affaires disséminées. Les tiroirs étaient ouverts, les coussins retournés, les sacs vidés.

— Ça n'est pas bon signe, chuchota Joe.

— Mary ? héla Danny. Mary !

Il ne leur fallut guère de temps pour fouiller le petit appartement. Il n'y avait personne. Ils coururent dans les étages supérieurs, ouvrant les portes qui n'étaient pas verrouillées. Ils dévalèrent les marches et regagnèrent l'accueil.

— Tiens ! s'exclama Joe en montrant un filet de sang sur le carrelage.

— Ce n'était pas là quand on est arrivés.

— Sûrement pas.

Ils se ruèrent vers la porte.

— Où elle est passée ? demanda Danny.

Joe scruta les ténèbres.

— Putain, et où sont les renforts ?

— Regarde-moi ça.

Deux policiers en uniforme remontaient l'allée d'un pas flegmatique. Danny leur fit signe de se presser. Ils coururent vers eux.

— La femme qui nous a alertés n'est plus là, expliqua Danny. Mais on n'a pas fini de fouiller le bâtiment. Le tueur s'appelle Preston Blake ou Alan Moder. Un mètre quatre-vingts, environ trente-cinq ans, carrure moyenne, cheveux noirs, menton couvert de cicatrices, peut-être accompagné d'une femme, Mary Burig, la trentaine, un mètre cinquante-deux, menue, longs cheveux noirs, yeux bleus très pâles. Moyen de locomotion inconnu.

Magda Oleszak traversa le parking de Colt-Embry Homes en courant, dépassa les voitures de patrouille qui venaient d'arriver et s'arrêta devant un policier en tenue posté devant la porte.

— Qu'est-ce qui se passe ?

— Qui êtes-vous ? répondit le planton.

— Je travaille ici. Je m'appelle Magda Oleszak. Je cherche une amie. Nous devions aller au cinéma ensemble, il y a plus de deux heures de cela. Je la croyais avec le groupe. Quelqu'un m'a dit qu'elle était là-bas. J'aurais dû vérifier. Comment va-t-elle ? Que faites-vous ici ? Elle s'appelle Mary.

— On nous a signalé une tentative d'effraction. Je vous en prie, madame, je vais devoir vous demander de reculer. Adressez-vous à l'un de mes collègues. (Il indiqua une autre voiture de patrouille qui se garait sur le parking.) Ils vont s'occuper de vous. L'immeuble n'est pas encore sécurisé.

Joe composa le numéro de Rufo sur son portable.

— Chef ? Joe à l'appareil. On est à Colt-Embry. On dirait que Blake est déjà passé par là. Aucun signe de Mary Burig. On a du sang par terre. C'est tout.

— Vous pensez que le tueur est toujours dans l'immeuble ?

— On n'en sait rien. On attend d'autres renforts du 114e District.

— Je vais ramasser les gars au bar. On arrive.

Julia Embry se gara sur les lieux et sortit précipitamment de son véhicule. Magda s'élança hors de la voiture de patrouille et courut vers elle.

— C'est Mary ? demanda Julia.

Elle avait les yeux cernés et le visage livide.

— Je n'en sais rien, dit Magda en pleurant. Je ne sais pas ce qui se passe.

— Mon Dieu ! Pourvu que Mary n'ait rien, gémit Julia, qui voulut courir vers le bâtiment.

Magda l'en empêcha.

— Ils ne vous laisseront pas entrer.

— Pourquoi ? Je dois entrer. J'ai besoin de voir ce qui se passe.

— Tout le monde est au cinéma. Il n'y a que Mary qui soit restée ici, elle est rentrée directement de l'église. Une des filles était censée l'attendre dans l'entrée du cinéma. Elle m'a dit que Mary était là. Enfin, on était au cinéma, il faisait noir, j'aurais dû vérifier.

— Ce n'est pas votre faute, assura Julia.

— Je devrais aller à l'église…

— Non, n'y allez pas. La police nous dira ce qu'il faut faire.

— J'ai essayé d'appeler Mary, mais elle ne répond pas à son téléphone, gémit Magda.

— C'est monstrueux, dit Julia. (Elle regarda les inspecteurs qui déambulaient dans la réception.) Il n'y a rien que nous puissions faire. Quelqu'un doit nous dire quelque chose.

Joe traversa la réception en courant et martela la porte vitrée pour que le policier en uniforme s'écarte. Il courut dans l'allée en direction des deux femmes.

— Inspecteur, dit Julia. Que se passe-t-il ? Où est Mary ?

— On essaie de la retrouver, expliqua Joe. Elle nous a appelés. Quelqu'un est entré...

— Mon Dieu ! s'exclama Julia.

— Madame Embry, avez-vous les clés de tous les appartements ?

— Oui. Elles sont dans mon bureau.

— Je ne peux pas vous laisser entrer maintenant, mais si vous voulez me dire où vous les rangez...

— Dans le tiroir du bas à gauche, à l'intérieur d'une trousse de maquillage.

— Merci. Vos caméras de sécurité sont-elles en état de marche ?

— Non. Je suis navrée. Elles sont momentanément hors service à cause des travaux.

— Ça va, dit Joe. Écoutez, pourriez-vous, vous et Mme Oleszak, vous rendre avec l'un de mes collègues jusqu'au 114e District et m'attendre là-bas ? Je viendrai vous parler dans une ou deux heures. C'est possible ? Je sais que ce n'est pas facile, mais je crains qu'on n'ait pas le choix.

Julia baissa la tête.

— Ça ira.

Rufo était à l'accueil avec le reste de ses hommes. La plupart étaient venus directement du gala.

— Je me sens un peu trop sapé pour ce genre de festivités, remarqua Rufo. Quelle belle brochette de pingouins ! Qu'on ouvre la porte, putain !

Joe s'approcha.

— Que s'est-il passé ? demanda Rufo.

— On est arrivés ici : pas de Mary, expliqua Danny. Et elle n'a pas appelé les secours.

— On a contacté le 114e vingt minutes plus tard, en débarquant ici, précisa Joe. On attend les autres.

Rufo baissa les yeux.

— Un filet de sang, c'est tout.

— Les techniciens du labo sont en chemin, remarqua Joe.

— Bon, redites-moi tout ça, demanda Rufo. Elle a appelé, elle a dit qu'il y avait quelqu'un dans l'immeuble, elle a parlé explicitement de Blake ?

— Oui, confirma Joe.

— Je dois vous poser une question. Cette Mary est... une personne handicapée. Alors dans quelle mesure peut-on se fier à sa parole ? Peut-être que ça se passe dans sa tête ?

— Impossible. J'ai entendu sa voix. Elle était paniquée. Je ne crois pas que ce soit le fruit de son imagination.

— Si je découvre que j'aurais pu rester au bar... prévint Rencher.

— Il y a combien d'apparts là-haut ? questionna Rufo.

— Vingt... Certains sont vides, en cours de rénovation. Il y a aussi une salle commune à chaque étage en face des ascenseurs... Une bibliothèque, une salle à manger, une salle pour la télévision.

— Toutes n'ont pas été fouillées, rappela le sergent. On y va !

— Où sont passés Bobby et Martinez ? s'enquit Joe.

— Martinez ne tient pas la grande forme. Je lui ai dit de rester où il était. Je l'ai laissé accroché au bras d'une vieille peau.

— Bobby n'est pas venu, précisa Pace. Je crois qu'il assure la sécurité pour un défilé de mode à Bryant Park.

Joe eut l'air passablement agacé.

Mary était allongée dans le noir, privée d'une bonne partie de ses sens. Son corps était froid et engourdi, ses yeux inutiles, le vrombissement d'un moteur bourdonnait dans ses oreilles. *Juste un petit trajet et tout ira bien. Pas de souci*, avait-il dit. Deux fois. Mais il tremblait, il savait qu'elle avait téléphoné et il ne pouvait la regarder. Quand il s'approcha d'elle, une goutte de sueur tomba dans l'œil de la jeune femme et la piqua. Il ne s'en rendit pas compte.

Elle ne pouvait s'arrêter de pleurer.

— Où m'emmenez-vous ? Où ?

— Je vous en prie, taisez-vous, je vous en prie, répétait-il sans arrêt.

— Je ne peux pas, hurla-t-elle. Je ne peux pas.

Il se contenta de lui jeter un coup d'œil de temps à autre pour s'assurer qu'elle n'avait pas réussi à se libérer de ses liens. Elle était repliée sur le côté, les jambes ligotées au niveau des chevilles, les mains étroitement attachées aux poignets.

— Je suis toute seule au monde maintenant, rugit-elle. Je n'ai personne ! Plus personne ! Pourquoi me faites-vous ça ? Pourquoi ? Pourquoi ?

Elle commença à avoir des haut-le-cœur.

— Tâchez de ne pas vomir. Vous devrez rester comme ça. Je ne peux pas m'arrêter maintenant.

Il ne l'avait pas bâillonnée parce qu'elle semblait fragile. Il se doutait qu'elle risquait d'être malade.

Elle se jeta en avant et de nouveau son estomac se souleva. Son esprit déclara forfait. Son corps se débattait. Elle s'était crue près d'échapper au danger. Et la voilà dans l'obscurité totale, avec la pluie qui tambourinait à tout va sur le toit et sur les vitres, vrillait des trous dans son crâne, couvrait le son de sa voix. Les mots ne venaient plus. Il ne voulait pas les entendre. Elle savait qu'elle pouvait s'arrêter de parler. Mais elle n'avait aucune maîtrise sur le reste. Ses sanglots le déchiraient, pleurs atroces qui s'éteignaient en des gémissements, comme un enfant malade incapable d'exprimer sa douleur. Mais Mary avait une voix, elle avait seulement perdu la volonté d'en faire usage.

L'espoir était une lumière blanche pour Mary. C'était un guide. C'était une visitation et une résurrection, une rédemption et une ascension. C'était un bienfait. Là dans le noir, elle chercha en elle. Il n'y avait pas d'autre chemin. Les prières lui vinrent à l'esprit. Elle pria saint Joseph, padre Pio, saint Antoine, saint Jude. Elle récita le chapelet, dix dizaines, des paroles dont sa mémoire ne s'était jamais séparée. Elle finit par le *Confiteor*.

*Je confesse à Dieu tout-puissant, je reconnais devant mes frères et mes sœurs*
*Que j'ai péché par ma faute*
*En pensée, en paroles,*
*Par action*
*Et par omission...*

Elle pensa à ses actions et à ses omissions.

Il était 5 heures du matin quand Joe et Danny retournèrent au bureau. Rencher, Blazkow, Martinez et Pace étaient déjà à leur poste. Joe se frotta les yeux.

— Du nouveau ? demanda Joe.

— Niet, répondit Rencher.

— La gueule de bois, grommela Martinez. Déjà.

— Oui, et le numéro de téléphone d'une mémé, ajouta Rencher.

— Quelqu'un a réussi à joindre Stanley Frayte ? s'enquit Joe.

— Non.

— Toutes les autres brigades ont des signalements, précisa Danny.

— Donc on est sans nouvelles de Stanley Frayte, de Mary Burig, de Preston Blake. Putain, génial. Blazkow... vous pourriez nous faire une victimologie sur Stanley Frayte ?

— Pas de souci. Mais je peux roupiller d'abord, non ?

— On a tous besoin de récupérer, reconnut Joe.

Son portable sonna.

— Joe ? C'est Taye Harris, le capitaine des pompiers.

— Comment ça va ? Je m'excuse de ne pas vous avoir rappelé. Les choses se sont emballées ici.

— J'en ai entendu parler. C'est pourquoi je vous appelle aussi tard, ou aussi tôt, comme vous voulez. Joe, je ne crois pas que votre criminel ait réussi à sortir vivant de sa maison. Je crois qu'on le tient.

— Hein ? Pas possible.

— Eh bien, on a un corps...

— Mais il n'y avait rien sur les lieux. Je croyais qu'il n'y avait personne...

— Je sais, je sais... J'ai parlé aux policiers concernés. Il se trouve que comme c'était un lieu du crime et que les recherches avaient été bâclées, on avait eu un premier et un deuxième rapport négatifs, faute de temps. Or le corps se trouvait dans l'angle de la baie vitrée sur le devant de la maison. Derrière une grande banquette. Quand mes hommes sont entrés pour aérer, ils ont démonté des tentures qui couvraient la fenêtre. C'est là qu'on l'a trouvé. Personne ne l'avait vu. Il est resté caché pendant plusieurs heures.

Joe s'arrêta.

— La baie vitrée... Il était dans...

— Oui, dit Harris. Dans la chambre du mort.

## Chapitre 29

Joe et Danny roulaient en direction de l'Institut médico-légal.

— Là, on a fait le tour du cadran, remarqua Danny pendant qu'ils entraient dans le bâtiment.

Joe bâilla.

— Je sais.

Le docteur Hyland descendit et les conduisit dans la pièce où le corps était étendu sous un drap blanc.

— Je vous préviens, il est dans un sale état, nota-t-il avant de soulever le drap.

La première chose que Danny et Joe aperçurent, ce furent une main et un bras carbonisés. Un objet en or brillait à un doigt. Ils se penchèrent tous les deux. C'était une bague de lycée. Leurs regards se croisèrent.

— Seigneur ! soupira Danny.

— C'est Bobby.

Au 20e District, Pace compulsa les notes qui jonchaient le bureau de Bobby. Ce dernier en était arrivé à la même conclusion que Cullen concernant l'adresse de Blake.

— Il a dû décider d'aller voir Blake avant de rentrer chez lui, supposa Joe. Blake a flippé, il a compris qu'on était sur sa piste.

— J'aurais dû l'accompagner, murmura Pace.

— S'il ne t'a rien dit, que veux-tu ? répondit Joe. Seigneur ! Il a deux petits garçons.

Danny secoua la tête.

— Je ferais mieux d'aller prévenir le vieux Nic, soupira Joe.

La plupart d'entre eux savaient que Bobby Nicotero et son père ne s'entendaient pas. Mais tout le monde savait aussi que cela ne compterait pas, ce jour-là ni plus jamais.

Dès qu'il aperçut Joe devant chez lui à 8 heures du matin, Victor Nicotero comprit.

— Ça n'aurait pas dû arriver. Ce n'est pas normal, balbutia-t-il en luttant contre l'émotion. Je suis du mauvais côté, c'est à moi qu'on vient annoncer la nouvelle. Putain ! Que s'est-il passé ?

Joe aseptisa les détails. Le vieux Nic n'en crut pas un mot, mais fit semblant. Il resta assis en silence, le regard perdu.

— Patti est là-haut, elle finit sa dernière nuit avant que tout son univers ne bascule définitivement. Je ne veux pas la réveiller, Joe. (Sa voix se brisa.) Quand il était gosse, Bobby avait toujours peur pour moi. Il me rendait dingue. Il s'accrochait à mes basques, il ne voulait pas me lâcher. (Ses yeux étaient baignés de larmes.) Je sais ce qu'il a ressenti. (Il laissa échapper un sanglot désespéré.) Je ne voulais pas qu'il parte. (Il fouilla dans sa poche pour trouver un mouchoir.) On commençait à mieux s'entendre, articula-t-il. On commençait… Pourquoi il m'en voulait, Joe ? Qu'est-ce que j'ai fait de travers ?

— La famille, prononça Joe en lui tendant un Kleenex. On n'y comprend rien. Mais ça se voit quand un fils aime son père, Nic. Vraiment. Et Bobby t'aimait. Il se faisait du mouron pour toi. À sa manière.

Nic sourit derrière ses larmes.

— Un coléreux, hein ?

— Ce n'est pas ce que je veux dire. Il avait du mal à l'admettre, mais il s'inquiétait pour toi. Tu sais, il a piqué une crise la semaine dernière avec moi.

— Non ?

— Si. Il a voulu qu'on aille régler ça dehors.

Le visage de Nic s'éclaira malgré lui.

— Ça, c'est un homme.

— Il n'aurait pas réagi comme ça s'il n'en avait rien eu à faire.

Le bureau était silencieux. Personne ne savait que dire. Pace était rentré chez lui. Cullen était arrivé.

— Je ne comprends pas qu'on ne l'ait pas découvert plus tôt, fit-il remarquer.

— C'était vraiment le bazar, expliqua Joe. On ne voulait pas qu'ils piétinent partout. On ne savait pas ce qu'il y avait là-dedans.

— Oui, Blake s'occupait de tout à partir de cette baraque. Les prothèses dentaires pour Valtry, le...

— Putain ! s'exclama Joe. Tu as vu du matériel dentaire là-bas ?

— Oui, répondit Danny. Tu te souviens ? Les pinces, les fraises...

— D'accord, mais il n'y avait pas de dents, ni de modèles ni de porcelaine... Rien de tout le fatras qu'on a vu au labo. (Il regarda Danny.) Il faut qu'on retourne dans la maison... Je pense que c'est là qu'il détient Mary.

Danny et Joe se garèrent sur Remsen Street et gagnèrent Willow Street à pied. Ils s'arrêtèrent non loin de la maison de Preston Blake.

— On n'a pas d'autre solution que de passer par la porte du sous-sol sous le perron, expliqua Joe en montrant celle-ci du doigt. L'écroulement du bâtiment a complètement bloqué l'entrée de derrière.

Ils s'approchèrent de la porte. Elle était cadenassée, une plaque en Gravoply avait été fixée par les pompiers, indiquant un numéro à contacter.

— Je vais appeler les secours, décida Danny.

Un quart d'heure plus tard, deux hommes du service des urgences fracturèrent l'accès au sous-sol humide, qui exhalait fortement une odeur de fumée.

— Voilà, s'exclama Joe.

Une odeur pestilentielle les frappa dès qu'ils eurent dégagé l'entrée. Ils détournèrent la tête. Danny plaqua sa main sur sa bouche.

— Putain ! s'exclama Joe. Quelle merde...

Danny retira sa main et essuya ses yeux qui pleuraient.

— Incroyable. C'est... souffla-t-il en plongeant le regard vers le bas de l'échelle.

— J'y vais le premier, dit Joe. Envoie cette torche vers le fond.

Il immobilisa le faisceau lumineux pendant que Joe descendait. Il lui tendit la torche et le suivit dans l'espace exigu.

— C'est quoi, cette connerie ? marmonna Danny.

Joe promena la lumière de gauche à droite, le rai de lumière projetant sur le sol l'ombre des barreaux d'une prison. Une télévision était montée sur le mur d'en face. Joe leva la main vers l'interrupteur qui se trouvait à proximité.

— Non ! hurla Danny. Pas d'interrupteur !

— Putain ! marmonna Joe en retirant sa main aussitôt. Tu m'as foutu les boules.

Danny s'avança vers la cellule, la gorge de plus en plus serrée à mesure qu'il s'approchait de la source de puanteur. Dans le coin à côté du lit se trouvait un seau d'excréments humains ; le liquide s'était presque totalement évaporé tandis qu'une colonie d'asticots grouillait sur les solides en décomposition. Des mouches pullulaient autour, se posaient sur le rebord, allaient et venaient entre le seau et une assiette d'aliments moisis posée sur un plateau près de la porte. Joe projeta le rai de lumière sur la porcelaine claire et put voir les tavelures vert olive qu'elles avaient laissées. Danny se précipita vers les marches, mais parvint à surmonter la nausée avant de vomir.

— Qui peut vouloir vivre comme ça ? articula-t-il d'une voix rauque en tenant son mouchoir sur son visage.

— C'est un homme brisé. Il est probablement descendu ici après sa première victime. Ce type se hait et doit penser que c'est tout ce qu'il mérite.

— Ce qu'il mérite, c'est qu'on lui fourre la tête dans ce seau, dit Danny en surmontant une autre vague nauséeuse.

— Tu te rends malade.

— Il faut que je sorte d'ici.

— Regarde, dit Joe.

Il lui montra des moulages de dents en plâtre grisâtre dispersés dans une boîte sur le lit. Il projeta la lumière de la torche sur deux étagères chargées de rangées impeccables de minuscules crânes d'animaux, avec des bijoux qui brillaient dans les cavités.

Épinglée au mur au-dessus d'un petit bureau se trouvait une note manuscrite, jaunie et abîmée, qu'on avait arrachée à un carnet à spirale. Joe se pencha pour lire :

*Dès le sein de leur mère, les méchants sont fourvoyés. Dès leur naissance ils font fausse route, ceux qui débitent le mensonge.*

*Ils ont du venin pareil au venin du serpent, de l'aspic sourd qui se bouche l'oreille,*

*Qui n'entend pas la voix des charmeurs,*

*Des magiciens les plus experts.*

*Ô Dieu, brise-leur les dents dans la bouche ; fracasse, ô Éternel, les crocs des lionceaux.*

Le reste du mur de crépi gris était couvert de photocopies du même texte, côte à côte, les bords superposés, une couche sur l'autre.

— Ce doit être le mot que Sonia Ruehling lui a laissé avant de le plaquer, déduisit Joe.

Danny resta sans voix.

— C'est tellement jeté... Putain !

Joe s'agenouilla pour regarder sous le lit.

— Des portefeuilles, dit-il.

Il en ouvrit quelques-uns pour regarder le visage des victimes prises au hasard.

— Dire qu'ils ne se doutent de rien !

— Alors que là-haut, il avait ce superbe appartement rutilant ? Putain, répéta Danny.

— On ne peut jamais savoir que de la merde se cache sous la surface.

— Où tu es, espèce de cinglé ? cria Danny.

Le sergent Rufo se tenait la tête entre les mains. Joe et Danny frappèrent à la porte du bureau et entrèrent.

— Je suis en état de choc, vous savez. Je ne peux pas croire ce qui est arrivé à Bobby.

— Je sais, dit Joe. (Il baissa les yeux.) Il a dû y aller de son côté parce que je l'emmerdais, alors il a voulu vérifier lui-même avant de me filer le tuyau...

— Ne faites pas l'idiot, coupa Rufo. Où on en est ?

— On a trouvé le putain de cachot de Blake, mais personne dedans, expliqua Joe. On a fouillé l'appartement de Stanley Frayte sans résultat pour le moment. Aucun signe de Mary. Où qu'on se tourne, c'est l'impasse.

Cullen se rua dans la pièce.

— Écoutez, les gars, j'ai trouvé quelque chose. Je ne sais pas quoi en faire. Mais vous voudrez peut-être aller y voir.

— De quoi s'agit-il ? demanda Julia Embry en essayant de tirer la chaise en face de Joe, dans la cantine, au milieu d'effluves de désinfectant et de légumes.

Joe l'aida à asseoir.

— De votre fils, Robin.

Elle porta une main à sa poitrine.

— Robin ?

— Je sais qu'on n'a jamais rattrapé le chauffard et que vous n'avez jamais su ce qu'il en était...

— Seigneur ! gémit-elle en se couvrant la bouche. Vous avez trouvé qui c'était ?

Joe confirma en silence.

— Oui. Et si vous le voulez, je peux vous l'apprendre.

— Oui, oui, évidemment que je veux savoir. Pourquoi ne...

— Vous pourriez me croire quand je vous dis que je sais qui c'est, que ce n'est pas quelqu'un de méchant, qui ne présente aucun danger ni...

— Je m'excuse, inspecteur, je vous fais confiance, vous m'avez l'air de quelqu'un de bien. Mais sachez qu'on n'a jamais pu classer l'affaire, or j'ai besoin de classer l'affaire. Et si l'occasion m'en est donnée, pourquoi m'en détourner ?

— Parce que ça va vous causer un choc.

— Qui ? Qui a fait ça à Robin ? Dites-le-moi.

— Stanley Frayte.

Elle resta interdite, puis tout son visage parut s'affaisser sous le coup de la tristesse et de la déception. Joe eut du mal à la regarder. Il tira un mouchoir propre de sa poche. Il allait le lui proposer, mais elle cacha sa tête entre ses bras croisés sur la table et se mit à pleurer si fort qu'il put à peine bouger. Il lui tapota doucement le bras et posa le mouchoir devant elle.

— Je suis vraiment navré d'avoir dû vous l'apprendre. Il a peut-être voulu partir à cause de la présence de la police. Il a sans doute senti qu'on allait finir par le démasquer.

Julia secoua la tête et réussit à reprendre suffisamment son souffle pour dire à Joe qu'il n'y était pour rien. Elle recouvrit son visage du mouchoir, puis s'essuya les yeux et se moucha avant de lever les yeux vers lui. Ses sanglots reprirent de plus belle et il lui fallut plusieurs minutes pour se calmer. Joe attendait, tourné vers la fenêtre, l'oreille tendue vers les bruits venant du parking.

— Les décorations de Noël, dans la maison, articula-t-elle. C'était... (Elle hoqueta.)... On les accrochait ensemble, Robin et moi. Puis quand Robin est mort... je le faisais avec mon mari. Mais quand il m'a quittée... c'était Stan qui m'aidait. Comment a-t-il pu faire ça ? Pourquoi est-ce que je pense aux décorations de Noël maintenant ? C'est la première chose à laquelle j'ai songé quand...

— Stanley avait dû se jurer de ne jamais révéler la vérité. Et puis il s'est rendu compte qu'il ne supportait pas le poids de sa faute. Ça prend un quart de seconde de décider de continuer à rouler. Après, il n'est pas possible de revenir en arrière. Le mieux pour lui était de faire un geste quelconque à votre égard. J'imagine que ça devait le soulager.

— Vous voyez toutes sortes de choses dans votre métier. Vous croyez que les gens sont mauvais ?

— Certains.

— Vous pensez que Stan était mauvais ?

Il hocha la tête, perplexe.

— Stan a commis une énorme erreur. Il s'était donné un mal de chien pour en arriver là où il en était à l'époque. Il pensait à sa famille. Il ne pensait pas...

— À la mienne. À moi. Mais c'est un homme si... (Les mots s'étranglèrent dans sa gorge.) Si bon.

— Je n'en doute pas.

— Comment avez-vous su que c'était lui ?

— Quand on l'a pris en train de poster les lettres de Mary, j'ai cru qu'on tenait notre homme. Il avait l'air coupable. Et une fois dans la salle d'interrogatoire, il avait l'air soulagé. On savait qu'il n'était pas l'assassin, mais après, je me suis dit qu'il y avait peut-être autre chose chez lui. J'ai pensé qu'il préparait peut-être une arnaque… On a creusé un peu plus loin… On a pris contact avec les inspecteurs de l'affaire et ils tenaient d'un témoin les dernières lettres du nom de la compagnie de transport dont un camion se trouvait sur les lieux. Cette femme s'était trompée d'une lettre… (Il haussa les épaules.) On n'avait plus qu'à tout reconstituer.

— Stan est là depuis le début des travaux de la maison de santé. Il nous a proposé des tarifs inférieurs à ce qu'il pratiquait normalement. Il n'était jamais en retard. Il ne buvait pas, ne se droguait pas. Il avait si bon cœur. (Ses yeux furent de nouveau baignés de larmes.) Qu'est-ce que je suis censée éprouver maintenant ? Qu'est-ce que je dois faire ?

— Je n'en sais rien.

— Comment ai-je pu ne pas m'en douter ? Rien, je n'ai jamais senti…

— Je ne suis pas psy, reconnut Joe. Je n'en ai jamais vu de ma vie, mais je dirais que si vous vous mettez à passer en revue les moindres faits et gestes qui se sont passés entre Stanley et vous, vous n'arriverez jamais à tourner la page.

— Peut-être même que ça diminuerait tout ce qu'il a fait de bien, dit-elle enfin. J'ai déjà passé tellement de temps à ressasser la dernière conversation que j'ai eue avec Robin que ça suffirait à rendre fou n'importe qui. C'est le vieux cliché… On s'était disputés. La dernière fois qu'on s'est parlé, on était en colère. Et je ne pourrai jamais revenir en arrière ni rien changer. On a tellement l'habitude d'avoir une chance de réconciliation après une dispute qu'on ne peut pas imaginer qu'il puisse en être autrement. La personne part en claquant la porte, et vous dites : *Très bien, va-t'en !*, sachant qu'on pourra demander pardon un peu plus tard.

Elle s'essuya les yeux.

— Je suis sûr qu'il pensait la même chose, dit Joe. Je suis sûr qu'il croyait franchir de nouveau cette porte et que tout s'arrangerait.

Julia eut un pauvre sourire et détourna la tête pour fixer la fenêtre.

Il était tard le soir quand ils rentrèrent au bureau. L'ambiance était lugubre. La seule chose pire qu'une enquête au point mort, c'est d'être ballotté sur des pistes prometteuses qui ne mènent nulle part.

— Tu sais ce qui a lieu demain ? demanda Joe d'un ton tragique.

— Non.

— Mon opération.

— Tu cherches une échappatoire ? Tu attends que je te dise : *Tu ne peux pas faire ça, tu es trop lessivé, ou l'affaire va partir en couille si tu nous lâches ?*

— Ça serait super.

— Oui, eh bien ne compte pas là-dessus. Tu en as besoin. Profite du fait que c'est un grand ponte qui va te creuser la tronche, et pas un étudiant. C'est l'occasion ou jamais.

Joe pencha la tête en avant.

— Me creuser la tronche ?

— Ouais, bon, c'est bien de ça qu'il s'agit.

Joe soupira.

— Alors j'y vais ou je n'y vais pas ?

— Vas-y. Tu es libre demain. On survivra sans toi. Tu peux te reposer.

— Qui se repose à l'hosto, putain ? J'aimerais bien savoir.

— Enfin, bref.

Joe se leva.

— Ça va, ça va. Je vais rentrer, rattraper quelques heures de sommeil, puis je suppose que j'irai.

Danny se leva et lui donna une tape sur l'épaule.

— Pas de souci. On a la situation en main.

— Entendu, tiens-moi au courant.

— Écoute, mon vieux, je te souhaite bonne chance pour l'opération.

Joe réfléchit un instant.

— Merci.

— Une dernière parole ? demanda Danny.

— Putain, t'es vraiment un marrant.

— Bon, fit Danny. À bientôt...

— Après-demain.

— Tu vas vraiment... ?

— Absolument. Tu la boucles, putain !

— J'appellerai Anna pour prendre des nouvelles.

— C'est ça.

— Tu es contre l'acharnement thérapeutique, je crois ?

# Chapitre 30

— Inspecteur Lucchesi ? (C'était un grand type efflanqué.) Je suis le docteur Branfield. Je dois vous opérer ce matin.

— Comment ça va, docteur ? répondit Joe.

Branfield avait l'air heureux de vivre.

— Ma foi, moi je vais bien. Juste pour vous rassurer, il s'agit d'une intervention bénigne que j'ai effectuée plus souvent que n'importe lequel de mes confrères aux États-Unis. Autrement dit, pour moi, c'est une promenade de santé. Et ce sera pareil pour vous... S'il vous arrive de marcher couché et sous sédatifs.

Joe fit un effort pour sourire.

— Vous n'avez pas à vous faire de souci, lui promit Branfield, tout sera fini et bouclé en une demi-heure. Et avant que vous ne vous en soyez rendu compte, vous serez parti pour vous taper un steak. À tout à l'heure, sur le billard.

Des mots que Joe croyait ne jamais devoir entendre de sa vie. Il avait l'estomac vide, mais il lui semblait peser une tonne. Il se renversa sur l'oreiller, le bras au-dessus de la tête. *Qu'est-ce que je fous ici ?* Son téléphone vibra. C'était un texto de la part d'Anna. *Bonne chance. On pense à toi. Bisous.*

— On est prêt ? claironna une voix à la porte.

— Absolument, répondit Joe même si toutes les fibres de son corps et de son esprit lui hurlaient le contraire.

Il se retrouva sur le lit roulant, les yeux scotchés au plafond, regardant les lumières voler au-dessus de sa tête pendant qu'on l'emmenait vers son anesthésiste. L'infirmier qui le poussait soliloquait au sujet de son portable et des problèmes de réseau dans son nouvel appartement. Joe avait envie de lui flanquer son poing dans la figure. Il avait déjà les ongles qui s'enfonçaient dans ses paumes, les bras raides à ses côtés. Il s'efforça de se détendre, mais sa respiration avait cessé d'être régulière et semblait renâcler comme un moteur qui cale. L'infirmier lui jeta un coup d'œil.

— Tout ira bien, dit-il. Respirez à fond. Franchement, ça va vous changer la vie. Inspirez, soufflez. Inspirez, soufflez.

Joe croisa le regard de l'infirmier et se rendit compte qu'il était le seul à pouvoir l'empêcher de se lever pour courir dans la rue en chemise de nuit. Il s'efforça d'apaiser sa respiration et détourna les yeux.

— Voilà. C'est mieux.

— Merci, dit Joe.

— Pardon ?

— Hum, merci.

— Pas de souci ! Ça y est, on est arrivés.

Le cœur de Joe bondit vers la porte.

— C'était rapide, merci.

— On entre.

Il remit Joe entre les mains de l'équipe chirurgicale et lui dit au revoir. Joe ne voulait pas qu'il parte. Dans un coin de la salle, un médecin se détacha du groupe d'infirmières en train de rire. L'une d'elles s'approcha de Joe et le présenta.

— Voici le docteur Graff, votre anesthésiste.

— Hello ! lança le médecin avec entrain. Ça, c'est un premier pas vers la grande forme. Mais si vous êtes ici, j'imagine que ce que je vous dis, vous le savez déjà. (Son sourire s'élargit encore.) Je vais vous donner un petit quelque chose et, avant que vous ayez fini de compter de dix à zéro, vous aurez l'impression de passer sur…

Mais finalement, Joe ne pensait à passer nulle part. Il pensait qu'il devait dire à quelqu'un quelque chose qu'il savait déjà. Tandis qu'il était allongé sur le dos, nu et vulnérable, tout se mit brusquement en place dans son esprit. Il mit pied à terre, non sans mal.

— Tout va bien, dit l'infirmière… Vous allez…

— Je regrette, répondit Joe. Il faut vraiment que je file.

Martinez apporta deux tasses de café sur le bureau de Danny et lui en tendit une.

— Du lait et deux sucres, annonça-t-il.

— Dieu te bénisse jusqu'à la fin des temps ! clama Danny. (Il jeta un coup d'œil à sa montre.) Joe devrait passer sur le billard dans… Non, c'est maintenant.

Martinez posa une fesse au bord du bureau.

— Il s'absente combien de temps ?

— Oh, un jour ou deux.

— Je détesterais qu'on me touche la figure, remarqua Martinez en se frottant la mâchoire. Quelqu'un qui vous tripote comme ça… Je n'arrive même pas à piger ces histoires de microchirurgie au laser… Ça me fait flipper.

— Oui. Il faut croire que Joe n'en pouvait plus.

Le portable de Danny tremblota.

— Allô ?

— Rejoins-moi tout de suite à l'hosto !

— Joe ? Bordel de merde ! Tu n'es pas sur le billard ? Tu en es où ?

— Je ne suis pas suffisamment habillé pour rester à traîner à la cabine téléphonique dans le hall.

— Tu es shooté ?

— Grouille-toi, putain !

— Tu as des fringues ?

— Non. Je vais me tirer à poil, tu penses bien. Évidemment que j'ai des fringues. Il faut seulement que je retrouve ma chambre.

— J'arrive. Et ton opération ? demanda-t-il, mais il n'attendit pas la réponse.

Joe connaissait bien la route de Westchester, il avait habité avec Shaun chez son père à Rye après leur retour d'Irlande. Aujourd'hui, ils se trouvaient à dix kilomètres, plus loin de la ville, dans une campagne tranquille, un emplacement parfait pour le deuxième complexe Colt-Embry. Ils suivirent la bande d'asphalte qui serpentait entre les jardins à moitié aménagés et conduisait au bâtiment principal. Ils dépassèrent le bureau vide à l'accueil, et s'arrêtèrent devant un entassement de flèches protégées par une bordure en carton et simplement appuyées contre le mur. Il restait à les installer. Une flèche noire indiquait la direction du bureau de Julia Embry. Ils frappèrent, mais ouvrirent la porte sans attendre. Julia bondit et chancela devant son fauteuil.

— Où est Mary ? cria Joe.

Livide, elle hocha la tête.

— Elle va bien. Elle est en sécurité.

— Vous savez combien de gens sont à sa recherche ? Vous avez perdu la tête ?

Danny posa une main apaisante sur le bras de Joe. Celui-ci s'écarta de lui.

— Non ! tonna-t-il. Qu'est-ce qui se passe ici, bordel ?

Julia fondit en larmes.

— Pas de cinoche ! Arrêtez ça.

— Joe, calme-toi, intervint Danny. Madame Embry, nous sommes heureux d'apprendre que Mary est saine et sauve.

— Merci.

— Où elle est ?

— Dans les nouveaux appartements. Je ne pouvais pas supporter de la voir traverser de nouveau cette épreuve. Je sais que c'est elle qui vous a contactés. Et je sais que vous avez été bons pour elle. Mais sa vie a été bouleversée et c'en était trop pour elle. Je ne pouvais pas le supporter.

— Stan aussi est ici ?

— Oui.

— Bordel de merde ! s'écria Joe.

Julia se rassit.

— Vous avez une famille unie, inspecteur. J'ai lu ce qu'on a écrit sur vous. Les choses sont différentes quand ce n'est pas le cas. Stan, Mary… ils peuvent disparaître sans que personne s'en préoccupe. Ils n'ont pas de proches pour s'affoler s'ils ne se montrent plus. Combien de personnes disparues sont signalées…

— Permettez-moi de vous interrompre, coupa Joe. Je me préoccupe de leur sort. Est-ce que je vous ai donné l'impression de penser que les êtres humains sont interchangeables ?

Julia piqua un fard.

— Non, excusez-moi, ce n'est pas ce que je voulais dire.

— Merci, vous me rassurez. Parce que je tiens à vous dire qu'il y a beaucoup de gens dans ma profession qui pensent comme moi : mon coéquipier, pour commencer, et toute la brigade. Les gens que nous croisons ne sont pas des numéros. Vous croyez que je peux entrer en contact avec quelqu'un comme Mary Burig, et juste tourner la page si elle se volatilise ? Oui, vous, vous pourrez peut-être dormir la nuit, sachant qu'elle est en sécurité. Mais pas moi. Peut-être que je vais me réveiller en me demandant quelle erreur j'ai commise. Et si c'était vous ? Qu'est-ce que vous éprouveriez ?

— Je suis navrée.

— Je ne peux pas critiquer ce que vous voulez faire pour ce centre, convint Joe. Ni ce que vous avez fait ni tous ces gens que vous avez aidés. Il devrait y avoir un million de centres comme celui-ci dans le pays.

— Merci, ce que vous venez de dire me touche énormément, affirma Julia, des larmes plein les yeux. Je ne sais pas comment je me suis mise dans une situation pareille... Comment avez-vous deviné ?

— Je vois beaucoup de gens pleurer, expliqua Joe. Je vois de vraies larmes et des larmes de crocodile. Quand je vous ai parlé de Stan et de Robin, j'ai vu de vraies larmes. Mais je savais que vous pleuriez pour autre chose. J'ai eu l'impression que vous étiez déjà au courant, que je ne vous apprenais rien de neuf. Est-ce que ça se tient ? Vous savez, parfois on voit des gens pleurer à un enterrement... Et pour une raison ou une autre, vous saisissez que leur chagrin n'a rien à voir avec le mort lui-même. C'est de ça que je parle.

Elle eut un sourire triste.

— Vous avez raison. Je pleurais pour autre chose.

— Pour quoi, alors ?

— Parce que vous m'avez remis en mémoire le fait que mon fils voulait mourir.

— Quoi ?

— Robin s'est mis délibérément sur la route de Stan.

— Et vous en êtes sûre ?

— Absolument. La vie était insupportable chez nous. Je savais qu'il n'allait pas bien. C'était trop lourd pour lui. Il avait déjà tenté de se suicider. Stan m'a confirmé ce que je soupçonnais.

— Et à propos de Stan, qu'est-ce qui vous a mis la puce à l'oreille ?

— Il a craqué et il m'a tout avoué. C'est tout. Après avoir travaillé pour moi pendant des années, il m'a dit qu'il ne pouvait plus supporter le poids de sa culpabilité. Il m'a dit que ma gentillesse à son égard ne faisait qu'empirer les choses. Il ne pouvait pas partir, parce qu'il savait combien son aide m'était précieuse ; mais il ne pouvait pas rester parce que, chaque jour, il avait l'impression d'être un imposteur.

— Comment avez-vous réagi ?

— Oh, j'ai été anéantie.

— Mais ça n'a pas duré, je vois, nota Joe avec une pointe d'aigreur.

Il planta son regard dans le sien.

— Vous vous êtes ressaisie quand vous vous êtes rendu compte que vous aviez à votre disposition un homme prêt à tout pour se faire pardonner la mort de votre enfant pendant le reste de votre existence.

— Je ne suis pas aussi cynique, inspecteur.

— Allons donc !

— Vous vous méprenez. Stan était devenu un véritable ami. J'avais perdu mon fils. J'avais perdu mon mari. Je ne pouvais pas le perdre, lui aussi. C'était trop pour moi. Personne ne pourrait me rendre Robin. Stan n'est pas un monstre. Je n'aurais rien gagné à le chasser.

— Bon. Que s'est-il passé, cette nuit-là, au centre ?

— Le tueur est venu s'attaquer à Mary. J'étais seule dans les locaux. J'ai entendu du bruit dans un des appartements, alors je suis entrée. Il s'est retourné et son revolver est parti. C'était un réflexe. Il n'avait pas visé, il m'a ratée. J'ai hurlé, Mary a hurlé. Stan a déboulé à toute allure et... il l'a abattu. C'était un cas de légitime défense. C'est arrivé si vite.

Le visage de Joe resta impassible. Au fond de lui-même, il bouillonnait.

— Qu'est-il arrivé à Mary ?

— Tout était si embrouillé, le bruit, les coups de feu... Elle est partie à quatre pattes et a couru dans le couloir. On était sous le choc. Elle s'est cachée dans une des chambres. J'ai couru derrière elle.

— Où était Stan ?

— Il a... enveloppé le corps dans les draps qui se trouvaient dans la chambre, puis dans du plastique et... Il l'a enterré.

Joe la fusilla du regard.

— Et c'est à ce moment-là que Mary nous a appelés ?

Le regard de Julia s'abîma dans ses mains tremblantes.

— J'imagine. J'ai dit à Stan de la retrouver et de la conduire dans nos nouveaux locaux. Elle est arrivée jusqu'à la réserve au rez-de-chaussée. Vous avez dû passer devant elle en arrivant…

Danny siffla entre ses dents.

— C'était terrible, dit Julia. Ça a failli briser le cœur de Stan de devoir l'emmener de cette façon. Il a dû l'enfermer. Il a tellement d'affection…

— Stan et vous allez devoir nous accompagner au poste, déclara Joe. Et on a besoin de voir Mary.

— Elle est juste dehors. Mais, s'il vous plaît, permettez-moi de prévenir Magda Oleszak. Vous pourrez peut-être lui confier Mary. Je ne veux pas qu'elle vienne avec nous au commissariat.

— Entendu, dit Danny.

Agenouillée devant la plate-bande, Mary levait les mains et les abattait avec violence sur les fleurs en pleurant et en criant le nom de son frère. Joe traversa la pelouse et la regarda détruire les fleurs fraîchement repiquées en dispersant autour d'elle les pétales jaunes et orange.

L'inspecteur s'accroupit à côté d'elle.

— Mary ?

Elle leva la tête. Ses yeux clairs brillaient.

— Mary, vous avez vu quelque chose ?

Les larmes ruisselèrent sur ses joues. Joe posa une main apaisante sur l'épaule de la jeune femme.

— Vous n'avez pas à vous en faire, Mary.

Elle le considéra un instant.

— Sûrement que si.

— Non, affirma Joe. Pas de souci, tout va bien.

Elle inclina la tête et sanglota à fendre l'âme.

Julia se tourna vers Joe.

— Ce centre est toute ma vie. Je ne voulais pas qu'on le traîne dans la boue, qu'on l'associe à un scandale. Nous sommes sur le point d'inaugurer ce nouveau bâtiment. L'enjeu est trop gros. La vie d'un tas de gens dépend de nous. Je suis navrée pour la façon dont ça s'est terminé. Pourtant, nous avions les meilleures intentions du monde. Vous savez ce que c'est de vouloir quelque chose à tout prix ?

# Épilogue

L'odeur âcre de la mort remplissait la bâche que les techniciens de la police scientifique avaient installée dans le coin le plus serein du terrain, derrière Colt-Embry Homes. La plate-bande s'étendait au centre, les couleurs vives des fleurs contrastant avec la scène alentour. Le déluge triste qui s'abattait sur le toit, les mines graves des inspecteurs, le corps près de la surface.

Devant Danny et Joe, un grand technicien blond pressait le contenu d'un sachet en plastique pour mélanger la poudre et l'eau contenues à l'intérieur.

— Du plâtre pierre, nota Joe.

— Logique, non ? répondit Danny.

Le technicien s'accroupit près d'une empreinte de chaussure et libéra le liquide, qui se déversa lentement autour des ondulations sans déplacer le sol. Il le laissa se répandre, puis fit un pas en arrière et referma le sachet. Trois autres techniciens utilisaient des petites pelles et des tamis, pour dégager progressivement le cadavre enfoui à une cinquantaine de centimètres de la surface.

L'un d'eux leva les yeux.

— Alors, quelqu'un l'a achevé à votre place.

Joe ne broncha pas.

— Au moins vous le tenez, cette fois, ajouta le technicien.

L'inspecteur eut l'air de méditer ces propos.

— Vous savez quoi ? Je dois aller à un enterrement samedi. Le type que vous êtes en train de sortir de ce trou a tué un de mes hommes. On ne le tient pas... Pas comme on l'aurait voulu.

— J'étais prêt à faire une promenade de santé, assura Danny, mais l'entrain n'y était pas.

Le regard de Joe se fixa sur le bracelet en cuir autour du poignet de Blake, blanc comme l'os, dont la main émergeait à moitié du sol.

— Le dermeste, se remémora Joe. J'avais vu juste. Avec tout le cuir qu'il avait chez lui...

— Joli boulot, inspecteur, grommela Danny.

— Allez, viens. Allons respirer un peu d'air.

— Où est ta mère ? demanda Joe à son fils attablé seul.

— Je n'en sais rien.

— J'ai appris pour toi et Tara...

Shaun hocha la tête.

— Comment tu vas ?

Le jeune homme lui sourit.

— Ça va, papa. Tu n'as pas besoin de me parler de conneries, alors que le fils du vieux Nic a été tué et que tu as failli toi-même...

— Comment tu vas, c'est ce que j'aimerais savoir, le détrompa Joe en attrapant une assiette et se servant des spaghettis.

— Ça baigne, dit Shaun.

— Bon.

— Je survivrai, ajouta-t-il avec un sourire.

Joe éclata de rire.

— Tu vois, dit Joe. Pour la fac...

— Oui ? demanda le jeune homme, dont le sourire s'effaça.

— Eh bien...

— Écoute, papa, je vais aller en fac, d'accord ? J'ai encore quelques mois pour envoyer mon dossier. Mais je dois encore réfléchir...

— Mais tu vas y aller ? T'es sérieux ?

Shaun leva les yeux au ciel.

— Ben oui, c'est clair ! Tu comprends, pendant des mois, je n'arrivais pas à me concentrer là-dessus. Ça m'obligeait à réfléchir à l'endroit où je voulais passer les prochaines années, ce que je voulais faire dans la vie. C'est hyper important.

Joe poussa un énorme soupir.

— Eh bien, je suis rudement content.

— Et toi, comment tu vas ? s'enquit Shaun.

Son père fit la moue.

— Oh, moi ? Impec.

Shaun ne posa pas de questions.

Le portable de Joe sonna. Un numéro masqué. Il se leva et alla dans la salle de séjour plongée dans l'obscurité.

La voix de Duke Rawlins était lourde de menaces.

— La tombe était une attention touchante.

— Oui, hein ? J'ai pensé que ça vous plairait, rétorqua Joe.

— T'as redemandé à ton vieux copain de faire un tour dans le coin, hein ? J'imagine qu'il a obéi à tes consignes. Il a payé un pauvre con d'ado pour qu'il creuse juste à côté de Donnie. Pourtant, il n'y a pas beaucoup de place. Ça devrait juste convenir pour une petite femme. Ou un gosse.

Joe ne répondit pas.

— Tu ne dois pas le porter dans ton cœur, ce copain, si tu étais prêt à l'envoyer dans mes griffes, ajouta Duke.

Joe sentit son cœur s'emballer en pensant à Patti Nicotero, déjà en deuil. Rawlins baissa encore d'un ton quand il reprit la parole.

— Tu te doutais bien que je ne résisterais pas à l'envie de retourner là-bas. En fait, tu n'as pas supporté d'ignorer où j'étais pendant tous ces mois, ce que je faisais, avec qui…

Anna entra dans le séjour, les yeux pétillants. Elle avait une nouvelle coupe de cheveux. Noirs et brillants, ils lui touchaient les épaules, avec une raie sur le côté. Il lui sourit. Elle lui tendit les bras. Son haut blanc se retroussa et il aperçut son petit ventre. Il fut submergé d'amour, de regret, de peur, de culpabilité, de honte ; elle ouvrit la bouche, mais il porta un doigt à ses lèvres, sans cesser de sourire. Et de tendre l'oreille.

C'est une chose puissante que d'être englouti dans l'angle mort d'un tueur, de devoir le toucher, l'observer, l'amener à vous répondre, d'investir en lui. La plupart des gens ne voyaient Duke Rawlins qu'en photographie, à une distance confortable, sans percevoir la pourriture au-dedans de son être. Lorsqu'on le voyait en chair et en os, cette pourriture sourdait par tous ses pores – ses yeux sans âme, ses dents gâtées et sa peau encrassée. Joe avait obligé Anna à franchir cette frontière sans l'y préparer. Elle avait été arrachée au monde confortable que Joe avait bâti pour elle et avait plongé dans l'univers désaxé de Rawlins. Cela ressemblait à présent à une chimère, une illusion, comme si Joe lui avait vendu un rêve de carton qu'il ne pourrait jamais lui offrir.

Il regarda Anna et un frisson lui parcourut l'échine. Duke Rawlins l'avait hantée, l'avait tenue, avait respiré sur elle, l'avait portée, l'avait frappée, avait porté une lame sur sa peau parfaite…

Anna s'apprêta à quitter la pièce et le regarda pardessus son épaule, les yeux étincelants. Et son sourire lui alla droit au cœur.

Il raccrocha.

Il y avait une chose à laquelle Rawlins n'était pas parvenu : il n'avait pas réussi à la briser.

**Vous avez aimé *Last call* ? Découvrez la sélection que les Éditions J'ai lu ont faite pour vous...**

**Du même auteur :**
***Darkhouse***

Quand une filature de routine se solde par les deux meurtres les plus atroces de sa carrière, l'inspecteur Joe Lucchesi quitte la police de New York et s'installe avec femme et enfant dans un village paisible de l'Irlande. Il ne se doute pas qu'il est sur le point de vivre un cauchemar plus terrifiant que tout ce qu'il a connu : Katie, l'amie de leur fils, est retrouvée morte...

N°8265

**Vous avez aimé *Last call* ? Découvrez la sélection que les Éditions J'ai lu ont faite pour vous...**

***Cold Granite***
**Stuart McBride**

On vient de retrouver dans un fossé le corps du petit David 4 ans, disparu depuis plusieurs semaines. L'enquête piétine. L'inspecteur Logan McRae va de fausses pistes en nouvelles disparitions. Mais, à l'approche de Noël la pression monte et la presse locale comme les habitants de la ville d'Aberdeen veulent un coupable et tout de suite.

N°8734

8757

*Composition*
NORD COMPO

*Achevé d'imprimer en France (La Flèche)*
*par* BRODARD ET TAUPIN
*le 10 août 2008.* 48083

Dépôt légal août 2008.
EAN 9782290008614

ÉDITIONS J'AI LU
87, quai Panhard-et-Levassor, 75013 Paris

*Diffusion France et étranger : Flammarion*